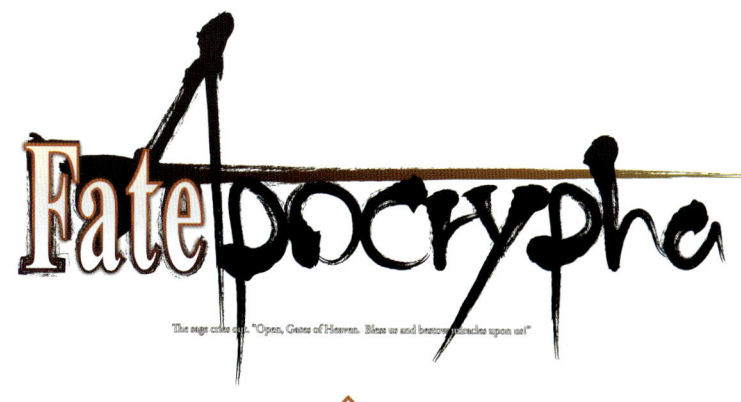

黑之轮舞/红之祭典

[日] 东出祐一郎 /著
[日] 近卫乙嗣 /绘
tomo /译

北京工艺美术出版社

"黑"之弓兵

身高/体重：179cm/81kg
血型：未知
生日：未知

与菲奥蕾签订契约的弓兵英灵。
他是稳重的知识分子，同时也是
卓越的武者。
是忠于菲奥蕾的从者，也是出谋
划策的军师。

菲奥蕾·弗尔维吉·尤格多米雷尼亚

身高/体重：162cm/47kg
血型：A
生日：7.12
三围：B84 W57 H82

尤格多米雷尼亚一族的魔术师，"黑"之弓兵的御主。
是个让人感觉到可爱又高贵的女魔术师。
在二流魔术师占多数的家族中，她是最杰出的，被视为族长达尼克的接班人。
因为魔术回路变异，她的双腿麻痹，日常活动必须依靠轮椅。

"黑"之骑兵

身高/体重:164cm/56kg
血型:未知
生日:未知
三围:B71 W59 H73

与塞蕾尼凯签订契约的骑兵英灵。
他是天真烂漫、单纯又享乐主义的骑士。他遵从自己的良心和意愿而行动,并且绝不后悔。
虽然基础数值比其他从者略差,但却可以用丰富的宝具来弥补差距,愚弄对手。
因为他的任性妄为,给这次的圣杯大战带来了出乎意料的影响。

塞蕾尼凯·爱斯科尔·尤格多米雷尼亚

身高/体重：168cm/53kg
血型：AB
生日：12.11
三围：B86 W59 H88

尤格多米雷尼亚一族的魔术师，
"黑"之骑兵的御主。
是个聪慧美貌又残忍的女魔术师。
她毕生的事业就是咒杀他人，对
自己召唤的骑兵有执念。
虽然身处尤格多米雷尼亚阵营，
但却以个人意愿为优先。

罗歇·福雷因·尤格多米雷尼亚

身高/体重：152cm/45kg
血型：O
生日：9.15

尤格多米雷尼亚一族的魔术师。
"黑"之术士的御主。
虽然只是十三岁的少年，但在魔偶操纵者的领域已经颇有名气。
术士同样是魔偶操纵者，罗歇很尊敬这个前辈。他们之间的关系，与其说是御主与从者，不如说更接近导师与学生。

"黑"之术士

身高/体重：161cm/52kg
血型：未知
生日：未知

与罗歇签订契约的术士英灵。
直接战斗能力很低，却是稀
世的魔偶操纵者。
负责增加战场上的己方士兵
数量。
为了避免与人类深入接触而
戴上了面具。

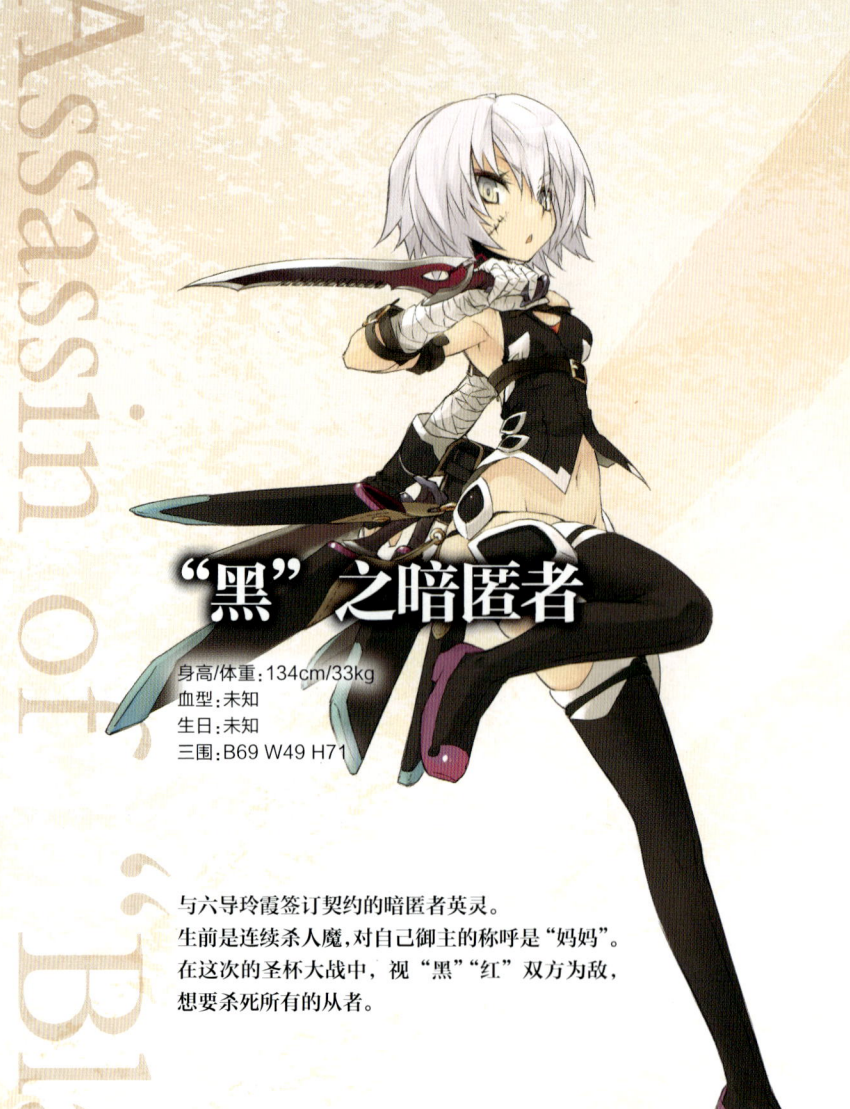

"黑"之暗匿者

身高/体重：134cm/33kg
血型：未知
生日：未知
三围：B69 W49 H71

与六导玲霞签订契约的暗匿者英灵。
生前是连续杀人魔，对自己御主的称呼是"妈妈"。
在这次的圣杯大战中，视"黑""红"双方为敌，想要杀死所有的从者。

六导玲霞

身高/体重:164cm/53kg
血型:B
生日:1.9
三围:B90 W62 H89

"黑"之暗匿者的御主。是一名妓女,原本是为召唤暗匿者准备的活祭品,却因为暗匿者主动选择她做御主而获救。她不是魔术师,只是因为暗匿者想要圣杯,才决定参加圣杯大战。

"红"之枪兵

身高/体重：178cm/65kg
血型：未知
生日：未知

与魔术协会雇用的魔术师签订契约的枪兵英灵。
身披如太阳般耀眼的黄金铠甲，手持神挡杀神的长枪，是万夫莫当的英雄。
不会对御主提出任何异议，会淡漠地完成任务。

"红"之弓兵

身高/体重：166cm/57kg
血型：未知
生日：未知
三围：B78 W59 H75

与魔术协会雇用的魔术师签订契约的弓兵英灵。
性格冷静，遣词用句颇有古风。她是个猎人，比起英灵的自尊心，她会更优先选择遵从野性本能。
常用的武器是一张拥有女神祝福的弓。

"红"之狂战士

身高/体重：221cm/165kg
血型：未知
生日：未知

与魔术协会雇用的魔术师签订契约的狂战士英灵。
在狂战士职阶中，他这种情况很少见。虽然能说话，但是狂化的等级绝对不低，无法与任何人相互理解。
几乎无法执行命令，只有对阵强者才能让他感受到喜悦。

"红"之骑兵

身高/体重：185cm/97kg
血型：未知
生日：未知

与魔术协会雇用的魔术师签订契约的骑兵英灵。
他是眉清目秀的美貌青年，性格自由豁达，即便是自己御主的命令，他也不会去做不正当的事。
他的强韧足以与"红"之枪兵并驾齐驱，各种各样强大的宝具更是不一而足。
是这次圣杯大战中屈指可数的大英雄。

"红"之剑士

身高/体重：154cm/42kg
血型：未知
生日：未知
三围：B73 W53 H76

与狮子劫界离签订契约的剑士英灵。
她是桀骜不驯的骑士，浑身洋溢着自信。
为了隐藏自己的信息，战斗时会用宝具头盔遮住脸。

"红"之术士

身高/体重：180cm/75kg
血型：未知
生日：未知

与魔术协会雇用的魔术师签订契约的术士英灵。
他虽然是术士，但却几乎无法使用魔术。
他人生的目的就是编写出壮丽的故事，战斗方面主要负责援助御主。经常从自己的作品中引用符合情景的台词，并以此为乐。

这次与之前的小规模冲突不同。
有战场，有士兵，有武器，有将领，有必争的领地，
而最重要的是，还有必须打倒的"王"。

"那不过是萤族,是一群玷污领土的蠹贼,只会傲慢无礼地高声哄笑,只配去死。笑着杀死他们就可以了。这些欠缺恐怖认识的家伙们,必须用牛皮鞭子彻底矫正才行。"

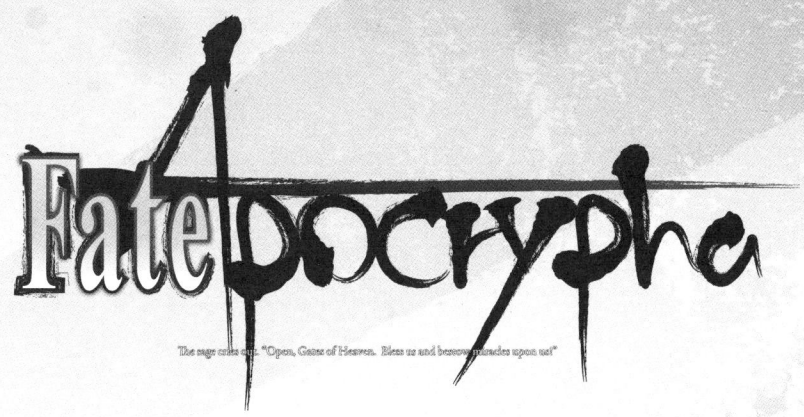

黑之轮舞/红之祭典

[日] 东出祐一郎/著
[日] 近卫乙嗣/绘
tomo/译

北京工艺美术出版社

目录
CONTENTS

序章 —— 001

第一章 —— 005

第二章 —— 063

第三章 —— 171

解说 —— 273

序章

很久以前，有位英雄——屠龙的大英雄。

他是尼德兰的王子，勇敢又高尚。每个人都称赞他的威仪，赞美他的荣光。

男人都巴望投奔到他麾下，女人都一往情深地爱慕着他。

英雄也没有辜负他们的期待。

他几乎从不停歇，一门心思、全力以赴地战斗着。不，并不是他情愿投身战场，而是他太强大，摆脱不了战斗。

他从尼伯龙根一族手里得到了名剑巴鲁姆克，又打倒邪龙法夫纳，沐浴龙血得到了钢铁之躯。

他拥有无敌的剑和无敌的身躯，势必会被卷入纷争中。他的一生毫无污点，人生中也只有绚烂的时刻。

但是，他实在太像个英雄——过于像个英雄了。他有求必应。如果跪在他面前请求他的帮助，他一定会伸出援手。

如果有人请他去屠龙，他就会去屠龙；如果有人请他帮忙追求冷傲的美人，他也会绞尽脑汁去做。他的行为无关善恶——他只是活得像许愿机一样。他觉得这样就很好。在他看来，善与恶只是立场的问题。

如果中饱私囊的公职人员向他控诉家人被杀，他就会去为他报仇。

但如果没有人开口求助，他就对食不果腹的村民视而不见。

毕竟，他帮不了所有人。仅凭自己的一双手，无法把整个世界揽入怀中。所以，他只会回应找他帮忙的人。

他的行为无关个人意愿。他也不喜欢争斗。日子一天天过去，英雄突然意识到，他完全不知道，他自己渴望什么。他没有希望，没有梦想，也无法描绘自己的未来。有人把成为英雄视作理想，但英雄本人却失去了理想。

这是何等的虚伪。就像齿轮没咬合在一起。他只知道实现他人的愿望，自然无法判断自己想要什么。

迷茫、彷徨……即便如此，他仍然相信，穷其一生就能找到答案。他相信最后终有收获。英雄只能战斗下去。

他未曾落败，他不可能败北。只要有人希望他获胜，他便会克服困难，战胜绝望，取得胜利。

胜利，胜利，只有胜利。"去打倒那个怪物""救救我们的村子""去打倒我们的敌人""我要那座山""我要那个美人""我要那个国家"——每个人都有心愿，既然这些人有求于他，那他只好实现这些人的愿望。

他像是顶着英雄名号的"圣杯"。英雄觉得这样也好，受人感谢并不坏。

当有人再三央求"除此之外别无他求"，他总会心软。

于是，他一次又一次地实现他人的愿望——最后，他甚至成就了屠龙的伟业。但是，他心底却有个空洞，空洞深处什么都没有，只剩一片空虚的黑暗在渐渐蔓延。

他明明那么爱人类。

他明明那么爱这个世界。

可这份空虚，却永远无法弥补。

英雄的名字是——

第一章

他头昏脑胀地站起来，伸手扶住了一块冰冷粗糙的岩石。他还没弄清这里是哪儿，就察觉到眼前有东西，不禁毛骨悚然。

那东西咻咻地呼着气。他怎么感觉这气息笼罩着自己？

因为他眼前的东西是个"庞然大物"。那东西怀着满腔的愤怒与恶意，正等着吞噬自己。

他气喘吁吁地想要逃走。逃，快逃，得铆足力气赶快逃。可是，他的身子却像被影子束缚住了一样动弹不得。黏腻冰冷的汗水就像蛞蝓一样遍布他的全身。

他感到寒冷。

恐惧让他的筋骨僵硬如寒冰，可他却觉得全身滚烫，莫非眼前的庞然大物比火焰更灼热？

空气就像毒气，每一次呼吸都伴随着痛苦。但是，眼前的庞然大物却并没有伤害自己。

庞然大物既没有现身，也没有出声，只是缓缓地转过身子。它既没有逃走，也没有离开，只是拖着巨大的身躯，向后挪了几步。

庞然大物只对自己说了一句话。

"别忘记"——那句话就像刺青，深深地烙印在男孩的肌肤上。

这既不是梦境，也不是现实。这里是一方狭小的世界，坐落在梦境与现实的边境线上。

千万不要忘记，我们不久便会重逢。

伴随着胸口那阵刺痛，血似燃烧的火焰般炽热——他睁开了眼睛。

∞·∞·∞

森林一片黑暗，万籁俱寂，空气如凝结一般。刚才"黑"之骑兵激动地哭了好久，现在终于擦干眼泪站了起来。

骑兵扶起倒在地上的人造生命体。人造生命体的个头原本与骑兵相似，甚至还比他娇小一些，现在却长高了不少。看来人造生命体吞下了"黑"之剑士——齐格飞的心脏之后，身体产生了剧变。

人造生命体感到难以置信，他攥住拳头，又张开手掌，而后再攥住，再张开。心脏破裂时的痛楚还未消散，但此刻却已经完全能正常行动了。

"看起来，剑士的心脏起了作用啊。"

骑兵感慨地点了点头。人造生命体把手放在胸膛，切实感受着心脏的有力跳动。滚烫的鲜血流遍他全身，让他微微冒汗。

"啊啊——"

人造生命体发现自己能顺畅地出声，不禁有些感动。原来吸气、呼气是这么畅快的！

他有些兴奋，环顾四周，目光停留在一棵树上。

人造生命体调整呼吸，调动魔术回路。他轻轻一碰树干，就确认了树木的材质，并释放出魔力破坏了它。树木像枯枝一样一折就断，人造生命体的身体却完全承受住了驱动魔术回路带来的冲击。

骑兵看着眼前这一幕，点了点头，心里有些空落落的。

"嗯。看来你以后一个人也没问题。既然剑士死了，就得有人给个说法，不然可就没完没了了。"

骑兵说得对。米雷尼亚城堡里的御主们也掌握着每一名从者的情况吧。既然剑士是来追踪骑兵和人造生命体的，那么接下来很可能还会有新的追兵。

"还得把这家伙带走。"

骑兵轻轻敲了敲被剑士打晕的御主——戈尔德·穆吉克·尤格多米雷尼亚的头。虽然从体格上来说，戈尔德不像是他能搬得动的人，但骑兵好歹是英灵，把人抬走还是没有什么问题的。

"啊，对了，不知道路上会遇到什么事，这把剑给你。"

骑兵顺手摘下腰间的细剑，递给了人造生命体。人造生命体疑惑地接了过来。这把钢铁铸造的剑看着纤细，接过来却沉甸甸的。

"可是，那你——"

"没事，除了剑，我还有枪和书。再说了，反正我还有骏鹰。其实我也不怎么用剑。"

骑兵笑容满面，还摆了个胜利的手势——人造生命体实在找不到理由推辞，便把剑挂在了腰间。身体的一侧多了一把剑，他怕会影响平衡，不过很快就会习惯吧。

"你可要珍惜这把剑。我刚才误会剑士了，怎么说呢，他这人闷声不响，我还以为他是个严肃又无趣的家伙呢。"

"我明白。谢谢你，你真的帮了我很多。"

"没事啦，没关系的。反正我也没帮上什么忙。"

才不是，人造生命体想。那时他孤身一人，是骑兵回应了他的呼唤，向他伸出了援手。骑兵毫不犹豫地做了这件既没有报酬，也得不到回报的事。也许剑士听了骑兵那席话，最后才会在紧要关头出手相救。

"说起来，我以前就想问——你叫什么名字？"

"我的名字吗？"

好难回答，人造生命体抱起双臂。如果他是专门用于服侍他人或者战斗的人造生命体，为了方便识别，自然会有一个专属于自己的名字，可他只是一个批量生产出来的工业产品，没必要取名字。

所以，他现在只能给自己取一个名字，总不能一辈子叫人造生命体。他把手放在胸口。既然这颗心脏是英灵送给他的，那么，至少——

"就叫齐格，怎么样？"

"不叫齐格飞吗？"

"我可不敢照搬他的名字。不过，我不想忘了他，所以我想干脆叫齐格。"

骑兵用力地点了点头。

"说得对。嗯，齐格也是个很好的名字。"

"谢谢你。那我就叫齐格了。"

"啊哈哈。齐格，你好啊！"

齐格看到骑兵伸出手，犹豫了一下才握住了骑兵的手。他们都明白，他们今生要就此别过了。

"我能为你做些什么吗？"

骑兵露出悲伤的神情，缓缓摇了摇头。

"没有啦。你已经从这场战争中解脱了。你自由了。现在你的寿命可能也和普通人差不多了吧？所以你就普通地活着，普通地死去吧。这样，救了你的剑士应该也会感到欣慰吧。"

骑兵像少女一样捧着脸颊，莞尔一笑。他心中感慨万分，忍不住把齐格拉到跟前，摩挲着他的头发，把他的头发揉得乱蓬蓬的。

过了好一会儿，骑兵才放开他。

"好了，快走吧。我的事，我自己解决。"

齐格见骑兵故作冷淡地催他走，便点了点头，一步一步向后退去。他走得很慢，却还是一步一步走远了。骑兵依依不舍地挥着手，最后终于狠下心，点了点头，一把扛起地上的戈尔德，转过了身。

"骑兵！我应该做什么啊？"

齐格对着远去的背影高喊。骑兵回过头，笑容满面地喊道：

"做什么都行！你现在什么都能做到！去城里接触更多人，去爱，去恨，去度过愉快的人生吧！"

原来如此，骑兵口中的人生听起来很愉快。齐格相信了他的话。只是他心里某处，总有一种不适感，好像心脏被薄薄的皮膜包裹住似的。他尽量不去在意这种感觉。

骑兵满足地叹了口气。

啊，那个人造生命体已经不再需要别人的保护了。他有了结实的身体和一流的魔术回路，他以后可以融入这个世界，过自己的生活吧。

当然，尤格多米雷尼亚为此付出了惨痛的代价，尤其是在圣杯大战中失去了最善战的剑士，这一点最为致命。

"黑"方也打倒了"红"之狂战士斯巴达克斯，让他变成了己方的棋子。虽然剑士和狂战士的差距没有特别大，但二者难以相抵。

"啊，算了，顺其自然吧。"

骑兵不再思考圣杯大战的战况。反正他自己只需在空中作战。不过，他必须想办法解释清楚剑士一事的来龙去脉——他不擅长撒谎，也不觉得自己做错了什么。

"黑"之剑士齐格飞把自己的心脏给了人造生命体，最后死去了。在这次的圣杯大战中，这可能是致命的行为。可是，那又怎么样？单论结果，他获得了第二次生命，做了自己想做的事。当时没人强迫他，况且他的行为是无私的——是正义的。

骑兵下定决心，准备堂堂正正地说，剑士这么做是对的。

就这样，齐格慢慢地向前走。他的脚有力地迈出步子，在结冰的地面上留下浅浅的足迹。只是，他的步调依旧缓慢。每走出一步，他都要回头看看骑兵渐渐远去的背影。

骑兵没有杀死戈尔德。既然戈尔德是御主，还有剩余的令咒，那他也许能召唤新从者。

问题是，骑兵可能会受罚。齐格生来就知道一部分关于圣杯战争的知识，他也只知道这些。但就连他都懂，剑士被称为最优秀的职阶。

而剑士死了，还是因为把心脏给了自己才死的。说白了，这无异于自杀。虽说他只是被召唤出来的从者，但这是无可辩驳的事实。明明剑士获得了第二次的生命，他为什么要这么做？

齐格不知道剑士的心愿。他既不是剑士的伙伴，也不是剑士的朋友，他们甚至不认识。不过，他们的生命都是那么微不足道，都是供人消耗的，也许这就是两人的共同之处吧。

即便如此，他仍然救了齐格。感激之情涌上齐格的心头，无处排遣，齐格却不知道怎么做才能报答这份恩情。

齐格决定听骑兵的，先去城市。但是，他不能去图利法斯。那里是尤格多米雷尼亚的地盘。所以，他打算沿着这条路笔直向前，直接去村子。

他必须得去那里。

即便骑兵的身影已经消失不见，齐格还是如此踟蹰，迟迟无法迈开脚步，这令他感到不可思议。

"嗯，为什么呢？"

他自言自语道——他感觉嗓子不疼了，不禁有点开心。他是人造生命体，对自己的身体了如指掌。至少他的身体如果有异常，他一定能感觉出来。

他没有负伤。在他短暂的一生中，他从未感觉像现在这么舒服。他的身体很温暖，心脏在有力地跳动，腿脚没有不灵便。脑的异常——没有，神经的损伤——没有，病毒之类带来的疾患——没有。

身体一切正常。他决定先把目标定为"去村子"。他必须先找到一个除图利法斯之外的落脚点。成功率应该在八成以上。如果运气不好，偶遇了尤格多米雷尼亚的人，那一切就只能遗憾落幕了吧。

齐格有了目标，身体健康，腿脚也灵便。然而，他就是迟迟迈不开步子。

"早知道就问问骑兵该怎么迈步。"

人造生命体这才发现自己又是孤身一人了，而且以后再也见不到骑兵了。

"嗯。"

齐格胸口一紧，感到一阵刺痛。他努力忽视这疼痛，总算迈开了脚步。

∞ ∞ ∞

直说结果，尖桩刺穿了"黑"之骑兵阿斯托尔福的双手双脚，流体型的魔偶束缚得他动弹不得，就这样，他和"红"之狂战士一起被关了起来。

他过于诚实，甚至连自己的感想（"哎呀，实在是太痛快了！"）都说出来了。"黑"之枪兵——弗拉德三世自然会震怒。

其他御主得知"黑"之剑士的真名，纷纷生气地瞪着骑兵。他可是尼德兰的"屠龙者"齐格飞，本来应该是"黑"之阵营的一张王牌。

枪兵下令囚禁骑兵，说罢就灵体化了。他的御主达尼克从中调解，枪兵却不解恨。如果他生前遇到这件事,恐怕早有人为此丢了性命。

御主塞蕾尼凯把其他人都赶出了地牢,狠狠地扇了骑兵一耳光。这一耳光的声音比想象中轻,这点令她不悦。骑兵忍着痛,表情很严肃——却丝毫没有绝望。

"你到底知不知道自己做了什么?"

"知道啊。我救了一个人造生命体……仅此而已。"

"开什么玩笑!剑士消失了!那可是从者中最优秀的剑士啊!而且还不是在战斗中牺牲的,他根本没战斗!居然因为内讧消失,这也太荒谬了!都怪你!"

骑兵思索了一下,明知道会挨骂,还是开口说道:

"不,这事不能怪我。剑士充满英雄气概,实现了他的理想,出色极了。"

塞蕾尼凯又给了骑兵一耳光。她一看骑兵那副不以为意的样子,心中的怒火烧得更旺,干脆抓住刺穿骑兵双手双脚的尖桩,用力摇动。

"好痛!好痛啊啊啊!不……不要这样!"

塞蕾尼凯看到骑兵痛苦万分,终于满足了。以前她无论怎么做,都看不到骑兵如此痛苦的表情。

明明只要这样做就好了。

塞蕾尼凯由衷这样认为。从者没有身体真是太可惜了。

"如果你能像个从者该有的样子,老实跟在我身边,就不会有这种事了。"

"啊,那我如果现在听你的话,你能帮我把这个拿掉吗?"

塞蕾尼凯只能拒绝这个请求。毕竟"黑"之枪兵不可能同意,她可不想触霉头。

"只有你上战场时才能拿掉。在这次的圣杯大战中,你已经彻底沦为棋子了。"

塞蕾尼凯狞笑着,凑近骑兵耳边说道:

"你要恨,就恨人造生命体吧。"

塞蕾尼凯撂下这句话,转身就走。骑兵看着她,迷茫地歪了歪头。

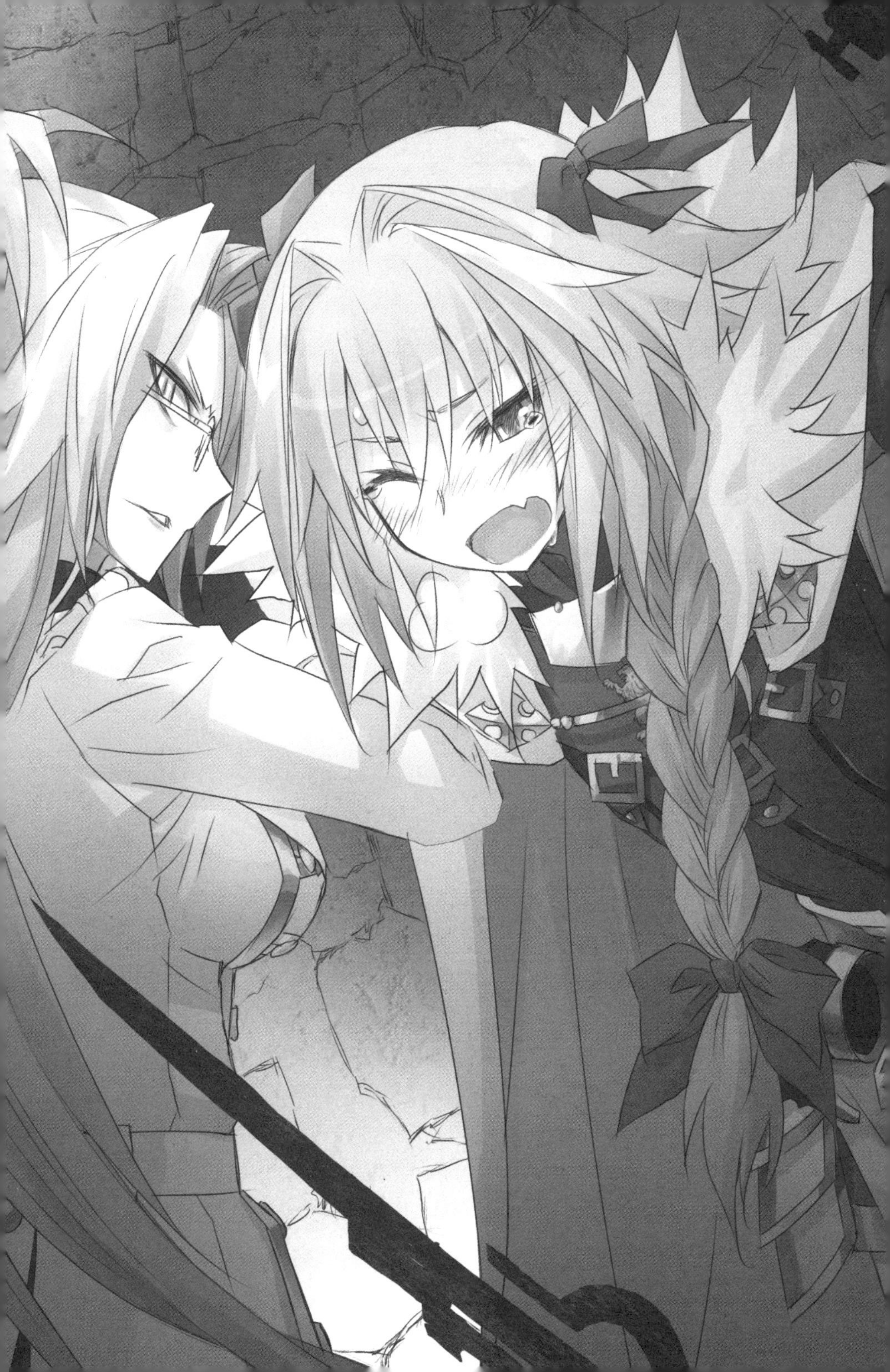

"为什么？"

塞蕾尼凯误以为自己的从者懂人情世故，结果骑兵根本理解不了，自己为什么要恨人造生命体。就算被"黑"之枪兵的尖桩穿刺，被自己的御主责骂，也还是一样。

塞蕾尼凯刚走，"黑"之弓兵喀戎就出现在骑兵面前。刚才御主和从者都在的时候，他一句话也没有说。

"如果我刚才帮你说句话，你也不用遭这份罪。"

这是事实。枪兵很看重弓兵的战略思维能力，也信赖他高尚廉洁的人格。如果弓兵开口维护骑兵，也许骑兵只挨一顿骂，就能息事宁人。

不过，骑兵一开始就悄悄给弓兵使眼色，表示不需要他的帮助。

"不不不。总不能为了这种小事让阵营分裂吧。既然挨骂受罚就能解决，那我无所谓。"

骑兵倒是能理解自己为什么受罚。无论他的做法是对是错，剑士都因此而死。他知道，这种时候正需要有个人承受枪兵这位王者的惩罚，而剑士首当其冲，既然他已经不在了，那自己最该受罚。

就算不合道理，就算没有做错什么，骑兵也没有拒不受罚。他在返回城堡之前就已经想好了。

而且，这也不是他第一次被囚禁，被关禁闭。他生前甚至还被某个魔女变成过树木。

"可是……"

骑兵不希望弓兵站出来说他也搭救过人造生命体，这可能会导致枪兵疏远弓兵。

马上就要开战了，王和军师有了隔阂就麻烦了。如果只惩罚一个无谋的骑兵就能解决这件事，那就不会让战线因此崩溃。

"我受罚其实也无所谓。反正没了剑士我们也不一定会输，对吧？"

骑兵露出了灿烂的笑容。

"没错，正是如此。"

他们确实失去了剑士。但是，弓兵设想，对方也并没有占据绝对优势。只要把"红"之狂战士斯巴达克斯派上战场,一定能给对方造成莫大的损伤。虽然纯属偶然,但当时捕获狂战士才是上策。如果处理不好,他们说不定已经为消灭狂战士蒙受了相当大的损失。

当然,他们要小心谨慎地去控制狂战士。

"话说回来,真没想到剑士居然会那么做啊。"

"啊,这一点我也有同感。嗯,早知道应该多跟他聊聊的。我现在很后悔。"

"他的御主戈尔德禁止他说话,想聊也不容易啊。"

"啊……"

或许剑士最大的悲剧莫过于在人数众多的尤格多米雷尼亚一族中,他的御主偏偏是那个人。骑兵不禁感慨,那位稀世的英雄,居然被那种小肚鸡肠(或者说小心谨慎)的御主驱使,真是不幸至极。

"对了,他没事吗?"

"嗯。他有了剑士的心脏,身高和长相都像出色的勇士了。他那样肯定没问题了,据我看,他一定能长命百岁。"

弓兵一反常态,露出了惊讶的神情。

"我听说剑士……齐格飞沐浴龙血得到了钢铁之躯,他喝进去的血也流淌在他体内。既然心脏是向全身输送血液的脏器,可能也会有龙种的血液混进去吧。"

"屠龙者可真厉害啊。我也想要屠龙者的称号!"

"无论如何,他一定能融入这个世界,好好生活下去吧。"

弓兵和骑兵都不担心这一点。在这座城堡里的诸多人造生命体中,他是唯一一个敢于明确表示自己"想活下去"的。

无论遇到多么困难的状况,他都能顽强地活下去吧。

"话说回来,弓兵,你为什么愿意帮这么多忙呢?"

"我们不过是没有血肉、微不足道的亡灵而已。如果我们能在这个世界上留下活过的痕迹——哪怕只有一点,不也很好吗?"

弓兵的声音非常平静。

"我觉得该称王的人是你。"

骑兵随随便便就说出不得了的话,如果被枪兵听到,那可就死定了。弓兵摇头苦笑道:

"我可不太想成为众矢之的啊。"

听弓兵这么说,骑兵长长地叹了口气:

"果然没那么简单啊。"

∞ ∞ ∞

有余力真好,齐格一边走一边想。以前,他一走路就会感到痛苦,身子也吃不消,连一边走路一边思考都是件难事。

受结界的影响,森林里很安静,丝毫没有动物的气息。齐格已经离城堡很远了。虽然城堡里的人可以通过结界得知他的位置,但却没有来找他。

他继续向山腹深处走,耳边隐约传来了鸟儿的叫声。看来隔绝动物的结界越来越弱了。这里大树林立,周围一片昏暗,但很快就会亮堂起来吧。算起来他应该走了几个小时,却一点都不疲惫。正值晚秋,他穿着单薄的衣服走在山里,却一点都不觉得冷。

即使身体恢复了健康,这也有些蹊跷。齐格推测,这可能也是"黑"之剑士齐格飞的心脏带来的力量。

他希望自己思考别的事,也试着在脑中解开复杂离奇的方程式。一路上总有些不明所以的东西,仿佛迷雾般在他脑子里盘旋不散,如果能思考些什么,他就不必再与这些谜团纠缠不清了。

虽然他的步伐仍然沉重,但是——不知不觉中,眼前的路已经越走越宽了。

齐格越过山头,一座远称不上是城镇的小村庄出现在他眼前。这座小村庄不同于图利法斯,应该还没有被魔术师控制。

恐怕用不了一天,他就能用暗示操纵村民们的意志。也就是说,他完全可以留在这个村子里,过上普通的生活,或者把这里当作落脚地,再去其他城市、其他国家。

只要他迈出这一步，新生活就开始了。他活在世上可以有所收获，可以找到希望。

这种生活就叫——"自由"。

太好了，一切都好起来了。生活绝不会比以前痛苦，要想过上好日子，只要迈出第一步就可以了。

一位英雄赋予他新的生命，一位英雄为他疗伤，一位英雄陪他走到了这里，只为帮他迈出这一步。

这一切，全都是为了这一步。

可是，为什么他迟迟不肯迈出这一步呢？

齐格叹了口气。他脑海中的迷雾挥散不去。如果作为人类而活，这团迷雾就会伴他一生吗？

齐格想到这里，努力迈开了步子。

"站住！"

齐格慌忙回过头，他听到身后有动静，有人叫他停下。刚才的动静听着不对劲，像是重物倒地的闷响。

是追兵吗？但他既没有感受到魔术的气息，也没有感知到从者巨大的魔力。齐格犹豫了一下，转身往回走，想去一探究竟。

他走进了偏离山道的森林中。刚才的声音确实是从这附近传来的，他环顾四周——找到了。

那一瞬间，他仿佛被夺去了心魄。

他惊愕极了，不禁屏住了呼吸。只见一个少女身靠大树，痛苦地蹲在地上。

微弱的晨光穿过枝叶照在少女身上，将她飘逸的发丝映得犹如金色绸缎。少女的眼眸像紫水晶一样通透，此刻她正盯着齐格，盯得齐格心中莫名涌起一股罪恶感。

人造生命体有一种精雕细琢的美感；骑兵十分可爱，只要他站在旁边，就会让人心花怒放。而少女的美不同于他们，她有一种虚无缥缈的美，仿佛只存在于幻想之中。

少女穿着战甲——她肯定是从者。无论她属于"黑"方还是"红"方，自己都不应该与这个少女扯上关系。

要问她是敌是友，那她无疑是敌人。可是，齐格却觉得如果现在离开，未免太遗憾。

齐格像被艺术品夺了心神。他不由得走到少女跟前，蹲下身，想伸手去碰少女的脸庞，这时，挂在他腰间的剑忽然发出了声响，像是在警告他。

两人都沉默不语。视线一交错，齐格更慌乱了。仔细想想，自己到底在做什么啊？

自己居然伸手去触碰蹲在地上的少女，这举动实在太下流。齐格慌忙抽回手，少女却突然握住了他的手。

"太好了……终于见到你了！"

少女微笑着说道。那一刻，齐格心想，就算她是敌人，哪怕她当场要了自己的命，只要看到她的笑容，自己也死而无憾。

∞ ∞ ∞

在这次的圣杯大战中，圣女贞德是作为裁定者被召唤的。今晚，这片森林是第二场战斗的舞台，"红"之狂战士与"黑"之枪兵、骑兵在此交锋，而"红"之骑兵、弓兵与"黑"之剑士、狂战士、弓兵也交了手。裁定者仔细检查了森林，终于松了一口气。

这次战斗只有附近的树木遭到破坏，而且范围也不大。如果"红"之枪兵——有太阳之力的大英雄迦尔纳也来了，说不定森林早就化作一片焦土了。

固守在米雷尼亚城堡之内的"黑"方暂且不提，就连必须进攻的"红"方御主也没有现身。不过考虑到战争也只是刚刚开始，倒也不算难以理解。圣杯战争的御主大多是魔术师，还不太熟悉战斗。

"总之，就是普通的战斗吧。"

没错。虽然从者数量很多，但战斗本身还是遵循常理。远距离狙击的弓兵，突袭的狂战士，使用魔术统帅魔偶的术士，召唤尖桩刺穿敌人的枪兵——包括骑兵和剑士，都没有脱离英灵的范畴，符合常理。在这一点上，"黑"方和"红"方都是一样的。

当然，既然都是从者，他们的力量也很强大。其中，"红"之骑兵更是出类拔萃。据裁定者推断，他拥有足以与"红"之枪兵匹敌的力量。

这也合理。因为他也是久负盛名的大英雄，他的存在就足以对战况造成影响了。有了骑兵和枪兵，"红"方在从者的"质"上就已经占据优势了。

当然，这只是单纯地比较双方的力量。从者的适应性、宝具的能力、战术、场地等，需要考虑的因素还有很多。"黑"之暗匿者，"红"之剑士、术士、暗匿者至今未露面，还不清楚他们是什么样的从者，不知道他们会不会改变战局。

总之，现在的情况还没有脱离普通圣杯战争的范畴。即便进入十四名从者全面战争的阶段，图利法斯这座城市的人口也只有两万，而且还与外界隔绝。只要使用裁定者的特权，就可以把损失控制在最小范围内。

完全没什么可疑的。虽然完全没有——

她心中却总是有一种难以捉摸的疑虑。她在深夜中仔仔细细地调查战斗的痕迹，却没有得到什么有用的线索。也许，唯一的线索就是"红"之从者企图攻击自己。裁定者也很清楚，"红"之枪兵本身品格高尚，正因如此，只要是御主的命令，哪怕是让他刺杀裁定者，他也会照做。

看来，果然还是应该与"红"方的御主取得联系。

总之，今晚的战斗算是结束了。裁定者一想到这里，顿时感觉有些乏力。看来，自己好像是"困了"。准确地说，并不是裁定者贞德困了，其实是蕾缇希娅需要睡一觉。然而，睡眠这种行为对于从者来说没必要，这种矛盾造成的反差，倒是让贞德感觉有些新鲜。

"唔，不行，还不能……"

她昏昏欲睡，心想得赶快回城，回到教堂，躺在阁楼的床上睡一觉，可现在她已经困得睁不开眼睛了。

裁定者扶住大树站稳，可她还是困得不行，只好拧了一下自己的脸。这一拧，疼得她清醒了一些。裁定者不禁感叹，这具肉身真的挺不方便的。毕竟召唤不够完整，虽然她能硬撑一段时间，但只要超过肉体的极限，她就会像关掉开关一样突然昏倒。

只能以后再考虑怎么解决这个问题了，现在应该先使用圣水探测一下从者的方位。只要一切正常，今晚的工作就可以结束了。

"黑"方的五位英灵与"红"方的一位英灵都在城堡中。"红"方那一位应该是狂战士，他可是个大猎物。替换御主的工作好像也顺利完成了。这并不违反规则，替换御主或者从者都理所当然——不，等等。

"还缺一位？"

驻扎在城堡里的"黑"方英灵应该有六位才对，还有一位怎么了？裁定者不断扩大搜索范围，却还是没有找到。

她有不好的预感。莫非他死了——这不可能。十四位英灵之中，如果有任何一位退出，裁定者都应该能察觉到，但现在并没有从者退出。

可是，还是很奇怪。这不是出于裁定者的感觉，而是贞德的直觉告诉她，在自己没注意到的那段时间内，一定发生了什么事情。

要尽快找到剩下的一位从者。可是，要怎么找呢？这么漫无目的地找，真的能找到吗？

裁定者觉得一定找不到。神只会帮助能自救的人。没头没脑地乱找，就等于放弃了思考。

既然如此——她观察着另外五位英灵所在的城堡。还是直接去问他们更好吧？

至少"黑"方还想用些迂回手段，不像"红"方不分青红皂白就动了杀心。

裁定者心怀一丝侥幸，不过，只有去问过才知道，于是她径直向城堡走去。

城堡屹立在能够俯瞰图利法斯的小高地上，在朦胧夜色中投下淡淡的剪影，这模样让人联想起地狱里亡灵蠢动的大锅。这座城堡太雄伟了，以至于和人口只有两万的小城格格不入。城里的居民甚至没考虑过把城堡改造成一处景点，毕竟这座城堡不是公共设施，而是在私人领地建造的私人居所……更何况城里的居民都很害怕这座城堡。

倒不是觉得城堡不吉利，居民们大概都认为，支配着图利法斯的，正是这座城堡，事实上也正是如此。

裁定者站在城门口，抬头向上望，望得脖子发酸。城堡毫无艺术气息，建造时只考虑了"易守难攻"。然而，这座城堡的真实特点并非如此。

她轻轻地碰了碰城墙，突然感到指尖微微发麻。城墙上应该附加了兼具强烈的妨碍与探知的魔术。这里布满了魔术防御，从者想要攻陷这座城堡，得具备相当强的破坏力。

裁定者刚站在门口，还没报上姓名，城门就伴着大地的震动自动打开了。门里站着一位拿着手杖的"老人"。

"你是尤格多米雷尼亚的魔术师吧？我是——"

"是本次圣杯大战的裁定者——贞德阁下吧。能够迎接举世闻名的圣女，真是光荣之至。我是达尼克·普雷斯通·尤格多米雷尼亚，是居住在米雷尼亚城堡里的魔术师一族的族长。"

达尼克做作地行了一礼。他说出她的真名，与其说是表达亲近之情，不如说是一种警告。只是，她觉得自己的真名就算被人知道也无所谓。反过来说，如果不肯透露真名，反而很难取得各御主和从者的信任，所以她在教堂里也特意说了自己叫贞德。

"为了以防万一，我还是先说清楚。在这次圣杯大战中，我既不属于'黑'方，也不属于'红'方。我来这里，也只是想搞清楚几个问题。"

贞德的话语听起来有些冷淡，达尼克笑着回答道：

"当然，我们知道。不过，还是请先见见我们的王吧。听说你来了，他很高兴。"

"王？"

达尼克点点头，笑了笑，裁定者见状，不禁起了戒心。

"瓦拉几亚的国王——弗拉德三世就是我的从者，'黑'之枪兵。"

达尼克在前面带路，裁定者随他走在石板走廊上，擦肩而过的仆人纷纷低头行礼。这些人的长相、动作以及体内的魔术回路都一致，裁定者意识到他们都是人造生命体。

"还是尽量别把人类牵扯进来为好。"

达尼克健步穿过走廊，低声说道。极力避免牵扯无关的人，这是圣杯战争的基本原则。但是——

"人造生命体也是与圣杯战争无关的生命吧。"

裁定者冷淡地说道。

圣杯战争原本就是世界上最小，也是最大的战争。七名御主与七名从者，本来就已经足够了，只是这次的情况过于异常。

"哦？原来圣女还会关心人造生命体的生命啊。难道我们违反了你的规则吗？"

看到对方皮笑肉不笑的神情，裁定者稍稍板起脸说道：

"我没这么说。"

但是，考虑到这次大战的规模，这也是无奈之举，确实不能把这种做法当作违反规定来处理。这些人造生命体并没有被强迫，也很难说他们是小孩。事实上，他们就是为了圣杯战争才被制造出来的。

"我们与对手——魔术协会不同，这次关系到我们一族的存亡。请务必考虑到这一点。"

通往王之间的大门打开了。

"嗯。"

裁定者轻轻地应了一声，毫不犹豫地走进了王之间。王座上的人正是"黑"之枪兵——弗拉德三世，他身边还有跟随他的三名从者，是"黑"方的弓兵、狂战士和术士。

而且还不止他们几个，还有不少魔偶和手执战斧的人造生命体。

基本上没有威胁的成分在里面，但他们的确都带着敌意，酝酿出一阵压迫感。不过，裁定者生前也经历过这种四面受敌的场面。

倒也没什么可在意的，裁定者不卑不亢地走到王座之前。她不是王的臣子，没有低头行礼，王也没什么反应。

"我是这次圣杯大战中被召唤的裁定者——贞德。"

"哦,裁定者也是有同样信仰的人,这样余也放心了。"

"那我就祈祷,既然我们都相信神,那么,就会以公平为战斗的宗旨吧。"

看到裁定者坚定的眼神,"黑"之枪兵弗拉德三世撇了撇嘴角。可能他觉得这只是村姑的傻话吧。

"天也快亮了,还是先说说有何贵干吧,裁定者。"

"今天深夜,你们和'红'之从者发生了冲突吧?对手应该是骑兵、弓兵,还有狂战士。"

"是啊,这有什么问题吗?"

"那场冲突应该是骑兵和弓兵撤退,狂战士被抓吧——那之后,到底发生了什么?"

"……"

听到裁定者的问题,"黑"之弓兵喀戎做出了一点反应。不,不仅是他,手握战斧的人造生命体们也有些动摇。

而反应最激烈的,是"黑"之枪兵。

"很不愉快。"

只是这么一句话,王之间里就充满了杀意。虽然像小孩子发火一样不讲道理,但怒火的威力却等同于能压制一大片区域的武器。裁定者平静地面对这位"有思想的兵器"散发的杀意。

毕竟她生前身为一介村姑却在希侬城堡求见王太子,还在被俘后遭受异端审判,此时的杀意远远比不上当时的恶意。那个时候,只要她举手投足间有任何破绽,都会立刻遭到诛杀。

"你们不愿意回答,我也没有办法。话题到此为止,我会自行调查。"

就在裁定者要转身离开的时候,枪兵的杀意也缓和了。

"失礼了。看起来是玩笑开得有些过分了。"

"黑"之枪兵说刚才的杀意只是开玩笑,连裁定者也有些吃惊了。不过,他可能真的这样认为。对于王来说,喜怒哀乐本来就只是政治手段。就算不伤心,也会为了臣子哭泣,就算不高兴,也会接受贡品。

所以，愤怒对于他来说，也可能只是逢场作戏。

"剑士自杀了。"

"什么……"

听到对方淡然说出这句话，裁定者也无言以对。"黑"之枪兵伤心地摇头叹息。

"不可能"三个字都到了嘴边，但裁定者还是没有说出口，因为"黑"之剑士自杀多半是事实。但是，这里面有一点矛盾之处。"黑"之剑士虽然命悬一线，但还活着。

御主不可能感应不到从者的生死。如果感应不到，那恐怕就意味着因果线已经被切断了。

但是，裁定者有比"灵器盘"更灵敏的知觉力，所以她可以断言，虽然"黑"之剑士与这个世界的联系变得微弱了，但还没有完全消失。虽然不知道他此刻在哪里，但他一定还活着。

"有没有人能把情况详细说明一下呢？"

"'黑'之骑兵向余报告了此事。因为事情好像是他挑起的，所以他挨了罚，被关在地牢里。"

"这样啊。"

"那么，裁定者，单刀直入地说吧。我们白白失去了重要的剑士，所以想要补充一个不亚于剑士的战斗力。我这么想很自然吧？"

话语中弥漫着火药味，裁定者皱了皱眉。

"正如之前所说，我是裁定者，是圣杯召唤的这场战争中绝对的裁定者。我有我的目的，不会和你们结盟的。"

"你没有愿望吗？既然被圣杯召唤了，你一定有愿望吧？"

"在这一点上，裁定者是例外的。作为裁定者被召唤的条件之一，便是在现世没有任何愿望。"

听裁定者这么说，从者们都有些动容。

"裁定者，你没有愿望吗？"

"是的，没有。"

枪兵一拳砸在椅子扶手上。他站起身，带着刚才那股怒意大声说道：

"贞德，余知道你的末路！人们都背叛了你，剥夺了你的一切，你最后惨死，怎么可能没有愿望！回答我，不要说谎！"

如果说他刚才显露出的杀意是大范围的压制性武器，那他现在的话语则像尖桩一样尖锐。如果裁定者给出虚伪的，抑或是枪兵不认可的答案，只怕她回答的瞬间，就会被尖桩穿刺。

裁定者盯着枪兵，用足以压制对方的平静声音说道：

"没有。所有人都觉得我这一生很遗憾。人们或许觉得我想复仇，或许觉得我当时希望有人来救我。但是，我自己知道，我的一生很充实。可能没有人能够理解我吧，至少我觉得，自己的一生没有遗憾，我也没有希望圣杯帮我实现的愿望。如果一定要说有的话，我只希望这次圣杯战争能够在正确的轨道上运行。"

"即便连神明都舍弃了你，你也这么想吗？"

"你这种说法太愚蠢了。主没有舍弃过我们。不对，其实主根本没有舍弃过任何人，只是无能为力而已。"

"什么？"

"祈祷也好，供奉也罢，都不是为了我们自己，而是为了主。我们是为了安慰主的哀叹，抚平主的伤悲而祈祷的。没错，我确实——

"听到了主的叹息。"

有哀鸣，有叹息，有呜咽，有伤心。

世界向着地狱直奔而去，没有人能够阻止。不，甚至可以说，世界已经是地狱了。

主因悲痛而叹息。人们已经活不下去，要么成为野兽，要么成为食物。

人们争执不休，绵绵不绝的血雨浸透了大地。

主在叹息——我听到了主的哀叹。我只是听到了大家忽视的声音，听到了那些微弱的低语。

我知道，侧耳倾听那些声音并回应，就意味着我要放弃迄今为止拥有的全部。

我要舍弃朴实村民的一生，舍弃爱人和被爱的喜悦，而且没有回报。我一定会被许多敌人和同伴嘲笑吧。

那真是太可怕了。区区村姑，居然要奔赴充满杀意的战场，一定是疯了吧。

可是主在哭泣啊。

啊，我一定无法忍受吧，无法转身弃之不顾。

为了让主停止哭泣，为了安慰主，我直面了这人间地狱。我身披盔甲，腰悬长剑，手持战旗——献上了自己的生命。

没错，我在主那里得到的启示并不是荣光与胜利，也不是义务或使命感。主只是在叹息，只是很悲伤而已。

所以，既然受了启示，那我至少可以让主不再叹息吧。

"黑"之枪兵瞪着裁定者，最后还是摇摇头，坐了回去。

"看起来我们虽然信仰相同，但却水火不容啊。"

"对我处以火刑的人，也和我有相同的信仰，这并不奇怪。"

裁定者面不改色地说道。她的回答太诙谐，"黑"之枪兵甚至愉快地笑了出来。

"那就没办法了。但是，'红'方从者之前的确是想要你的命。我们只是想与你合作，但他们的想法好像完全不一样哦。"

"是啊。我也必须要调查'红'方到底想做什么，虽然我不想与他们为敌——"

"但是，被袭击后，事情的性质就不同了吧。"

"是的。"

"那我们就祈祷，'红'方是想取你性命的蠢货吧。"

"黑"之枪兵说完又笑了。

裁定者离开王之间，直接去了地牢。战斗中被捕的"红"之狂战士和另外一名"黑"方的从者都被关在里面。据枪兵所说，那个从者应该是"黑"之骑兵。

地牢似乎很久没有使用过了。大概八间牢房，几乎每一间都堆着烂木头和干草，到处都是蜘蛛网。

其中一间牢房里，"红"之狂战士被蜡油似的流体封住了全身。虽然换了御主，但"黑"方也不必放他出去。尽管身陷囹圄，但他脸上依然带着笑容，看起来多少有些诡异。

那么，现在问题就在于被关在另一间牢房里的从者。

"咦，你是谁啊？"

少年疑惑地歪着头问道。他一副不痛不痒的态度，身上的封印却比狂战士更紧实。他的手脚都被尖桩贯穿，看上去很疼。

"你是'黑'之骑兵吧？我是裁定者贞德，是被圣杯召唤来管理这次圣杯大战的。"

听裁定者这么说，骑兵马上点头，表示明白了。

"这么说来，我好像确实是听说有这么一个从者被召唤了。但你说的是真的吗？你真的不是'红'方从者吗？"

骑兵露出怀疑的眼神，微微一笑，像是在说"事情变得有趣了"。裁定者想了想，索性摘掉护手，挽起袖子，让骑兵看了看"那个"。

"哇……"

"能证明了吗？"

"能。嗯，你确实是裁定者。原来如此，这就是裁定者的特权吗？真好，我也想要！"

骑兵信了，不停地点头。

"你能明白就好。那么，骑兵，很抱歉，我有问题想问你。"

"好好好。只要我知道的，你随便问。"

骑兵满口答应道。

"我听说'黑'之剑士自杀了。"

"啊，是的。"

但是，那是不可能的。无论是剑士还是其他什么人，目前十四名从者还是完整的，能感觉得到他还"活着"。裁定者很清楚，他此刻还停留在这片土地上。

"抱歉,能说得更仔细一些吗?"

"好,我现在正好闲得不行呢。"

骑兵笑着讲述起剑士的故事。那已经不是英雄故事,而是一个圣人的逸事。还有被英雄所救的无名少年——人造生命体,他为了寻求自由而踏上了旅途。

"总之,就是因为这样,我现在孤零零地被关在了这里。虽然旁边还有'红'之狂战士,但是那家伙没法沟通……喂,你还好吗?"

"黑"之骑兵高喊一声,隔壁随之传来声音。

"我才不会奉承权力的走狗。不过,还是回答你的问题吧,我很好。还有就是,如果能解开这些束缚就完美了——"

"那个下次再说吧。"

骑兵的讲述令人震撼,裁定者听了,也想通了。

"剑士确实消失了,但是,他把'心脏'给了那个人造生命体。"

这既不是用魔力构筑的剑或者盔甲,也不是头发,而是对人类来说,与大脑同样重要的器官——心脏。从者的心脏和大脑里也有灵核。居然自己动手挖出心脏赠予他人,这也是史无前例的做法。

更何况,送出心脏的"黑"之剑士——英雄齐格飞曾经沐浴龙血,拥有与龙种相近的不死之身,人造生命体的身体很可能因此受到什么影响。

"嗯,我就在那里与他道别了。他沿着山道走了。我之前试着骑骏鹰的时候,看见过那边有个村子,他现在可能就在那里吧。"

"原来如此。我明白了,谢谢你。"

裁定者道谢。骑兵神情复杂,问道:

"你要去找他吗?"

"是啊。如果你说的是真的,那么从者的气息一定是从他身上散发出来的。"

"有可能,但是我还是希望不要把他牵扯到这场战斗中来。"

骑兵刚才还乐观地笑着,此刻却笃定地看着裁定者,眼神中不经意间浮现出一些敌意。看这眼神，就知道他有多坚决。

"我能理解你。如果你说的是真的，他只是单纯的受害者，只要他不想，我也不会过多干涉他。"

骑兵松了一口气，刚才的敌意也烟消云散了。

"你这么说我就放心了。嗯，只要他能活下去，我这样做也就值了。"

听骑兵轻声这么说，裁定者不解地问道：

"骑兵，剑士为什么要救那个人造生命体呢？如果救人的是你——查理曼十二勇士之一的阿斯托尔福，我倒是能理解……"

阿斯托尔福遵从骑士道精神，乐善好施，不难想象他会对人伸出援手。但是，"黑"之剑士是齐格飞，是一名王族，是尼德兰的王子。虽说保护悲叹的弱者，讨伐傲慢的强者是与英灵的身份相匹配的行为，但是，凡事都有个度。既然是圣杯战争召唤的从者，那他必然有希望圣杯实现的愿望。他至少不会舍己救人，更何况那人不是自己的御主。

对于从者来说，参与圣杯战争就相当于重获新生，这是奇迹中的奇迹。齐格飞居然舍弃如此珍贵的生命，去救一个素不相识的人造生命体，这太不寻常了。

"从者也不一定要和生前做一样的事啊，反而有很多人对生前的做法感到后悔，才想做出不同的选择吧，虽然这种做法大多还是会失败。"

英雄都是因为生前的所作所为才成为英雄的，没有人会希望他们和生前有不同的表现。

"谢谢你告诉我这么多。祝你赢得这场战争的胜利。"

"咦，你要帮我吗？"

听他这么说，裁定者笑着摇了摇头。

"我不会的，我只是祈祷所有参加者都能获胜而已。"

"喂喂喂，别这么说，裁定者。圣杯战争只能有一组胜利者吧？"

"是啊，不过我还是会这么祈祷。"

裁定者静静地离开了地牢。留在牢房里的"黑"之骑兵不经意想起了剑士的末路。

那个男人为了救人造生命体，毫不犹豫地献出了自己的生命，最后只留下一个心满意足的微笑,他也是"胜利者"吗?

真是那样就好了——不,一定是的。骑兵真心这样想。

离开的时候就不是达尼克带路,而是人造生命体仆人带路。人造生命体一言不发,安静地迈着规整的步伐,看起来总有种人偶的感觉。

"我能问个问题吗?"

听到裁定者提问,人造生命体没有停下脚步,也没有点头,只是开口答道:

"没关系,请问。"

"像你这样的人造生命体,是自愿参加圣杯大战的吗?"

"当然了。因为这是主人的愿望,我们就是因此被制造出来的。"

这个回答语气淡然,也没有什么迟疑。"这样啊。"裁定者回答道。这件事至少还没有脱离圣杯战争的规则。人造生命体和魔偶都会听命于主人,不过,虽然他们是被制造出来的,却有自己的意志。

所以,他们应该受到尊重。

"送到这里就可以了,谢谢你。"

到达城门后,裁定者郑重地行礼致谢。人造生命体用那双通透的眼睛看了看她,深深地低下了头。裁定者刚要转身离开,人造生命体有些犹豫地清了清嗓子,开口问道:

"他……会受到惩罚吗?"

裁定者回过头,有些不明白这个问题的意思。

"你指的是谁?"

"就是'他',害死我们主人的从者——剑士的人造生命体。"

眼神木讷,没有感情……但是裁定者仔细一看,才发现从那双眼睛里流露出对"他"的关心。

"不会。据我所知,只是他'想活下去',而剑士实现了他的愿望而已。想活下去这种想法是无罪的。"

她不是作为裁定者,而是作为一个人类做出了这样的判断。就算再怎么罪大恶极,想活下去这个愿望本身是无罪的。当然,活着作恶犯罪就是另一回事了。

"非常感谢。"

她的表情有一丝放松。啊，他们果然是"活着"的——裁定者叹了口气。他们的命运几乎都是注定的。这些人造生命体是临时制造出来的，所以都非常短命。

但她是裁定者，也正因为这个身份，对此根本无计可施。她没有权力向那些没有主动寻求帮助的人伸出援手。

裁定者打起精神，向骑兵所说的那条山路的方向走去。

"黑"之骑兵的话让裁定者有一种不祥的预感。在圣杯战争中，从者自杀的情况并不算少。虽然情况各不相同，但狂战士职阶因为魔力用尽而自杀的案例很多，也有从者使用强力的宝具，拖累御主一起送命。

虽然实例很少，但也有为了御主选择自杀的从者，还有从者心善，为了保护无辜民众而使用宝具。

但这次的情况不一样，并没有传说表明他生前曾挖出过自己的心脏——所以不是这类因素导致的，整件事必有蹊跷。如果没有出差错，现在就应该只有十三名从者。

那为什么现在还是十四名从者呢？为什么自己觉得"黑"之剑士还活着呢？这次的圣杯大战果然有疑点。有些东西已经脱离了正轨，而那个人造生命体，应该也在这件事里扮演着重要的角色吧？

但这都只是推测，她还看不透。正因为看不透，只能追上去问清楚。

"虽然他说是这座山的方向……"

夜晚，一座布满结界的森林安静得让人耳朵发疼。人造生命体的气息没有从者那么强烈，也就是说，她必须从这座森林里找出一个正要徒步走出去的"某个人"。

可是……她开始思考，这件事情其实还挺难的吧？而且那个人造生命体是从尤格多米雷尼亚跑出来的。他不像普通人，能更敏感地察觉到魔术师和从者的气息。

就算出声喊他，他或许不会现身，反而会因为害怕而跑掉。

要放弃吗？这个想法浮现在裁定者的脑海中。那个人造生命体本来就是不想与这场战争扯上关系才逃走的。在他眼里，裁定者就像一场噩梦，想把他带回战场。

可是——

她控制魔力，正好抵消结界，这样一来，就不会暴露从者的身份，便于接近人造生命体。

如此一来，她身体的机能也和普通人类无异。虽然有月亮，但借着朦胧的月光走山路，实在很费力。

少女一边调整渐渐紊乱的呼吸，一边沿着山路向上爬，希望能追上对方。

裁定者感到有点头晕，但她已经没有余力在乎这些了。

只是向前走一步，就会消耗相当多的体力。只要再坚持一下就好了——她这么告诉自己。

为什么要吃这个苦呢？那是因为想要见见他，见见那个人造生命体，毕竟他得到了"黑"之骑兵的帮助，"黑"之剑士也毫不犹豫地为他付出了生命。

只是这样而已吗？只是这样应该就足够了。但是，这种无处安放的使命感又是怎么回事呢？

不，还是不要想比较好。还是先把"要见他"这个想法当作自己的意愿吧。

然而，身体却无法再支撑，渐渐失去了控制。

人类的肉体早已突破了极限，现在只能靠裁定者的力量行走。迫于无奈，她只能尽量压抑内心的焦躁。现在是在夜晚的山路上行走，不能掉以轻心。

裁定者强忍睡意，不断向上攀登。可能是因为切断了魔力提供的辅助效果，她感觉有些难以负担这身盔甲。

这条路一眼望不到头，她穿过森林，看见一个人影茫然地伫立在靠近山顶的地方。

"啊——"

她一下子放下心来。但这一松懈却好像过于致命，她的视野忽然变暗,整个世界都在摇晃。

不行,还得再忍耐一下。

"站住!"

她对他喊道,随后,她才意识到不应该这样。她吃了这么多苦,只是为了不吓到他,结果最后却出声喊他。

她已经耗尽了体力,还没想出对策就差点失去意识,只能靠着背后的大树蹲了下去。

她动不了了。倒也不至于因此死去,至少此时此刻做不到什么了。她的身体只能屈服于困倦。但是,刚才发出的声音,足够让人造生命体意识到有人在跟踪他吧。如果今天追不上他,可能就再也没有机会了。

这可能是一次致命的失误。就在裁定者为此懊恼的时候,她耳边响起了轻踩草地的声音。

不可能吧,她一边想一边抬起头,意识稍微变得清醒了一些。一个面容纤细优美的少年,正小心翼翼地对她伸出手。

她一把抓住对方的手,松了一口气。

"太好了……终于见到你了!"

二人就这样相遇了。

少女虽然是从者,但却没有御主,只是为运营这次圣杯大战而存在。少年既不是人类,也不是从者,甚至可能连人造生命体也算不上。在名为圣杯战争的仪式中,他们两个都是异类。

"啊,其实……我不是敌人。"

少女腼腆地低声说道。少年坚定地点点头。

"我多多少少也感觉得到。"

少女摇摇晃晃地站起来,端正身姿,报上自己的名字。

"我在这次的圣杯大战中担任裁定者职阶——我的名字是贞德。你是米雷尼亚城堡的人造生命体吧,我想问你几个问题,可以吗?"

"啊,没问题。"

"我身为裁定者有一些特殊能力，可以感知到参加这次圣杯大战的所有从者是否退场。现在在我的认知里，全部从者都还在。但是——"

"不，不对。就在刚刚，'黑'之剑士消失了。"

"骑兵也是这么说的。但是，这不应该。按我的感觉，从者的总数还是十四人，没有变化。而你身上有从者的气息。不过，我和你见面之后就明白了，你果然不是从者。"

裁定者摘掉护手，轻轻把手掌按在人造生命体的胸口，确认他的心跳。人造生命体见状，露出了困惑的表情。

"跳动非常有力，看来和普通的心脏一样。太好了，他果然没有白白送命。"

她放心地呼出一口气，这才回过神来，慌忙把手缩了回来，不好意思地道歉。

"对不起，一不小心就——"

"不不，没关系。我……没什么问题吗？"

少年略显不安地问道。裁定者点点头，告诉他没问题。令人难以置信的是，这颗"心脏"发挥了它该有的功能。如果排除掉人造生命体身上有魔术回路和能使用魔术这两点，他与普通的人类没什么区别。

"正如'黑'之骑兵所说，你已经自由了。"

听裁定者这么说，人造生命体的表情忽然笼上了一层阴霾。看到他这样的反应，裁定者讶异地问道：

"怎么了？"

"不。我当然能理解'自由'这个词语所代表的意思。但是……我不知道应该做什么才好。"

人造生命体坦率地说出了自己的烦恼。裁定者不可思议地歪了歪头，因为她在那座城堡里看到过"黑"之骑兵快乐地分享他脑海中少年的未来——

"他一定是去了那个村子，然后再以那里为起点，到城市去。他会接触到各种各样的人，会接受人的好意，也会被人伤害，但他仍会向前走，还会爱上某人。啊，这可真是太美好了！"

裁定者复述了一遍。人造生命体摇了摇头，否定了这样的未来。

"确实，如果我已经'自由'了，那这些事都有可能。但是，不知道为什么，我好像根本不想这样做。"

他的表情有些暗淡，像是感觉辜负了骑兵的一片苦心。裁定者开口劝慰他：

"这些事都发生在这一两天，也不是那么轻易就能转换心情的。但是，说不定，你会有一些其他的愿望呢。"

"其他的……愿望……"

骑兵帮他设想的未来确实很好，但不知道为什么，他并不动心。那么，他是在期望……不一样的未来吗？

"如果没什么梦想的话，那就先感受一下自由吧，然后再找到梦想就行了。不过，如果你已经有了梦想，可以试着说出来。"

梦想——自己的梦想，到底会是什么呢？齐格闭上眼睛，回顾了一下自己的人生。他为了生存而逃跑，祈求过帮助，又为了活下去而逃跑，但是失败了，险些丧命，结果又绝处逢生，得到了自由。

他的一生非常短暂，却备受眷顾。他明明和其他的人造生命体没有不同……不对，他和其他的人造生命体不同，他们会全部死去，而自己会活下来。

这也是没办法的——只用这一句话来解释很简单。只要说这句话，自己就可以轻易抛下他们。但是，绝对不能这么说。不久前，人造生命体们还曾违背命令，不再搜索他的行踪，放他逃出城堡。

他们跑出来之后，听骑兵这样跟他讲的时候，那种不知从何而来的喜悦之情，难道不正是因为他感受到了同伴之间超越主人命令的羁绊吗？

那么，他想要实现的愿望可就太显而易见了。

——我已经自由了，所以，我希望大家都能自由。就像骑兵、剑士、还有弓兵把自由带给了我一样。

愿望，我的愿望，我的梦想……是拯救。拯救那些只有死路一条，与过去的我别无二致的……伙伴们。

浸泡在营养液之中，除了恐惧，一无所有。他们与世间万物没有不同，终将走向死亡，然而他们直到临死之时，都必将一无所成，这是多么荒谬，多么可悲。

去拯救他们，正如我被骑兵所救一样。这样一来，与骑兵再会的时候，我也能够挺起胸膛，说我也救了向往自由的大家。

他们也想要获救，我听得到他们的声音。我做不到置若罔闻，做不到独自逃跑。我赌上英雄托付给我的这颗心脏，只有这一点我绝对做不到。

"我想……救人。"
"救谁？"
"我的伙伴，和我一样的那些人。他们明明在求救，却连声音都发不出来。我想救那些不敢奢望得到帮助的人，我想救那些为了死亡而生的人。"
"你是说想救米雷尼亚城堡里的那些人造生命体吗？"
齐格点点头，肯定了裁定者的推测。
"可是……骑兵不希望你这么做吧？"
没错，那个从者应该只是希望他能幸福地生活，希望他能远离战火，与世无争。
"我明白……但是，那种和平的生活，那样的未来……并不是我的梦想。"
骑兵为他着想，他非常高兴，但他还是想坚持自己的梦想。
"我听到了，听到他们向'某人'祈求帮助。我无法只考虑自己，对他们弃之不顾。"

对他来说,这就像是一道枷锁。他一时走运,获得很多人的帮助,他能理解受人帮助的喜悦。有人握住自己伸出的手,这种喜悦对于其他人造生命体来说,是一辈子都没有机会体会的感情。

奇妙的罪恶感爬满了他的全身。他虽然无能为力,但却想要做些什么。

齐格的话让裁定者震惊。

他和她听到了不同的声音,却做出了相同的决定。少女回应了主的叹息,少年也想回应同伴们的呼唤。裁定者虽然听不到他们的求救声,但少年确实听到了。

那么——

"什么都无法阻止你这么做吗?"

"嗯?你应该有很多办法阻止我吧。"

"不,我说的不是这个。你现在是想要返回城堡,说服人造生命体逃亡,对吧?"

"我想过各种可行的方式,不过基本上就是你说的这样吧。"

"你对你的设想有多大把握?"

"目前来看,几乎没把握。但是,我也不能逃避。"

"不要鲁莽行动,不然会枉费了骑兵的好心。"

当然,他原本也是这么想的。只是……此时此刻,齐格并没有像样的策略。

"圣杯战争的裁定者,我有个问题想问你。'黑'方把我们这些人造生命体当作魔力供给源,这种做法,在圣杯战争中算违规吗?"

裁定者的表情有些阴沉。没错,他的目标就是救出其他人造生命体。但是,这条路的前途障碍重重。眼下最大的问题就是,如果严格对照圣杯战争的规则,这种做法到底算不算违反规则?

"目前只能认为,人造生命体是遵从自己的意志参加圣杯战争的。至少我询问过的人造生命体是这样回答我的。"

即便不是人造生命体,奉命打仗也是很多人的行为准则。其实从者基本也是以这样的形式参与圣杯战争的。

"我们的意志极端薄弱，都只懂得听从命令。"

"可是，你确实是以自己的意愿行动。"

"虽然是这样——"

"如果他们都是自愿参加圣杯战争的，那我没有插嘴的余地。人造生命体到底是不是自愿，如果问他们，能得到答案吗？"

他无言以对。就算问那些人造生命体，也不一定能得到理想的答案。从出生开始，他们就只知道必须听命于某人，几乎没有反抗意识。

"不过，可以确定的是，这个情况是不能忽视的。原则上，魔力供给必须发生在御主与从者之间。这么大规模并且堂而皇之地无视这一规则……可能算是个问题吧。但是，即便我下令让他们更正，他们也没有听从我命令的义务。"

"裁定者没有这个权力吗？"

"虽然有……但是有次数限制。具体一点说的话，我的权力是可以命令每个从者各两次。"

"那就是说——"

人造生命体露出吃惊的表情，裁定者点了点头。没错，这就是裁定者最大的特权，也是每个御主都有三次的，针对从者的绝对命令执行权——令咒。

"只不过，只有在万不得已的情况下，我才会以裁定者的身份使用令咒……当然，这只是我给自己立的规矩。"

这其实是因为，在极端情况下，只要使用令咒，甚至可以决定谁最终能获得圣杯。如果不希望那个从者得到圣杯，只要命令他自杀就行了。

然而，正因如此，才需要她本人制定规则。如果没有这样的自律，那她就不是裁定者，而是独裁者了。

看人造生命体那副沮丧的样子，裁定者心里也不好受。确实正如他所说的，要求人造生命体有自我意志过于强人所难。

"我还有一个问题。如果你去跟人造生命体沟通，他们能敞开心扉吗?能不像在支配者面前那样唯命是从,显露出自己的真实想法吗?"

"这……"

少年开始思考。那些人造生命体见到同胞,也许愿意敞开心扉,这样一来,裁定者也能做些什么。如果只是帮助那些向她求救,称想要脱离战争的人造生命体逃离城堡……

"如果能救他们,我觉得有尝试一下的价值。"

"这样啊……那么……"

这种做法,老实说已经属于跨越裁定者管理范围的踩线行为了。她有些过于偏袒眼前这个人造生命体了。

但是,即便现在告诉他,自己不会帮忙,他恐怕也不会放弃吧。

只要"黑"之骑兵还在,这个人造生命体一定会在"黑"之阵营内引发混乱。本来"红"方会攻击自己就很可疑了,她不能允许秩序进一步崩溃。

她清了清嗓子,挺胸抬头,故作严肃地说道:

"那没办法了。现在逼不得已,我宣布,接下来你的行动需要接受我的管理。不要担心,我会最大限度允许你按照自己的意愿行动。但是,一定不要轻率鲁莽,明白吗?"

"这……"

"现在这种情况,你自己一个人也做不了什么吧?"

"虽然确实是这样……但是……"

"最重要的是,如果你现在一个人返回城堡,就不知道'黑'之骑兵……阿斯托尔福会怎么样了。我实在太担心这一点了……"

裁定者反复念叨着,看起来确实很担心。

"那倒也是。"

毕竟他是一个理性已经飞到月球上的英灵,可能稍有不慎,就会为了人造生命体在城堡里大闹一场。

"所以,你一定要听我的命令,可以吗?可以吧?回答我!"

裁定者步步逼近。少年被她的气势压倒,慌忙点了点头。

"我……我明白了……我听你的。"

裁定者正准备伸出摘掉护手的那只手，突然意识到一个问题，自己还没问过他的名字呢。

"不好意思，你的名字是——"

"我希望你叫我'齐格'。这原本不是我的名字，而是他的。"

少年把手按在心口，有些骄傲地说道。

"如果没有他，我也活不到现在。考虑到这一点，这个名字还算合适吧……我是这样想的，你觉得呢？"

"明白了。是齐格飞吧？"

"不，不是的，叫齐格就好。我觉得那位英雄的名字太沉重了，我一定无法像他那样生活。"

自己一定无法毫不犹豫地献出生命。

他说的时候有些懊恼，声音很轻。

"那是当然的。你才刚刚有了自由选择的权利，而不是像他一样是个无所不能的大英雄。"

如果强迫一个未来有无限可能的少年奉献自己的生命，那是何等的傲慢。即便他的外表看起来是个能分辨是非的成年人，但是实际上他还是过于年幼。

"这样啊。嗯，我明白了。"

齐格坦率地点点头。裁定者有些忍俊不禁地想，他可真是个好孩子，然后再次伸出手。齐格战战兢兢地回握住了裁定者的手。

"那么，我们就马上回城堡去吧。如果能遇到骑兵，你就想个好一点的理由，让他不要把事情搞得一团糟。"

"明白了。那我们走吧。"

"嗯，走吧！"

裁定者转身背对着山脚下的村落。然后走了一步、两步、三步，接着就双膝一软倒下了。

"怎……怎么了？"

齐格慌忙跑过来。裁定者满怀歉意地对他说：

"不……不好意思，我们还是先去山脚下的村子吧。"

"为什么？"

一个比语言更有说服力的声音回答了他的问题——那是胃肠蠕动的声音，也就是肚子叫了。

"这可真是出乎意料——"

"不好意思，还得请你背我一下。我肚子太饿，一步也走不动了……"

真出乎意料，她"燃料不足"了。回想一下，她只在晚上吃了一顿饭，然后就不吃不喝地东奔西走，一直忙活到天亮，还用圣水探索从者的下落，连喘息的时间都没有，刚才还差点昏过去。

如果是普通的从者，这根本不是问题，但是对于人类的肉体来说，能量的消耗还是过大了。仅仅大量消耗魔力，还可以活动——但是她还得一直忍受令人绝望的饥饿感。

"前途多难啊。"

裁定者没有回答。

∞ ∞ ∞

"枪兵怎么了？"

"王没有灵体化，正坐在宝座上沉思。他和裁定者谈了谈，像是想到了什么。"

城堡的一个房间里，尤格多米雷尼亚一族的族长达尼克与弓兵正面对面地商讨今后的策略。

"没想到剑士居然这么早就退出了……"

达尼克的表情很黯淡。这也难免，剑士号称是七职阶中最优秀的，本来也应该是能坚守到决战的人才。如果对上术士或者暗匿者这类擅长攻敌不备的职阶，或者碰上骑兵之类有丰富宝具的从者，剑士可能也称不上拥有特别大的优势，但与这些各有所长的职阶不同，剑士无论面对什么样的敌人，都可以放手一搏。

更何况，"黑"之剑士还是尼德兰的大英雄齐格飞，除去之前那位"红"之骑兵，他面对任何一个从者应该都占优势。

"已经过去的事，惋惜也无济于事了。'红'方迟早会感知到剑士已经退出，到时候，他们很可能选择一口气直接进攻。"

"红"方现在也被抢走了狂战士，只余六人。如果自己是"红"方指挥官，一定会选择在对手找到弥补方法之前展开进攻。赶在对方调整好态势之前进攻才更有胜算。

"术士的宝具是不可或缺的。"

"我听说现在还没有凑齐宝具需要的素材。"

宝具应该是召唤从者时，从者直接带到这个世界上的东西，当然也是用魔力构筑的。虽然有时候会需要一定的条件才能发动，但宝具基本上不需要什么素材。

如果有这个需求，恐怕这个宝具也是现在世界上还存在的东西吧。然而，就算是这种情况，必要的也是宝具本身，而不是素材。

宝具并不是未知的武器，都是由英灵本身的传说升华而成的宝贵幻想。因此，宝具也应该是早就完成的东西……本来应该是这样的。

要说有哪些宝具不遵循这个原则，那可能是对于英灵来说过于巨大的东西，或者是——传说中没有完成的东西。

"素材还缺一样，只要找到就能发动。"

"是什么？"

"是一级的魔术师。"

达尼克表情严峻地开口说道。听他这么说，弓兵终于理解了事情的来龙去脉。

"原来如此。所以术士才想找到那个人造生命体啊。"

"没错。'炉心'的性能会直接反映在术士的宝具效果上。在我们的族人中，有这种能力的只有——"

"七位御主，以及那个人造生命体了吧。"

"如果是二流或者三流的魔术师，要多少有多少。但是，如果要继承了百年魔术刻印的魔术师，就不太容易找到了。"

"我倒是不觉得人造生命体能有刻印……"

"但是那个人造生命体是用爱因兹贝伦的技术制造的。可能是在制造过程中突然变异成怪物了，术士当时没有发现吧。"

确实，弓兵由衷地赞同他的说法。那位人造生命体拥有一级魔术回路，以至于他那虚弱的身体根本不足以支撑。

"但是，现在看来，追回人造生命体的希望很渺茫。也就是说……"

"必须得献祭一个人了吧。"

"是啊。这种情况下，也就只有一个人选了。"

达尼克苦笑着说道。

弓兵猜测，他说的恐怕就是戈尔德·穆吉克·尤格多米雷尼亚了。剑士选择自杀，那位御主绝对脱不了干系。

当时戈尔德刚清醒过来，就遭到枪兵恶狠狠地逼问，慌得令人同情。戈尔德随后还把剑士和骑兵痛骂了一番，即便是身为从者的弓兵，听了他的骂声都不禁产生了不悦。

戈尔德忘记了剑士不只是他的从者，还是古今无双的不死英雄齐格飞。不，与其说他忘记了，不如说他刻意忽略了这一点。

剑士会不听从御主的指令，一定也是基于自身的信念。这种坚持，不可能因为戈尔德对他施以高压就转变。其实，弓兵还认为，恐怕枪兵是将事情的诱因归咎于戈尔德不逊的态度，所以他才能平息对骑兵的愤怒。

"让术士做'红'之狂战士的御主，没问题吗？"

戈尔德虽然失去了剑士，但令咒还剩下一画，还拥有御主的权限。如果能重新缔结契约，那当然会选择"红"之狂战士，但是——

术士已经作为代理人完成了契约。

"我们对狂战士的御主原本就没有什么要求。把戈尔德的令咒转给术士，再用令咒诱导他狂暴，这个职责就算是完成了。"

"原来如此。"

达尼克无奈地仰起头。

"暗匿者的御主还没有联系我们吗？"

"是啊。通过'灵器盘'可以确定，暗匿者的确没有退出，但是——"

两人的脑海中冒出了最糟糕的设想。尤格多米雷尼亚家族的相良豹马，专门返回了远东的故乡，做好了万全的准备才召唤了从者。

通过"灵器盘"的记录可以确定，召唤本身成功了。但是，却无法确定御主到底是不是相良豹马。也就是说，很可能现在成为御主的另有其人。"黑"之暗匿者——开膛手杰克的历史很短，大致上是一个与英灵相去甚远的杀人魔，再加上职阶特性，肯定也很擅长杀死御主。

从这个角度来说，与暗匿者为敌可能才是最可怕的。

"'红'方有两个暗匿者，这可能是最糟糕的情况吧……"

达尼克摇摇头，根本不想考虑弓兵设想的这个可能性。这个时候，门突然打开，两个人同时转头望向门口。

"叔叔、弓兵，我可以打扰一下吗？"

进来的人是"黑"之弓兵的御主——菲奥蕾·弗尔维吉·尤格多米雷尼亚。她平时能以优雅的态度面对任何事情，但是现在，她却一反常态，露出了困惑的表情。

"怎么了，菲奥蕾？怎么连门都不敲……"

菲奥蕾没有回答，只是沉默着把一份报纸放在桌上。达尼克和弓兵的视线都转向了上面一篇报道。

"这是……"

"好像是罗马尼亚的首都布加勒斯特出现了连续杀人魔。现在受害范围已经扩张到了布加勒斯特以北的锡吉什瓦拉。"

达尼克赶忙去看报道。文中没有提到杀人的具体情节，只是笼统写了受害者已经超过三十人，现在罗马尼亚全国都陷入了恐慌。

"如果还觉得是偶然，请看这里的牺牲者一览——"

菲奥蕾伸手指着一张女性的照片。这张照片像素很低，却能看出她容貌端正。照片的说明栏只写了一句"身份不明"。

"她的名字是佩梅特莱吉斯，是和我同学科的魔术师。"

听到这里，达尼克也意识到事态的严重性。如果这只是普通的连续杀人事件，也许还可以视作偶然。但是，连魔术师都出现在被害者的名单里，那是不可能的。更何况，她很可能是被派遣到图利法斯的魔术师之一。

"她是那种会被连续杀人魔杀死的魔术师吗？"

"不是。佩梅特莱吉斯是接受过谍报特训的魔术师。如果把使魔的战斗力也算进去，普通的魔术师都打不过她。"

"也就是说，这个连续杀人魔，具有杀死魔术师的能力。"

如果连续杀人魔只是一个比她更厉害的魔术师，那事情就简单得多了。但是，此刻他们脑海中浮现出来的，是远远凌驾于魔术师之上的有名怪物。

暗匿者开膛手杰克可能已经抵达罗马尼亚了。如果是这样，暗匿者的御主又是怎么想的？至少，能眼看着事态恶化到上报的地步，那暗匿者的御主肯定不是个正常人。这种行为违背了魔术师都遵守的大原则——神秘事物要尽量隐匿。

"是的。现在怎么办，叔叔？也不能就这么放着不管。"

达尼克稍微考虑了一下，决定派几个在图利法斯的魔术师过去。

"如果真的是'黑'之暗匿者，那么，普通魔术师根本就毫无还手之力吧？"

从者再弱也是英灵，达到了究极神秘的领域。更何况，这还是一个特别擅长杀死御主的暗匿者。

"难道不应该由我们出面吗？"

菲奥蕾的提议确实合理。但要离开图利法斯前往锡吉什瓦拉，事情就又不同了。这种情况下，把从者派出去，会削弱城堡的守卫……

就在达尼克难以抉择的时候，术士传了心灵感应过来。

"报告。'红'之剑士和御主好像离开了图利法斯。"

"离开……知道他们去哪里了吗？"

"好像是去锡吉什瓦拉。如果要用远见魔术监视那边，我们的人手就有些不足了……怎么办？"

"继续监视图利法斯吧。不过，我也想要关于锡吉什瓦拉方面的情报。你要是有余力，就关注一下吧。"

"红"之剑士和御主——赚取赏金的死灵魔术师狮子劫界离已经前往锡吉什瓦拉,那么原因也就只有一个。

他们要么是去挑战"黑"之暗匿者,要么是去和那个御主联手。无论如何,都不能安然旁观了。虽然"黑"方现在有六名从者和六名御主,但只有一位英灵可以派去侦察。从防御角度来看,不能派出更多英灵了。

"弓兵,还有弓兵的御主菲奥蕾,你们去锡吉什瓦拉吧。'黑'之暗匿者和……'红'之剑士都在那里了。"

听到"红"之剑士也在,菲奥蕾的表情有一丝僵硬。毕竟此行一去,可能要与本次圣杯大战中屈指可数的强敌正面冲突。那么可以推测,到时候也难免与剑士的御主狮子劫界离交锋。她刚才的反应就是因为这个吧。

"……明白了,我准备好就出发。我们走吧,弓兵。"

不过,菲奥蕾虽然紧张,但并不害怕。她信任自己的从者,还有一点——她对自己的能力有绝对的自信。

"明白了,御主。那么,达尼克阁下,我先告退了。"

菲奥蕾和弓兵一起离开房间,达尼克长叹一口气。

"世事果然不能尽如人意。不过没关系,本来就是赌上性命也决定要叛离魔术协会的,这也算是意料之中的事了。"

达尼克当然也设想过战败被灭族的可能性。但是,那又如何呢?达尼克很清楚,有多少魔术师一族连到达根源的机会都没有,只能郁郁不得志地没落。

至少自己还有机会,他已经格外受眷顾了。而且,达尼克完全没想过要认输。

∞ ∞ ∞

——不是我的错。

戈尔德一个人在房间里,被屈辱和恐惧击溃了。

"不是我的错,那不是我的错。"

戈尔德一边念叨，一边发抖。他一口喝干了杯子里的酒，并不承认自己的失策。柜子上摆着名贵的酒，味道却并不可口。苦涩的味道刺激着味蕾，那么难喝，还喝不醉——根本就是诈骗。

"没错，就是诈骗。那个混蛋英雄……那也算是齐格飞？"

喝不醉——倒也并不准确。其实他已经醉了，虽然醉了，但他只感到头疼，满脑子都是剑士那令人生厌的眼神。

想到这里，他的思绪清晰起来，打起了精神，也冷静了许多。

剑士的眼神中，无关美丑，也没有被冷酷或者杀意占据，他只是在等待而已。

"怎么办？"

如果剑士对自己的回答还抱有期待，那么可能就还有思考的余地吧。如果他的视线里有冷酷或者怒气，自己也会感到恐惧吧——即便是作为御主。

如果剑士提出了稳重的、包含了某种有利或者不利的提案，自己可能会拒绝，但也不会那么激动。

然而剑士只是仿佛无机物一样在等待，等着自己选是，抑或是选否。

他们之间没有御主与从者的关系，甚至没有智慧生命之间的联系。戈尔德认为，自己就是块石头。

对他而言，自己只是一块绊脚石，阻碍着他实现目标。既然挡路了，那就一边去——恐怕他对自己的看法就是这样的。

"那也算得上是英雄吗？"

当然，虽然他嘴上在抱怨，但戈尔德其实也明白——他只是刻意忽视罢了。他一直不关注这些，因为如果正视这些，就等于是在正视自己的愚蠢。

你什么都不知道——从者可能是这样看待自己的，他害怕、羞耻、悲哀。归根结底，是戈尔德自己导致了这个结果。戈尔德不跟他说话，也不让他说话，把他当成一个工具来使用，那剑士当然也只能把戈尔德当成工具。

这是理所当然的。对于戈尔德来说，除了自己，其他事物本来就都是工具。他的目标，是重振高傲的炼金术师穆吉克家族。就连加入尤格多米雷尼亚一族，也只是实现这个目标的踏板。他接受的就是这样的教育，父亲母亲都这样说，祖父祖母也是这样说。

其实他知道这样做是不对的。虽然知道，但是他却从未想过改变。沿着铺好的路前进，这样的人生要简单得多。早晚让他们好看——他的祖父、祖母、父亲、母亲，一直在把这复仇的思想灌输给后人。

他当然也会把同样的思想灌输给儿子。他已经预定要在这场战争结束之后，进行魔术刻印的阶段性移植。

戈尔德的儿子也一样把他当成工具。就算想隐藏也藏不住，只要看那双清醒的眼睛，一眼就看得出来。因为那双眼睛，就和镜中戈尔德的眼睛一模一样。

他有时候也会想：如果……

如果他也能像弗尔维吉家的那对姐弟一样，不把从者当工具，而是当成一个具有独立人格的英雄来看待……

剑士那双冷漠的眼睛中，会不会有什么变化呢？会不会有不同的未来呢？

戈尔德对自己的想法嗤之以鼻，又倒了一杯酒。

"荒谬。事到如今，还想这个。"

戈尔德呷了一口酒，还是继续想了下去：如果那个时候，他回应了剑士的提议——不不不，荒谬，太荒谬了，不要想了。自己是输家，已经退出战斗了。接下来的事，只能交给别人去做了。

得出这个结论之后，戈尔德的脑子终于开始陷入醉意之中。

——真是倒霉！

塞蕾尼凯美丽的脸庞因愤怒而扭曲，脚步凌乱地走过走廊。无论她如何迷恋自己的从者，看到对方傻呵呵的笑容，心情都好不起来。

眼前就有最好的美味，自己却无法触碰。不光吃不到，还硬得连叉子都戳不进去。

塞蕾尼凯是在黑魔术师老婆婆们的溺爱中长大的，忍耐对她来说几乎等于拷问。她只有在与魔术有关的事情上，才能忍让几分。

如果想让那副端正的脸庞扭曲，恐怕得把骑兵庇护的人造生命体带来才行吧。如果当着他的面狠狠地折磨那个人造生命体，就算是骑兵也只能高声狂呼、陷入绝望。

真想看那个表情，无论如何都想看。如果能让鼎鼎有名的查理曼十二勇士中，最可爱的阿斯托尔福露出绝望的扭曲表情，真是不枉此生。

与此同时，她也非常憎恨备受关心的人造生命体。

召唤"黑"之骑兵以来，塞蕾尼凯一直都得不到的东西，居然被他得到了。

那恐怕就是所谓的爱吧？友爱、慈爱，还有因此而产生的喜悦，塞蕾尼凯恐怕很难理解这些感情。

为什么骑兵不肯将这种感情献给自己？人造生命体明明只有蜉蝣般短暂的生命。

其实她很想把人造生命体找出来。塞蕾尼凯不仅会用魔术，她还有尤格多米雷尼亚家族中最深的执念。对于她来说，人造生命体就是单纯的害虫，哪怕掘地三尺也要找出来，将他斩尽杀绝。

但是，她不能把时间浪费在寻找一个人造生命体上。塞蕾尼凯或许可以用黑魔术找到他，但是，那也需要一些准备工作，况且，目前行踪不明的人造生命体本身也是个优秀的魔术师。

如果不小心被反咬一口，那可就得不偿失了。人造生命体的事情只能等战争结束再处理了。

塞蕾尼凯看过骑兵苦闷的表情之后，更想糟践他、蹂躏他，凌辱他，让他陷入绝望。塞蕾尼凯尽量忍耐住这些邪恶的冲动。等到这场战争结束，只要赢了，这些都不是问题。

如果"红"方胜利，自己就放弃愿望和战斗，用三画令咒把骑兵玩弄至死。

塞蕾尼凯走路横冲直撞，只听"咚"的一声，一个人造生命体撞到了她的肩膀。负责配菜的少年睁着一双懵懂的眼睛，低头向她道歉。

塞蕾尼凯决定：就是他了。

"你跟我来一下。"

人造生命体无法拒绝。而塞蕾尼凯对于人造生命体仆人也没有任何怜惜。说得更清楚一些，消耗就是魔术师的美德。

通过连魔术师都要唾弃的低级趣味娱乐，塞蕾尼凯总算把积累的压力释放出去了。

——原来也会有这种怪事啊。

罗歇·福雷因·尤格多米雷尼亚叹了口气。他搔了搔凌乱的头发，准备整理一下自己混乱的思绪。

己方的剑士已经退出战斗了，而且还是自杀。他原本还以为英灵应该更理性一些，看起来好像也不一定是这样。

"真是荒谬。"

这原本是一场胜算很大的战争。

有"黑"之枪兵、剑士、弓兵，再加上自己和术士的搭档，他有自信能打倒任何敌人。更准确地说，他有自信能做出应对任何敌人的魔偶。

"黑"之御主们对魔偶的评价都太低了。虽然"红"之剑士确实能一剑砍倒魔偶，但是，那些都是巡逻用的魔偶。虽然也不比其他类别的魔偶差很多，但毕竟它们不用于战斗，只负责汇报信息。如果当时用了战斗魔偶，战况绝对不会像这样一边倒。

当然，最后魔偶应该还是会被打倒。可是魔偶有数百个，如果只是十几二十个，可能剑士还能毫发无损，但数百只魔偶前仆后继地攻击，结果又会如何？

他也知道现在只是纸上谈兵，但是这个可能性绝对不低。

同时他也清楚，如果指望用战斗魔偶打败剑士，那只是痴人说梦。

关键是术士的对军宝具"王冠：睿智之光（Golem Keter Malkuth）"。

当然，他推测术士的这个宝具应该也是魔偶。只是，不知道为什么，一提到宝具的具体形态，术士总是含糊其辞。

可能是因为自己还不够成熟吧。他希望是这样。不过，从术士偶尔透露出来的言辞判断，应该是相当巨大的东西。以及，"黑"之术士还这样对他说过：

那个魔偶当然不是无敌的。
甚至必须得设计好用什么方法杀死它。
我制作的魔偶获得了生命，所以也会死。
魔偶不是简单让木雕泥胎活动起来的术式。魔偶是创造生命……也就是模仿最初的人类。

这就是术士的目标。罗歇只想做有能力的魔偶，术士的思维方式太有冲击力了。

他想帮忙，如果不行，至少也要在他身边观看。事实上，对于罗歇来说，圣杯大战就是一个碍事的活动。但是，如果没有圣杯战争，就不会有召唤英灵的奇迹，他当然也就没有机会认识"黑"之术士——阿维斯布隆了。

所以，战斗不可避免。可是，他还有好多东西想请教，圣杯大战的时间又实在太短了。为此，罗歇已经想好了他的愿望。

他的愿望就是让"黑"之术士获得肉身。术士还有想在现世实现的愿望，那么，他也希望能出一份力。

"黑"之术士听说罗歇的愿望之后，说了一句"谢谢你"。他淡然的态度一点没变，教学方法也没有因此变得温和。

但是，他们的心灵是相通的。光是明白这一点，已经是罗歇的收获了。

他从来没体会过，原来与他人的交往这么有趣，更何况对方是自己发自内心尊敬的人。罗歇的双亲对他漠不关心，不，福雷因家族的传统是把孩子交给魔偶抚养，除此之外，罗歇确实没感受过一丝爱。

这可能是培养魔术师所必要的吧。对家族的爱，有时候会成为探寻魔道的负担，那还不如一开始就不要给予爱。至少，福雷因家遵循这样的方针。

更何况，福雷因家加入尤格多米雷尼亚家族之后，罗歇这孩子称得上是最高杰作。

罗歇本人也清楚这一点。他解读了祖上呕心沥血流传下来的各种秘籍，想不通为什么这么简单、一看就明白的内容，却需要长篇大论来解释。

这个时候，他召唤了天才，遭受了打击，又心怀憧憬。他与自己水平相当——不，甚至对方可能只是放低真实的水平来配合自己，他就是这么了不起的杰出人物。

怎么可能驱使这样的人，应该是自己去寻求对方的教导才对。这样一来，早晚有一天，自己可以在他身边看到他实现梦想。

为了达成这个愿望，罗歇在所不辞。如果需要人命，那也是要多少有多少。即便是违背家族利益的事情，他也愿意接受，毕竟这也是没有办法的。

——只要是为了实现老师的、我们的梦想……

——啊啊，好可怕。

尤格多米雷尼亚一族弗尔维吉家的长男——考列斯·弗尔维吉·尤格多米雷尼亚走过走廊，一想到刚才发生的事情，还有些发抖。

他的从者"黑"之狂战士紧紧跟在他身后。她简直就像背后灵一样，甚至让人感觉两人的距离是不是有些太近了。

让他害怕的不是敌人，而是同伴——"黑"之枪兵。

考列斯现在还没有掌握事情的全貌，不知道具体经过，总之御主戈尔德和"黑"之剑士之间，一定是发生了什么麻烦事。

如今，剑士不战而败，事态的发展简直像一场噩梦。捕获"红"之狂战士并替换其御主之后，己方在场的从者便有七人了。即便暗匿者至今仍未与他们会合，可他们在战力方面还占据优势——他刚刚产生这样的想法，就发生了这件事。

不出所料，"黑"之枪兵被这件事激怒了，他简直气得发狂。连冷血的黑魔术师塞蕾尼凯都在他的威压下惊慌失色。老实说，他甚至觉得自己能活下来都是奇迹了。

那就是英灵，那就是从者。更何况，枪兵是以苛政和穿刺闻名于世的弗拉德三世，就连跟他有亲戚关系的贵族，他都能毫不犹豫地处刑。

与此同时，聚集在一起的从者们对枪兵并没有多少畏惧，这也让考列斯惊叹。弓兵、狂战士和术士因为不是当事人，所以态度平淡，这一点他能理解。可是，就连身为当事人的骑兵也一副置身事外的模样，无论枪兵如何震怒，他都很平静，甚至还在开心地笑。

在那样的情况下，还能不带一丝恐惧地笑，因为他是"黑"之骑兵才这么异常吗？作为当事人，戈尔德拼命给自己辩解遮掩，在考列斯看来，却只觉得他是自作自受。

遗憾的是，己方失去了剑士。

但是，考列斯不会只因为这件事就那么悲观。"黑"之剑士好像是尼德兰的大英雄齐格飞。他沐浴龙血，拥有了无敌之躯，却因为后背上粘了一片菩提树叶，最后被刺穿后背，导致了死亡的结局，这件事很有名。

那么，之前戈尔德惊慌失措，用令咒强制剑士解放宝具，很可能泄露了他的真名。如果"红"方得知了齐格飞的真名，当然会想出各种对策，并不会一味地瞄准他的后背。

首先，因为剑士杀过龙，对手就会避免让龙种血脉的英雄遇到剑士。反之，因为齐格飞杀过龙，也曾沐浴过龙血，那么对龙有明显效果的宝具，也可能会让他受到致命的伤害。

当然，事情不会这么顺利。只是，对手一旦知道齐格飞的真名，总能针对他，想出策略。最初的战术，都是以"黑"之剑士为轴心构想的，一旦真名泄露，就有必要重新商讨计划了。不过，剑士的真名也可能根本就没暴露。

最后，这种模棱两可的状态导致了战场的混乱，这是最糟糕的情况。原本，所谓的战场，基本都是被混沌所支配的。如果再增加混乱的要素，就不知道会导致什么样的结果了。考列斯不喜欢这种赌博。既然剑士死了，那么只要重新建立新的秩序就好。

原本己方就占据了地利。在圣杯战争的体系下，不可能发展成长线作战，而且现在全世界的魔术师都知道发生在图利法斯的争斗。

没错，魔术协会注重声誉，他们根本没办法忍受这座米雷尼亚城堡的继续存在，哪怕多存在一天，甚至多存在一个小时也不行。

既然如此，为什么不干脆直接来轰炸？因为魔术协会无法采取这种战术。

名誉与传统，还有惯例……受这些因素影响，世间不如意事十有八九。无论是魔术协会，还是尤格多米雷尼亚一族，都被束缚其中。

觉得无聊就丢掉，这样倒是挺简单，但是考列斯作为被束缚的人，却对这种无可奈何的情况感同身受。无论是世界也好，人生也罢，都是一样的。

"这样也好。"

自己只要做必须做的事就行了。如果半途就死了，那就至死方休——考列斯得出了这个结论。

狂战士可能有些疑惑，不知道考列斯为什么突然自言自语起来，慌忙凑过来看他的脸。

"啊，抱歉，没事没事。"

考列斯叹了口气。就算吩咐她做必须要做的事，这个狂战士也不会配合。她失去了理性，一旦进入战场，就只会专注于打倒眼前的敌人。

也就是说，狂战士完全不需要考列斯的指令。

即便如此，对考列斯来说，这个狂战士很罕见，因为她几乎不需要他供给魔力。她可以吸收战场上残存的魔力，像永动机一样不停地战斗。

虽然说，只要有人造生命体，就不需要担心魔力枯竭，但这也是有极限的。毕竟，除去退出的剑士，考列斯也心怀顾虑，不知己方能不能提供足以让七名从者使用的魔力。

召唤狂战士后不久，考列斯试过不让她的宝具"少女贞洁"吸收魔力，还切断了人造生命体的魔力供给，并进行模拟战。

结果，她只是挥舞了几下战锤，考列斯就感到头晕。这个状态如果持续超过五分钟，恐怕自己就会连站也站不住。

这就是狂战士真正的魔力消耗。对于公认的（包括自己）三流魔术师考列斯来说，这个负担实在太重了。

但是，只要有"少女贞洁"，就不用担心了。当然，只要失去这个宝具，就会陷入危机。如果真遇上那种状况，他就输定了。

话说回来，要说她身上到底有没有问题，那问题可大了……

"吱吱"，考列斯的耳畔传来听惯了的轮椅声。他停止思索，面向前方，看到了亲姐姐菲奥蕾·弗尔维吉·尤格多米雷尼亚，她的从者"黑"之弓兵喀戎正推着轮椅。

"姐姐？"

考列斯惊讶地停下了脚步。倒不是从者推轮椅令他诧异，他更在意姐姐腿上的黑色箱子。

"啊，是考列斯。"

"姐姐，你要带着这个危险的东西出门吗？"

她严肃地点点头，浮现出认真的神情。

"是啊。我要去找'黑'之暗匿者和她的御主。"

菲奥蕾装在箱子里面的东西，正是她自己独立设计的接续强化型魔术礼装。

"考列斯，你沉迷电脑就算了，好歹仔细看一下本地的报纸吧。"

菲奥蕾皱皱眉，抱怨了一句。"好好好。"考列斯敷衍地答道，让菲奥蕾的眉毛挑得更高了。弓兵不动声色地推动轮椅，不让她继续说下去。

"真是的，等我回来再说你。"

"知道了，知道了。等你回来，我会好好听你说的。"

"是吗？那我先走了。你好好看家。"

菲奥蕾说完这句话就和弓兵一起离开了。考列斯目送她离开，叹了口气。狂战士扯了扯他的衣袖。

考列斯回头一看，只见狂战士长长的刘海遮住了她那银灰与金黄的眼眸，而怒火仿佛正在她眸中熊熊燃烧。

"怎么了？生气了？"

狂战士点了点头。

看来狂战士确实生气了。她在生谁的气？那当然是考列斯。但是，她没办法用语言和考列斯沟通，也不知道她在气什么。

"是因为姐姐吗？"

考列斯索性瞎猜了一个答案，狂战士肯定了他的猜想。然后，狂战士不住地摇头，考列斯从她的肯定和否定中猜出了答案。

回到自己的房间，两个人相对而坐。考列斯坐在椅子上，狂战士则直接坐在了地板上。顺便一提，考列斯的房间恐怕在米雷尼亚城堡中也算得上是最奇妙的。书架上有很多魔术书，桌上放着水晶球，房间的角落里还有象棋的棋子，不知道是不是用来张开结界的。到这里为止都还好，问题在于放在桌上的电脑。

达尼克眉头紧皱，戈尔德冷嘲热讽，菲奥蕾摇头叹息，这都不能让考列斯舍弃科学技术。而且，现在已经不是十年前了，在这个时代，魔术师也要学习这门信息技术。最意外的是，最擅长这门技术的人居然是黑魔术师塞蕾尼凯，她好像在研究通过计算机网络施咒的技术。

"也就是，那个吧？明明都是早晚要一决胜负的对手，我却被她压一头，你是对这个不满吗？"

考列斯的猜测得到了肯定。原来如此，其实狂战士的不安也不能说是杞人忧天。

"虽然说……跟从者说这个可能也没什么说服力吧……因为我姐是怪物啊。"

考列斯叹了一口气，他的眼神中浮现出一缕乡愁。他虽然嘴上抱怨姐姐是怪物，但看得出，他也为此感到骄傲。

"不过呢，我也不是傻瓜，明知道打不过还要冲上去。在那之前，首先还是要对付'红'方。如果弓兵说得没错，对方的骑兵可是强到犯规的。"

单单是必须得有神的血统才能打败他这点，就已经离谱了。幸好

"黑"方阵营里有弓兵喀戎。虽然他作为英灵被召唤，降低了等级，但绝对有神的血统。

如果没有召唤喀戎，无异于不战而败。当然，就算无法打倒从者，杀死他的御主也不失为一种手段。但是，这作战方案对狂战士和三流魔术师来说，成功率极低。

"你应该也明白吧？绝对不要跟那个骑兵打，明白吗？"

狂战士用力地点了点头。看来上次交手已经让她吸取了教训。所有的攻击都无效，战斗也无从谈起。

幸好是团体战，考列斯心想。如果这次也是普通的圣杯战争，老实说，他觉得无论如何也赢不了。虽然宝具"少女贞洁"用起来很顺手，可以随时使用，但是另外一个宝具——在解除所有限制状态下使用的"磔刑之雷树（Blasted Tree）"……虽然有非比寻常的威力，但代价也大得过分。

代价就是死。"黑"之狂战士弗兰肯斯坦解除所有限制，让宝具释放最大威力，同时她自己也会死亡。不说其他的，既然连弗兰肯斯坦博士当年留下的设计图都是这么写的，就没有理由不相信。

当然，不解除限制也能用，只是威力会降低。考列斯希望能弄清所有数据，所以他也测试过，不解除限制时宝具的威力。

白天在森林里张开闲人免进的结界后，考列斯退到安全距离之外再让狂战士发动宝具。

威力好的时候是C级，不好的时候大概是D级。他还跟罗歇要了魔偶做对比测试，距离狂战士越远，雷击的威力就越弱，反之，站在她身边的魔偶就如宝具字面所说的一样化作齑粉了。

如果解开限制攻击近在眼前的敌人，考列斯推测还是可以打倒大部分从者。只是，这个代价实在太大。一换一，实在不怎么划算。

"狂战士，我觉得不用我多说，不要解除'磔刑之雷树'的限制哦。"

听到考列斯的警告，狂战士疑惑不解地歪了歪头。看起来，即便智商比较高，但狂战士还是狂战士。考列斯叹了口气。

总之，自己是个三流魔术师，狂战士的宝具又不太好用，两人搭档就只能绞尽脑汁智取了。哪怕自己只是三流魔术师，也得尽全力承担御主应尽的责任。

"对了，说来，刚才姐姐是不是说让我看看新闻？"

考列斯突然想起菲奥蕾刚才说的话，便叫人造生命体把本地报纸拿来。他接过报纸，道了谢，找到菲奥蕾会关注的报道。

原来如此，她的话也有道理。考列斯看完了有关杀人魔的报道，马上站了起来。

"好吧。狂战士，不好意思，你能看一下家吗？"

考列斯从桌上拿起几个召唤低级恶灵、魔兽的道具，装备在自己身上。他把刻着兽名的手环戴在手腕上，又在鞋头放了黑色的虫卵。

如果面对从者，他可能只是一个连一秒钟都坚持不了的小喽啰，但如果对手只是魔术师，那么豹子使魔和能钻进身体引发剧痛的大批蚯蚓还有点用处。

狂战士又在扯考列斯的衣袖了。她用眼神告诉考列斯，自己需要一个解释。

"怎么了？我就是去给姐姐帮个忙而已。"

考列斯一边说，一边瞥了电脑一眼。他收到的电子邮件提到，魔术协会派到锡吉什瓦拉的魔术师已经一个接一个遇害了。

这条信息意味着两件事：第一，对这些魔术师下手的不是尤格多米雷尼亚的人；第二，既然菲奥蕾也去了，那么对方很有可能也是从者。

接下来的就是推测了："黑"之暗匿者和其御主，与尤格多米雷尼亚家族为敌的同时，也与"红"方为敌……"黑"之弓兵、"黑"之暗匿者，以及"红"方的从者可能会发生冲突，也就是说，会陷入三方混战的状态。

那可是非常不妙的。

"现在这个时候，无论如何都不能失去弓兵。一对一的情况下，就应该直接挑战对方的魔术师吧，这才是专业素养。但是，如果变成二对一——就算我再弱，对方也会逃走，毕竟是专业的。但是，我们也必须要守住这个要塞，所以你得留下。万一出事，我也会用令咒叫你。"

"黑"之狂战士认为，为了保护自己的御主考列斯，还是应该尽可能一起行动，但是让她留守要塞的命令也很合理。

"放心吧，我可没准备和对方兵戎相见。明知一对二还要打，要么真的强悍，要么就是傻。"

考列斯说的是实话，他确实不准备战斗。总之，姐姐很强，和她同等级的魔术师就不用说了，哪怕面对一流魔术师，她也不见得会输。她的变质型魔术刻印号称仅次于达尼克的，就像精密的机械一样。

她的从者"黑"之弓兵也是一流的英灵。在己方阵营中，"黑"之枪兵执掌大印，"黑"之弓兵就是枢纽。

正是因为这样，有个万一就可怕了。如果"黑"之暗匿者和"黑"之弓兵发生冲突，"红"方的从者抓住这个机会打倒"黑"之弓兵，就意味着"黑"方的败北。

但是，这种时候，如果多了一个考列斯，"红"方的魔术师应该会选择撤退吧，这样一来"红"方的从者当然也会撤退。不需要自己出力，只是出现就能达到目的，应该会很轻松。

狂战士目送考列斯离开房间，转头发现电脑还开着，他好像忘记关机了。真是个粗心大意的御主，要小心用电啊——狂战士叹了口气，毫不犹豫地拔掉了电脑的电源。

作为从者来说，她真是无微不至，应该也会得到御主的夸奖吧。

∞∞∞

就这样，史上最大规模的圣杯战争——圣杯大战告终。"黑"方败北，"红"方胜利。大圣杯的机能停止，无法实现愿望是件憾事，但至少魔术协会支付了高额的报酬，还是能给人一些安慰。大圣杯既然已经停止了，也不需要再争抢了。

"红"方御主们用各自的方式释放压力，缓解战争带来的疲惫。

"各位，真的辛苦了。"

就像第一次相遇时一样，四郎·言峰奉上了红茶。

"承蒙款待。"

只喝一口，清凉的茶香就沁入心脾。不只是肺，五脏六腑都舒畅了。大概是顺利完成了工作，自从成为魔术师以来，真是许久没有过这么轻松的感觉了。

"好茶。"

"非常感谢。"

"四郎，你不喝吗？"

"不。虽然我很擅长泡红茶，却喝不惯——"

他苦笑着给自己的杯子里倒了白开水。日本人都是这样的吗？魔术师心不在焉地想。

"啊，对了，我想起来了。还请把令咒转让给我。"

"转让令咒？为什么？"

令咒是非常重要的东西，对于战争的胜利必不可少。

"真是的，各位。圣杯大战不是已经结束了吗？"

"这么一说，好像是哦。"

"的确……嗯。"

没错，圣杯大战已经结束了。虽然中途听说裁定者加入了尤格多米雷尼亚一方，让人胆战心惊，但也在神父的斡旋下解决了。真是一场辛苦的战争。从战斗前的准备开始——没错，从准备开始就很艰难了。

"我是监督官，所以必须回收各位的令咒，以备下次圣杯战争之用。对不起，我必须得这么做。"

"没办法了，反正我们拿着也没有用了。"

"说得也对。"

"不然的话，干脆向教会申请费用补偿怎么样？我们出钱交换令咒，这样一来——"

"这样倒是可以接受……这样可以吗？"

"出钱的是教会，又不是我。既然他们把我这样的年轻人推出来委以重任，这也是给他们的回礼吧。"

四郎脸上露出少年般狡黠的神情，所有人都笑了起来。刚开战的时候，大家还担心他是教会派来的刺客，都提防着他，结束的时候一回顾，才发现他真的做了不少工作。

"担当监督的重任，你也辛苦了。我们也想报答你——"

"啊，那就不用客气了。我也从你们那里得到了一些东西。"

有个人问他是什么，四郎又露出了笑容，那笑容淡淡的，却令人捉摸不透。

"就是你们的御主权力。用这个做报酬，很合适吧？"

原来如此，有人点了点头。

"只要这个就够了吗？"

"是啊，当然了。那么，我还要准备一下移交的仪式。就请各位先尽兴地聊聊天吧。"

"就这么办吧。"

终于，直到最后，他们也没有意识到不自然的地方。魔术师们把有时比生命更重要的"某物"送给了面带微笑的少年。

"说起来，你们准备怎么用这些报酬呢？"

"我们准备先享受一阵子。最近工作太辛苦了。"

"时钟塔好像要召开魔术书拍卖会了。有了这笔报酬，至少能买三本我找了好几年的书。"

"我要私人捐献给科里，预算又缩紧了。"

"看来隶属于魔术协会也不轻松啊。我呢……"

战争已经结束了。剩下的，就是收取报酬了。只是，有一件事他们无论如何都不明白。

他们到底是怎么胜利的？

这是必须记住的事，不知道为什么，却谁也答不上来。不过，他们喝着红茶时，就觉得这也无所谓。

安宁且堕落的每一天占据了大脑，任何事物看上去都闪闪发光。既没有荣光，也没有名誉，他们只是无所事事地度过了安稳的时光。

第二章

圣杯战争的参加者都会做梦。可能是因为御主和从者的关系，让他们之间有很深的精神连接吧。

　　他们会用做梦的形式观看对方的过去。即便是在第三次圣杯战争或者其他亚种圣杯战争中，这也是广泛存在的现象。

　　所以，狮子劫界离发现自己身处遥远的旧时代的英国时，完全不觉得震惊。

　　"算了，反正也是会有这种事的。"

　　这应该是自己的从者莫德雷德的过去吧。狮子劫回过神来，发现她就在身边。她手上握着的剑，正是在这次圣杯战争中常用的武器——灿然辉煌的王剑。

　　这把武器原本并不属于她，而是被亚瑟王保管在武器库中，也可以说是王位的象征。

　　莫德雷德抢走了这把剑，自称为"王"，并挑起了大规模的叛乱。最后，她还拿着这把剑，直接跟亚瑟王单挑。

　　"也就是说，这里是卡姆兰吧。"

　　没错，这里就是卡姆兰之丘，是莫德雷德率领的反叛军与亚瑟王率领的正规军最终决战的场所。亚瑟王传说中那些华丽的骑士故事，就在这场惨烈的战争后落下帷幕。

　　射出的箭矢向着身穿轻装盔甲的士兵飞去。但是莫德雷德全身披挂着钢盔铁甲，忽视所有攻击向前冲刺。

　　亚瑟王有超凡的领袖魅力，最后还统一了英国，既然如此，为什么还有这么多的兵赞同莫德雷德的反叛呢？

　　越是接近统一，厌战情绪就越是在国内蔓延——这是其一。

　　虽然被描述得很完美，但是因为湖上骑士兰斯洛特与王妃陷入不伦之恋的丑闻，王的权威性正在丧失——这是其二。

　　因为清廉到了过分的程度，王从来不徇私情，导致骑士们对他抱有一种奇妙的恐惧甚至是轻蔑——这是其三。

但是，还有一点。

看到战场上的莫德雷德后，狮子劫就明白了，她的战斗方式很野蛮。骑士们引以为傲的华丽剑术，在她面前都如枯枝一般脆弱。

她仿佛只是在遵循本能，这也恰恰是最有效率、最合适的杀戮方式。

跟在她身后的士兵们，士气高涨，他们的呼声仿佛在倾诉着人类的本能，他们迈出的每一步，都仿佛敲出了大太鼓一样豪迈的音色。

简直就像龙卷风那样的自然灾害。

莫德雷德是个有名的骑士。她努力不负骑士之名，实际上她也做到了这点。即便如此，如果她只以"骑士"的面貌奔赴战场，可能不会有十万士兵愿意追随她吧。

她的强大是真实的，还带有一种疯狂。在战场上，这种疯狂才是最值得称赞的。

她像怪物一样强大，仿佛狂风一样打散敌人，士兵们也像被那种疯狂刺激了一样，追随在她的身后。

他们也想看看，这个疯狂的战士能走多远。

名为狂热的信仰——士兵们之所以追随她，归根结底多半就是因为这个吧。但是，士气再高也是有极限的。一人、两人、百人、千人……人数在不断地削减。

莫德雷德并不理会。士兵们……不，全人类都是这样，等到胜利之后就会自然而然地增加，这应该就是她的想法。

她优先攻击敌军阵势坚实的地方，摧枯拉朽地打散一处，再找到另一个阵势坚实的位置冲过去。不管是胆怯的对手，还是抵抗的对手，就连逃跑的对手也全都被她杀死，尸体堆积如山。

并且，莫德雷德果然一点都不在意小兵们。她所关心的，只有自己的父亲——亚瑟王一人而已。

"亚瑟王在哪里？骑士王去哪里了？"

她高声呼喝，同时砍倒了重重包围自己的敌兵。她冲击人多的地方，也是猜测王可能就在这样的位置。可是，就像连命运都在拒绝她一样，两个人一直没能在战场上相遇。

然而——只要隔绝的墙壁消失了，命运还是会降临。亚瑟王的军队和莫德雷德的叛军都几乎死伤殆尽了。莫德雷德拄剑喘息的时候，终于看到了亚瑟王。

对方的表情过于平静，甚至没有对敌人的怜悯或者憎恶。这种无情的态度，明显激起了莫德雷德的怒火。

无论如何，两人终于对峙了，已经没有能妨碍他们的人了。

莫德雷德张开双臂，激情地嘶吼。她的喊声中，包含了愤怒与欢喜，以及无处宣泄的感情。

"怎么样！怎么样，亚瑟王啊！你的国家就此终结！已经结束了！无论是我赢还是你赢——一切都将毁灭！"

对面的王听着这番话，他几乎与莫德雷德长得一模一样，看上去完全像是一个少年。

王毫不在意莫德雷德的激情，甚至对她的话没有任何反应，只是像个机器一样举着剑。

对于莫德雷德来说，这大概就是她最不能接受的回答了吧。莫德雷德咆哮着挥剑。

亚瑟王接招，两把圣剑碰撞出火花。虽然两人都已经很疲惫了，也都不肯认输地奋战着，但结果不会再有什么改变。正如莫德雷德所说，无论是哪一方获胜，这个国家都会很快毁灭。

"你早就明白会这样了吧！你早就知道会这样了吧！如果你肯把王位传给我，至少不会变成这样！"

但是，即便如此，莫德雷德的剑势还是没有一丝保留。

她一出生就是不贞之子，怀抱着对父亲的憧憬，然后被拒绝、憎恶——最后终于在战场上兵戎相见。

——恨你，恨你。憎恨身为完美国王的你，憎恨不认可我的你。我原本只想做你的影子，你却一次都没有回头看过我。

——所以你当然会受到这样的惩罚，亚瑟王。就让我把你的、您的、陛下的所有一切都破坏殆尽吧！

"恨吗？你就那么恨我吗？就那么恨我这个摩根的孩子吗？回答我……回答我啊，亚瑟！"

与莫德雷德缠斗在一起的亚瑟终于回应了她的喊叫。王用冰冷的、毫无任何感情的声音宣告："我从来没有恨过你。我之所以不把王位传给你——

"只是因为你没有成为王的气量而已。"

这个回答意味着"无所谓"。王只是清楚莫德雷德的能力，不带感情地直言她没有这个气量而已。

随后，莫德雷德激动地挥剑攻击亚瑟王，亚瑟王则用圣枪伦戈米尼亚德刺穿了莫德雷德的胸口。即便是再坚硬的钢盔铁甲，在那把枪面前也没有任何意义。

然而——

即便身负致命伤，莫德雷德还是拼尽全力给了亚瑟王决定性的一击。莫德雷德的头盔裂成两半，那张熟悉的少女面庞又出现在狮子劫的面前。

莫德雷德唇角滴着鲜血，向面前的亚瑟王伸出手。

"父王。"

莫德雷德没有碰到她父亲就倒下了。亚瑟王判断战况，知道自己获得了这场战斗的胜利后，便沉默着转身离去。

在这之后，亚瑟王在生还的骑士贝德维尔的陪伴下，把剑扔回了湖里。有传言说他后来死了，也有一种说法是他去阿瓦隆疗伤了。

亚瑟王的传说至此闭幕。

狮子劫没有去看走远的亚瑟王，而是注视着倒地不起的莫德雷德，并且发出了一声长叹。

"可恶，真是讨厌的梦。"

实在太真实了。这个梦就像真的一样，甚至还能闻到血腥味。莫德雷德双目失神，仿佛连灵魂都被夺走了，颓丧地坐在地上。

没错，此刻的莫德雷德已经完全是具尸体了。她早晚会形销骨散，就此腐烂再被蛆虫蚕食殆尽吧。

亚瑟王成了传说，而莫德雷德只是这个传说里一名被唾弃的骑士。

追随她的士兵都被赶尽杀绝，没有人再理会她。当然，这里是战场——败北丧命的人，已经没有任何用处了。

她的激情，她痛切的期盼，都无处可存留，只会消失。直到生命的最后，甚至连关心自己的亲人都没有，只能就此腐朽。

"啊啊，真是的。我真是抽到了一个麻烦的从者啊。"

即便再相似，也应该有个限度吧，狮子劫心想。从者最多只是生命里的过客。虽然心灵相通很重要，但也不能牵扯得太深。御主与从者的关系，只要圣杯到手，马上就可以结束。

所以，这个梦真是太烦人了。追求父爱的孩子，简直是狮子劫的死穴。

狮子劫在莫德雷德的尸体旁边坐下，等着从梦里醒来。他漫无目的地看着转瞬覆灭的国度和灰飞烟灭的人。

无论是什么时代，哪个国家，最后的场面总是一样——

这天早上，狮子劫好像有些不高兴，他对"红"之剑士说的第一句话是：

"真是的，别让我做奇怪的梦啊。"

"虽然我不太明白，是我的错吗？"

听到这种莫名其妙的抱怨，连"红"之剑士都摸不着头脑。

今天，这两个人醒来的地方不是图利法斯的地下墓室，而是锡吉什瓦拉一家小旅馆的一个房间。为了以防万一，他们没有自己开房间，而是用暗示的方法占据了其他人定下的房间。

狮子劫虽然已经潜入了图利法斯，却收到了魔术协会的联络，决定暂时先退回锡吉什瓦拉。这座城市以历史悠久的建筑物闻名，好像正因为突然出现的杀人魔而陷入恐慌。

"那么，为什么是我们？"

"在这里待命的支援魔术师都被杀死了。"

这是一个秋高气爽的日子，有点不搭调的两人正坐在露天咖啡店里，喝着早上的咖啡。"红"之剑士不太高兴地转头看向另一边，狮子劫默默地看着当地的报纸。

"魔术师都被杀了啊……"

虽然魔术协会的魔术师们没有找到进入图利法斯的机会，但是附近的锡吉什瓦拉就不一样了。很多魔术师都驻扎在这里，充作主要的支援力量。与被雇用为"红"方御主的魔术师相比，这些人虽然在战斗方面力量不足，但却足以进行监视或者驱使使魔，有很多工作可以做。

包括"黑"之剑士与"红"之枪兵在图利法斯范围外的战斗，都处在他们的严密监视之下，这也给狮子劫提供了宝贵的情报。

但是，好像突然之间就无法与他们取得联系了。因为魔术协会给他们安排了定期汇报的任务，所以能判断现在的情况不正常。

"可能和从者有关系，所以就把能够自由行动的我们叫过来了。"

"噬魂吗……但是为什么不是图利法斯，而是这里呢？"

要让从者停留在现世，就需要消耗庞大的魔力。虽然给从者提供魔力是御主的责任，但如果御主只是二流或三流的魔术师，就无法做到这件事，普通人就更不用说了。在这种情况下，他们就不得不攻击其他人，进行魔力的补充。

虽然理论上来说只能这么做，但是有部分从者会因自身性质等原因不认同这种做法。与此同时，作为魔术师，如果采用这样的手段，也等于是把自己逼上了绝路，等于宣布自己只是一个二流魔术师，这是相当屈辱的，所以并没有太多人会主动袭击其他人。

"这也是调查内容的一部分。可能是不想在图利法斯造成骚乱吧，或者是——"

狮子劫打开报纸，指着上面刊登的简易地图。杀人案件最初发生在布加勒斯特，不断向北扩展。剑士看了之后，也认同地点点头。

"一边向图利法斯移动，一边噬魂吗？"

"没错。据四郎所说，'红'方从者全都承诺不会进行噬魂。如果这个说法可信，那么这家伙就毫无疑问是'黑'方从者里还没出现的那一个了——也就是暗匿者。"

虽然选择信任四郎·言峰的风险很高，但是在这种问题上他应该也不会说谎。而在"黑"方从者之中，包括已经退出的剑士在内，据守米雷尼亚城堡不出的枪兵，以及骑兵、弓兵、狂战士都已经与"红"方的从者交过手了。分析上次打碎的魔偶，也能推测对方术士应该是魔偶师，也早就与大部队会合了。

唯一还没有确定的就只剩下暗匿者了。当然，暗匿者拥有职阶技能"气息遮断"，不能排除这个从者已经偷偷在米雷尼亚城堡中待命的可能性……

无论如何，还是必须得亲自去确认。如果连续杀人魔是从者，就让剑士与之一战。就算不是，既然对方已经杀死了魔术协会派出的魔术师，那就证明对方是敌人，还是尽可能不要给自己留下隐患比较好。

"如果是从者就好了……现在怎么办？"

"先等到晚上吧。在这期间，我准备先去停尸处检查一下魔术师的尸体。"

"哼。那我呢？"

"如果你愿意跟我一起行动，那我当然感激不尽。不过现在是白天，我不会强迫你做什么。虽然有些浪费，但如果我判断情况危险，就用令咒紧急召唤你吧。"

话虽然这么说，狮子劫还是觉得应该用不到令咒。案件都是在晚上发生的。不知道对方是遵守了白天不行动的底线，还是单纯有什么必须得在夜晚才能行动的理由。无论如何，对方会在白天行动的可能性已经低到可以忽略了。所以这段时间，完全就是自由行动。

"谁要去停尸处那种阴森的地方啊。那我要做什么呢……"

剑士好像准备到街上去闲逛。万幸的是，锡吉什瓦拉现在仍然保留了很多有数百年历史的建筑物，也是罗马尼亚的观光胜地，总不至于无聊——不对，等一下。

狮子劫和剑士分开行动，在前往停尸处的途中才突然意识到问题所在。她是从者，也是生活在古代的人。

"仔细一想，让她看这些东西又有什么意思啊？"

虽然锡吉什瓦拉保留了中世纪的风貌，但她却是真实生活在那个时代的人。

按照狮子劫的猜测，剑士一开始应该是满怀期待，想看看非常新奇的东西吧，渐渐地，她就会意识到"这和我生活的时代没什么区别嘛"，然后马上就会不高兴，只能气哼哼地消磨掉剩下的时间吧——

"太无聊了……"

太阳开始西沉时，狮子劫和剑士会合了。剑士一副灰心丧气的表情，几乎是有点自暴自弃地抱着从路边摊买来的烘焙点心吃个不停。

"嗯。"

"我还想看看摩天大楼呢，结果根本没有。那些观光客聚集的建筑物根本一点也不稀奇……可恶，白高兴了。"

"嗯。"

"既然都这样了，不找个从者大战一场我可不干！你那边怎么样？"

"你就开心点吧，剑士。这对你可是个好消息。我检查了尸体，实在是太惨了。"

狮子劫挺高兴的样子，剑士吃惊地眯起眼睛。

"怎么回事？"

"凶器是刀和钝器……也可能是拳脚所致。受害者里有好几个都用过枪或者魔术，而且几乎所有人都被挖出了心脏。"

"心脏？"

"对于从者来说，这是灵核所在的位置，对于人类来说，就是可以称之为生命之源的脏器。吃掉心脏，说不定就是获取魔力的一种仪式。"

剑士稍微思考了一下，轻声嘀咕道：

"生吃吗？"

"别问这种讨厌的问题……我倒是觉得烤熟了再吃更恐怖啊。"

生吃还能认为是一种仪式，烹饪了之后再吃就变成一种兴趣了。一定要比较的话，还是后者更恐怖。

"总之，我就期待一下对方是从者吧。如果你搞错了，我可不会就这么算了。"

"我就对付那个御主。这家伙可是完全没把魔术师隐蔽行动的原则当回事，真是胆大妄为啊……"

报纸上已经写出了"开膛手杰克在罗马尼亚复活"这种惊悚的标题，罗马尼亚全境都陷入了恐慌之中。什么样的魔术师能对这样的态势不闻不问？狮子劫无论怎么想，都觉得这个人恐怕是脑子里进水了。

锡吉什瓦拉的天一黑，无论是观光客还是本地居民，都躲到安全的地方去了。

"是不是随便逛逛就能碰到了？"

狮子劫点点头。最初成为受害者的，都是一些小混混和帮派成员，推测凶手是进入他们聚集的地方之后再开始动手的。不过在那之后——正好有魔术师被派到锡吉什瓦拉做后方支援，凶手的目标就集中在这些魔术师身上了。

也就是说，此时此刻锡吉什瓦拉唯一的一名魔术师狮子劫界离，应该有很大可能会被选中作为目标吧。

"剑士，以防万一，你换上盔甲吧。对手可是暗匿者，万一你遇到偷袭，说不定就没时间换了。"

她也同意这个看法，全身都换上了钢铁的盔甲。万幸的是，受到这次事件的影响，晚上只有他们两个还在路上走。虽然也可能遇到巡逻中的警察，但真遇到了用暗示蒙混过关就行。

"好了……走吧。"

就这样，魔术师和从者出发了。他们把自己当诱饵，大摇大摆地走在大路中间。

∽ ∽ ∽

"真是一个人影也没有啊。"

六导玲霞叹了口气,从三楼的窗口向下看着死气沉沉的街道。最近总是这样,一到了晚上,马路上就彻底安静了。

"妈妈,是不是该换地方了?"

玲霞的从者——"黑"之暗匿者开膛手杰克扯了扯她的衣袖。

"是啊。接下来该去图利法斯了吧?"

暗匿者点了点头。但是,她马上又露出担忧的表情。

"可是,那里可能会有危险。因为大家都还活着呢。"

"大家?"

"和我们一样的从者。"

"啊,这么一说,确实除了杰克还有别人呢。那是有点可怕呀。"

玲霞的语气很随意,暗匿者也同意她的看法。

"嗯。因为我们是暗匿者。虽然擅长偷袭,但不可能同时打几个人,否则一定会死的。"

暗匿者用年幼女孩的声音平淡地说着冷酷的事实。

"不过,大家是在互相残杀吧?"

"是的。魔术师和从者应该是被分成红组和黑组互相残杀的。"

"那样的话,不然我们还是先去看看情况吧?有机会就直接吃掉,要是危险,我们就跑。"

"黑"之暗匿者考虑了一下玲霞的提议。虽然玲霞与暗匿者已经缔结了契约,但是玲霞在魔术相关的方面完全是外行,几乎不能给暗匿者补充魔力,所以才需要像现在这样,通过噬魂进行魔力补给。

当然,这对于从者来说是很不利的,不过,其实也有好处。玲霞身上完全没有魔术的气息,因此被人发现她是御主的可能性也极低。只要灵活利用"气息遮断",六导玲霞就能被当成普通的人类而逃过搜查。

最重要的是,现在暗匿者也想知道,还有多少从者是无法亲自打倒的。

"是啊，那我们就去吧——不过，好像又有魔术师来了。"

两个人犹豫着要不要去图利法斯，暂且得出了一个结论。

"啊，是吗？那我们就在锡吉什瓦拉吃最后一顿吧。"

"嗯，就这么办吧。不过妈妈，今天你不要来看了，因为可能比平时的要危险。"

"知道了，那我就在这里等你。路上小心。"

"嗯，那我去了。对了，等我回来，还想吃汉堡排……可以吗？"

"当然啦。我们买的材料还有呢，借个厨房就行了。"

得到许诺后，暗匿者很高兴，有点扭捏地从三楼的窗口跳了出去。玲霞笑着挥挥手，目送她离开。

虽然不知道暗匿者什么时候回来，总之，现在必须得为可爱的少女准备食物了——

∽∽∽

不仅局限于罗马尼亚，哪怕把范围扩大到全欧洲，锡吉什瓦拉也是个不平凡的城市，尤其是在"不变"这一点上。虽然这里只是一个仅有三万人的小城，但也是被登记为世界遗产的历史地区，来观光的人走在路上，甚至会有一种穿越时空回到了中世纪的感觉。

在凹凸不平的石板路两旁，自十六世纪以来就没变过的民宅鳞次栉比，甚至还保留着以前审判过魔女的广场。

此外，作为观光名胜，还有弗拉德三世的老家（现在是饭店）、地标性的钟楼、旧城区最高点的山上教会，无论哪一个，都是最适合外国人体验"过去的欧洲"的观光景点。

而此刻的锡吉什瓦拉，因为连续杀人魔的存在，已经被恐怖氛围笼罩。来访的观光客一个接一个被杀害，每一具尸体都被挖走了心脏，实在是非常凄惨。

除了尸体之外，没有其他证据，也完全找不到被害者之间有什么关联性。但是，只有极少数人知道事情的真相。所有的被害者都是魔术师——也就是说，此刻在锡吉什瓦拉，某种极不合理的"异常"事件正在发生。

狮子劫和"红"之剑士已经在钠灯照明的昏暗街道上闲逛了一个小时。虽然盔甲发出咔啦咔啦的声音，但万幸的是也没什么人会抱怨，只有个一手拿着酒瓶子的流浪汉，醉醺醺地看着狮子劫和剑士。狮子劫挥挥手，甚至连暗示都没用，那个人砰砰地敲了敲自己的脑袋，又开始喝了。

路上还碰到了几次警察，狮子劫都马上用暗示让他们走开了。警察应该也不想做这种防范杀人魔的工作吧。都不需要来硬的，这些警察就很配合地走开了。

比起这些，倒是剑士的反应更有意义。直到刚才，她的情绪还很低落，反复抱怨没意思、无聊、还没来吗什么的，这时候却不说话了。

"剑士，怎么了？"

"抱歉，别打扰我集中注意力。我有不好的预感。"

听她这么说，狮子劫的表情也严肃起来。既然她已经这么戒备了，对方肯定是从者。

不知不觉间，两个人的脚步也变得更缓慢和慎重。环顾周围——街灯昏暗的光芒反而扰乱了两个人的视野，冰冷的空气仿佛舔舐一般抚过狮子劫的颈侧。

"起雾了。"

正如剑士所说，不知从何时开始，两个人周围起了雾。这样一来，视野就变得更加不清晰了。不对，等等。

"雾？"

直到刚才为止，天气还很晴朗，这么短的时间内，会有这种能遮蔽视线的大雾吗？不可能。

狮子劫和剑士几乎同时停下了脚步。剑士已经拔出了剑，狮子劫也伸手抓住了爱枪的枪套。"这片雾……"

狮子劫刚想说些什么,鼻腔深处突然感到一股灼烧般的疼痛。他立刻开始咳嗽,捂住了口鼻。

"御主?"

"有毒!别吸气,剑士!"

狮子劫捂住口鼻蹲下。即便只是稍微呼吸一下,鼻腔深处就剧痛不止,视野也开始模糊了。

"喂,振作点呀,御主!"

狮子劫迅速权衡轻重,脱下自己的外套,盖住了口鼻。他的外套是剥下魔兽的皮制作的,基本上可以让所有一步式(Single Action)魔术无效。他隔着外套呼吸,虽然改善很微弱,但是没有那么疼了。看来这片雾果然是魔力生成的。

"可恶,总之我们先逃出这片雾。"

"是啊,如果能逃得出去的话……我要拉上你了,跟上!"

剑士右手执剑,左手抓住狮子劫的手就开始跑。万幸的是,可能因为剑士的对魔力等级比较高吧,她几乎没有受到雾气的伤害,好像也完全不在意视野受限的问题。雾是无法妨碍她敏锐的"直觉"的。

但是,剑士和狮子劫都相信一点:既然这场雾不是单纯的雾,那么"下一次"也就只是时间的问题了。他们试图跑出雾的区域,剑士也在估算下一次起雾的时机。

可能是因为他们选择的逃跑路线很准确吧,雾变得越来越淡了。

人无论何时都会寻求安全感。就算在危机中能冷静地处理问题,脱离危机之后,精神都会放松下来。

刚从死亡之口中逃离,无论是什么样的人物,都会吐出憋着的那口气,放心那么一瞬间。

连续杀人魔是不会放过这个松懈的时机的。她拿起吸了不少人血的利刃,偷偷潜入敌人背后。

"很好,跑出来了……"

剑士和狮子劫成功从雾里跑出来了。这个瞬间，狮子劫脑子里除了呼吸新鲜空气之外什么也没想。从死亡的恐惧中脱离，精神稍微有一点放松。然而暗匿者已经偷偷绕到他身后，准备一刀割断他的喉咙——

就在那一瞬间，站在狮子劫身前的剑士用类似回头的动作把右手握着的剑横着挥出，同时在狮子劫脚上轻轻一绊，让他摔倒在地上。

一闪。

石板路发出清脆的声音，是剑士的一击打掉了暗匿者手中握着的小刀。

"啊！"

"不好意思，那家伙是我的御主。和你战斗的是我。"

狮子劫回过头，才看到一个人站在自己身后。对方已经靠得这么近了，他都没发现——真是完全不知道。

还有一件事也让他惊叹。

站在狮子劫身后的是一个少女，看上去比自己的从者还要年轻两三岁。她有一头乱糟糟的银色短发，睁大的冰蓝色眼睛里带着一丝震惊。她腰上挂着很多刀鞘，没有穿裙子，上身穿着皮革制的衣服。

"被砍到了。好过分哦。"

她轻声嘀咕了一句，直视着剑士的脸。

"谁过分啊？身为从者还噬魂，你有什么资格说我！"

剑士根本没想掩饰自己的不悦，举剑就刺。暗匿者看上去完全不怕剑，天真无邪地歪着头。

"那也没什么……对吧？"

下一瞬间，剑士用护手挡开了直逼自己的匕首。暗匿者在说话时候，手上连动都没动，就已经非常自然地丢出了匕首。

而剑士能应付她的突然偷袭，也是凭着直觉和武技吧。但是，趁着剑士用护手挡住匕首的那一瞬间，暗匿者向后一跳。她身后还飘浮着浓雾，一下子就把她遮住了。

"你在这等着，御主！"

剑士丢下这句话，再次冲入雾中。吸入了雾气，身体多多少少会觉得有些沉重。但是剑士判断，只是这种程度还不足以造成什么影响。

剑士耳中听到微弱的声音，完全凭借本能挥出一剑，接着就是和刚才同样的声音——她击落了一把扔出来的手术刀。

"哇，还挺厉害的。"

听到少女的声音，剑士咂了咂舌。声音从四面八方传来，分辨不出起点在哪个方向。

"胡说八道。连英灵都算不上的杀手少给我大放厥词。不，你连杀手都算不上，只是个杀人魔吧！"

"咦，你怎么知道？"

"什么？"

在这一瞬间，剑士的精神也因为过于震惊而凝固了。

"我们的真名，就是开膛手杰克。对了对了，你的名字，能告诉我们吗？"

声音就在自己的耳边，剑士马上向那个方向挥剑，但是砍到的只有雾气，一点砍中实体的感觉都没有。但是现在最重要的是，她知道了对方的真名。

那是发生在距今大约一百二十年前的事情。英国雾都伦敦的居民都因为恐惧而惶惶不安。那个人的目标全是伦敦东区的贫穷妓女。能确认是被他杀害的妓女只有五名，即便如此，他还是留下了众多传说，随后就消失了，这就是世界上最早的连续杀人魔。

人们根据他给报纸投稿的署名，称之为开膛手杰克。

只是一百二十年前而已。按照年代越久远神秘就越强的概念推断，在这次的圣杯大战中，这个从者恐怕是极其弱小的吧。

亚瑟王曾经数度远征留下赫赫之功；莫德雷德本身，也作为叛逆骑士名留史册。其他的从者应该也差不多吧，虽然时代与世界各不相同，至少都有能为自己赢得名誉的战绩。

相比较而言，她连英雄都不是，只是个杀了几名妓女的低劣杀人魔而已。

剑士重新握紧了剑柄，集中精力——

这样一个杀人魔，为什么能作为从者被召唤？

那只能是因为，杀人魔的生涯中存在太多谜团，让人太过于恐惧了。看到英雄战斗的场面，人可能会奋起，可能会产生勇气，生出"我也能有一番作为"的念头。但是，她的情况不一样。

她只是用单方面的、彻底的、令人绝望的杀戮在世间留名。如果有人信仰她的话，那肯定也是一群杀人魔吧。

原来如此，她很适合做暗匿者。没有声音，没有气息，只是杀死目标，基本上没有人能比她更擅长偷偷暗杀御主了。

对于剑士来说，这片雾造成不了多大的障碍。但是，暗匿者还有技能"气息遮断"，所以剑士完全无法掌握她的位置。只要周围还有声音，那么对方就一定还在近处——

"啊，果然是这样！你是女人啊。"

听到这句话，剑士咬了咬牙。

"那么——"

"嗯，那么——"

"就那么办吧。"

听起来好像在和谁商量。一种很久没感受过的、让人难受的感情像蚰蜒一样爬过剑士的胸口。

潜藏在黑暗中真身不明的杀人魔实在太恐怖了，对方不会正面相对，经常偷袭，总是先下手为强。如果一招看错，就会导致自己死亡吧。

那么，怎么办？

"呼。别小看我啊，混蛋小鬼！"

当机立断。剑士就像要把附着在皮肤上的恐惧都剥掉一样，把头盔收入盔甲中。就在她那张端正面孔露出来的同时，举起剑高声吼道：

"赤雷啊！"

"嗯？"

如果黑暗让人不舒服，就用以自己为名的光将其驱散吧。把所有魔力灌注到剑身，红色的雷电向周围喷发。

简直就是云消雾散——暗匿者吃惊地看着剑士。

"结束了，暗匿者。你想哭喊的话，现在就是好机会。等你没了脑袋，就没办法惨叫了。"

"才不要呢，我们的肚子还饿着呢。"

她用小孩子一样的语调说话，手上已经拿起了两把切肉刀。这可比转身就跑好得多，剑士一边笑，一边计算使用"魔力放出"的时机。

因为雾气消失了，身体也不再沉重。这种情况下，最优秀的剑士不可能输给需要潜入黑暗中的杀人魔。

在这一点上，旁观的狮子劫也完全相信剑士。但是，还存在着一项风险。他一从雾里逃出来，就从外套的口袋里拿出了一件祭具。

这是已经尸蜡化的魔猿的手。现在他没办法自由行动，所以要用这只手来构建一个闲人免进的结界。而且，还不是小范围的。那只手自己爬起来，像老鼠一样四处窜，就像把整个空间切割开一样，构建了一个彻底封闭的空间。

虽然狮子劫也没尝试过，但是他相信用这个东西的话，即便在纽约或者东京涉谷的十字路口上，也能构建完全隔绝行人的结界。不过，那种繁华街道上摄像头太多，他也不会用这个。

所谓的风险，就是除了自己和她们两个之外，如果有人入侵这个空间，事情就会非常不妙了。

狮子劫手上传来一阵针扎似的疼痛，感觉到有人入侵结界。

"剑士！"

他的声音引爆了一触即发的气氛。"红"之剑士与"黑"之暗匿者同时冲向对方。

剑士向下劈砍，以波涛之势要将敌人一刀两断。另一边的暗匿者动作流畅得让人害怕，她想要贴近攻击，瞄准的是颈部。如果说剑士的攻击已经超越了人的领域达到了超人的水平，那么暗匿者则是已经舍弃了人性的怪物。

——能赢。

就在跳出去的瞬间，剑士确信。这一次攻击毫无疑问会给暗匿者造成致命伤。时机、速度、力量，全都天衣无缝。

然而——

与此同时，剑士听到了狮子劫的呼喝。这一声喊叫，绝对是有意义的。不然的话，他不会叫自己。想到这里，剑士感到一阵恶寒，她明白了。

不知道攻击会从何处而来，但是自己确实被瞄准了。

可能是远距离的投掷，或者是射击，对手应该是枪兵或者弓兵吧。无论是哪个，置之不理就死定了！

在理性的思考之前，身体先行动了。猛烈的突击就像被踩下了刹车，强制让身体旋转。现在自己能做到的也就只有这个了。从身体倾斜的方向，能看到这个城市著名的钟楼。

令人瞠目的是，钟楼的尖顶上，有两个身影。在淡淡月光的照耀下，举弓瞄准自己的正是从者！

一瞬间，暴风与爆炸声包围了剑士的全身。

∞ ∞ ∞

射出的箭矢基本都命中了预想的位置。只是，目标并没有按照预测行动。弓兵没有放下手中的弓，直接开始装填下一发。

"成功了吗？"

听御主菲奥蕾这么问，弓兵摇了摇头。

"没有。很遗憾，剑士躲过了刚才那一击。不愧是被评价为最优秀的职阶。"

"暗匿者呢——"

"暗匿者也没被打倒，只是手上负伤了。"

锡吉什瓦拉的名胜钟楼，塔高六十四米，是城市的最高点，能看清整座城市，从城市的各个地方也能看到钟楼。

中央的尖塔被周围的四个小塔环绕。在最上部回廊的上层，有一块非常小的平台，几乎称不上是个落脚点，上面却站着两个人。

普通人在这个地方恐怕连几秒钟也坚持不了，弓兵能若无其事地站在上面，也是因为他有着与生俱来的平衡感吧。从他的能力来看，也没什么可吃惊的。

问题是他的御主菲奥蕾。她受到变异魔术回路的影响，两条腿都不能动，一般来说连站都不能站，这上面也放不下轮椅。然而即便如此，她也在那里。只是，她并不是站立着。

她的双脚浮在半空，背后伸出了长长的金属臂。就是这些金属，支撑她停留在这个小小的落脚点上。

"御主，'黑'之暗匿者好像准备撤退。"

"那我们就按照预定计划与'红'之剑士战斗吧。弓兵，请你去对付剑士，我去对付狮子劫界离。"

可以的话，刚才那一击本来是想同时打倒"黑"之暗匿者和"红"之剑士的。如果要问暗匿者和剑士谁是优先目标，答案当然是剑士。现在己方已经失去了剑士，对方的剑士正是他们此刻最想打倒的从者。

"御主，请一定不要逞强。"

"嗯……我知道。"

在弓兵看来，剑士的御主狮子劫界离和自己的御主菲奥蕾几乎是势均力敌。经验上狮子劫比较有优势，但是天赋上菲奥蕾更胜一筹。剩下的，就看双方能不能冷静地应对战况的变化了。

剑士愤怒的视线直刺弓兵。她露出来的面孔，有着让人震惊的年轻和美丽。但是弓兵见过太多英雄，他明白，她是毋庸置疑的英豪。

胸中涌起一股炽热的高扬意气——弓兵不禁苦笑。看起来，自己果然也还不够成熟啊。也可能是因为，被召唤的是全盛时期的自己吧，连弓兵自己都很吃惊，他现在非常喜欢鲁莽行动。

剑士和她的御主狮子劫交换了一个眼神，当即向着弓兵开始突击。用不了十秒钟，她应该就能赶到钟楼下吧。

与此同时，菲奥蕾也绕开剑士，向狮子劫所在的位置移动。

剑士瞥了菲奥蕾一眼。就在那一瞬间，为了不让她采取什么行动，弓兵也射出了手中的箭。

剑士一剑就打掉了箭矢。这一箭，好像也让剑士下定了决心。她不再看菲奥蕾一眼，笔直地冲向了弓兵——

∞ ∞ ∞

被弓兵的箭击中后，剑士花了五秒钟才重新找回状态。但是五秒钟之后，暗匿者已经撤退了。

剑士咂舌——没能打败暗匿者让她懊恼，而且都是因为弓兵才导致了这样的结果，所以也包含了对弓兵的憎恶，剑士气得脸都歪了。

"御主，逃跑的暗匿者和那边的弓兵，我们先打哪个？我比较推荐先打钟楼上那个得意的弓兵。"

剑士举剑指着钟楼说道，狮子劫叹着气抓了抓头皮。看起来无论他怎么回答，结果都不会改变了。更何况，要追赶逃走的暗匿者应该很困难吧，因为她有"气息遮断"的技能，只要不在视线之内就找不到。

"你根本就是想跟弓兵打吧。算了，反正这也是正确答案。御主那边就由我来想办法吧。"

"不好意思了，御主。那我就先去打垮弓兵。"

剑士满面喜色。她看到弓兵已经搭起了下一支箭，现在仅凭全力奔跑的速度可不够，不过——

剑士还有"魔力放出"技能。现在她已经摘下了宝具头盔，更多的魔力缠绕她全身，一次全都喷射出去，能换来爆发般的加速。

"好……剑士，去吧！"

"好！"

几乎就在狮子劫的声音刚落的瞬间，剑士用力踏出一步。她就像一颗人形的炮弹，直奔远处的弓兵而去。

弓兵没有动。剑士只看了绕过自己向着狮子劫而去的弓兵的御主一眼，弓兵就好像不允许似的射来一箭。

剑士用剑打掉箭矢，笑了。

——怎么了？放心吧，弓兵，我想打败的是你。

　　至于弓兵的御主，有自己的御主狮子劫去对付。至少他肯定不会输的。剑士意识到自己这么想的时候也有些吃惊。迄今为止，自己从来没有信任过任何魔术师。她一直认为，所有的魔术师都是性格扭曲得不能再扭曲的"家里蹲"。事实上，她之前遇到过的魔术师确实基本上都是那样。

　　然而，居然有魔术师能和自己这么合拍。应该就是那种不顾一切往前冲，九成攻击一成防御的类型吧。

　　这么一说，自己被召唤时，触媒是圆桌的碎片。也就是说，只要是在圆桌骑士之中，召唤出哪一个——侮辱过父亲的兰斯洛特也好，可恨的优等生高文也罢——都不奇怪。

　　然而，被召唤出来的却是自己。她思考着这意味着什么，同时也下定决心，要找个时间把这个问题想清楚，这也是为了得到圣杯。

　　剑士停止了无关的思绪。她的目标是六十多米高的钟楼，至少需要十二步——她没准备用双手双脚往上爬，而是要九十度垂直地用脚跑上去。

　　弓兵已经近在眼前。不只是身形，连表情都能看清了。那是一个身披皮甲的优雅男子。原来如此，确实很符合弓兵的形象。不过，接近到这个距离，就算是弓兵也没什么办法了。

　　作为远距离狙击的攻击方式来说，用弓是最好的。与现代的枪械相比，因为使用时几乎可以毫无声息，所以弓也有很大的优势。当然，为了能让箭命中目标，必须经过超出想象的严格训练，还需要一定的天赋。但是，既然是能以弓兵职阶被召唤的英灵，不可能不具备这样的条件。所以只要在远距离攻击，弓兵这个职阶几乎是无敌的。

　　只不过，如果有能在短时间内把远距离变成近距离的高速移动从者，情况就会逆转。

　　理所当然的，弓也有一些缺点：第一，几乎不可能持续不断地射击；第二，根据箭矢的轨道，可以轻易推断攻击者所在位置；第三，在近距离下，弓太脆弱了。

剑士相信自己会赢也是无可厚非。在这样的距离下，弓兵已经无计可施——本来应该是这样的。

即便面对剑士疾风骤雨般的猛攻，弓兵也还是不慌不忙，动作顺畅地准备下一发。

剑士从下方冲上来，弓兵拉弓射箭，直击剑士的脸。不过，射出的箭被她双手握剑打飞了。

"抓住你了，弓兵！"

已经没时间再射一箭了。就像刚才攻击暗匿者一样，剑士有信心一击就可以打倒对方。

但是，弓兵是久经沙场的英灵。这个时候，他做出了出乎剑士预料的行动。他毫不犹豫地从那个狭小的落脚点一跃而起跳到半空。

在剑士吃惊的目光注视下，弓兵一边下落一边搭箭再次射出。这次他瞄准的，是剑士装甲最厚的胸前，然而弓兵——射手座的喀戎射出的箭，都是必杀之箭。

箭矢上环绕着仿若星辰的光芒，强行刺穿了剑士的盔甲。剑士感到有某种冰冷的东西刺入肩膀，紧接着，令人眩晕的剧痛侵袭全身。不过幸好她穿着重甲，原本瞄准胸口的一箭，还是滑开一些，只是刺入了她的肩膀。

然而，这对原本相信自己会获胜的剑士而言，并没有什么安慰的作用。

"你……"

剧痛像涟漪一样从肩膀扩散到全身，然而剑士仅凭着一腔怒气就能压倒疼痛了。她瞪着下落的弓兵，毫不犹豫地用"魔力放出"，如子弹一般落下——

在弓兵眼中，她就像坠落的星辰。那绝对不是能用优美来形容的场景，给人的感觉实在过于强烈，她放出了具有独特魅力的光芒。

弓兵心想：原来如此，剑士真是了不起的英灵。受到那一击之后还能马上进入反击状态，那么她必然有着能够压制痛楚的强烈意志。

就在几秒钟之后——自己落地的同时，剑士一定会一剑解决自己吧。那么，为了防止这种结果发生，应该怎么做呢？

不是用弓术。无论搭弓射箭的速度多么快，与只做出劈下这一个动作就能完成攻击的剑相比，都不占优势。不是剑，不是枪，不用弓，也没有能骑乘的东西，也不能发狂，魔术和短剑也都不能阻挡对方的气势。

——这样的话，就只能用最后剩下的武器战斗了。

从六十多米高空落下，然后着地——就在这之前，弓兵的一只脚用力敲打地面，身体稍微向旁边晃了一点，伸出双臂。

嘶吼的剑士虽然也看到了他的动作，但是现在不是考虑这些问题的时候。

自上而下挥出的一击，再加上"魔力放出"带来的爆发性加速，除了解放宝具的状态之外，在普通状态下，可以说没有任何攻击能比这一击威力更大了。

然而，面对只要命中就一定会造成致命伤的一击，弓兵做出了令人恐惧的——或者用剑士的话说，是"不同寻常"的举动。

他伸出双臂，在直冲而下的剑士剑锋挥下之前，就先抓住了她的双手手腕。手腕被捉住的瞬间，剑士的神经就拉起了警报。斩击的动作刚到肩部就被强制停止，弓兵并没有抵消突击的势头，而是巧妙地让重心偏移——

投掷技？

就在剑士意识到这是什么技巧的瞬间，她就被转向扔向了半空。这种技巧与柔道中的单臂过肩摔相似，只要控制住了对手的手腕关节，就可以完全不留余地了。

弓兵喀戎是半人马族首屈一指的贤者，跟太阳神阿波罗学习医术和音乐，跟女神阿耳忒弥斯学习狩猎，得到过很多神明的教导。正因如此，他身边聚集了很多年幼的英雄，跟他学习各种知识和武术。

剑和枪，以及弓——除此之外，喀戎当然也学习过赤手空拳战斗的技术。那是一种包含拳击和摔跤技巧的格斗术。

在古希腊语中称为Pankration（古希腊式搏击）——也是世界上最古老的综合格斗技。

"啊……"

剑士被摔在名为大地的凶器上，五脏六腑受到冲击，疼得让她睁大了眼睛。有几秒钟，她的全身都像被锁链束缚住一样凝固，这个情况太致命了。不过，虽然剑士跌倒在地，但弓兵却没有给她最后一击，而是痛苦地跪倒在地上。砍在他肩膀的一剑，虽然没有造成致命伤，但是也相差不多了。

原本靠近剑柄的部分是没什么力量的，所以弓兵判断，即便被砍中，应该也只会割破皮甲而已。但是，他还是太天真了。他几乎是在最好的状态下接下了剑士的一击，但是肩膀的伤口还是非常深，虽然不致命，但也差不多了。

在用治愈魔术修复之前，恐怕右手是动不了了。也就是说，他不能用弓了。弓兵不禁苦笑。他原本想把对方逼入绝境，结果被逼入绝境的反而是他自己。是自己创造了这个绝佳的机会，却反过来导致了目前这个足以致命的状态。

他毫不犹豫地做了决定。无论怎么行动，无论如何战斗，在目前这个状态下，他都想不出能杀死剑士的方法。如果要妥善利用剑士爬起来之前的时间——也就是这三秒不到的时间——撤退才是最好的选择吧。

弓兵把情况汇报给正在激战的菲奥蕾，提出了撤退的申请。

∞∵∞∵∞

身为死灵魔术师，首先就要正视自己的死亡，然后才能开始修炼。给自己施加幻觉，无数次地观察肉体腐败的状态。通过镜子看自己腐败到令人厌恶的程度，直到习惯为止。观察死亡，拥抱死亡，了解生命是与死亡同在的。

而死灵魔术，就是能够统帅死亡的术式。

狮子劫界离抽着烟等她。他没有张开探知用的结界和防御用的结界，就那么毫无防备地暴露在对方面前。

因为狮子劫明白，如果对手是她，就算有这些结界也没什么用。事情发展到现在这个地步，张开结界只是单纯浪费魔力和道具而已。

狮子劫注意到风向有了微妙的变化，扔掉了点着的烟。

他抬头看天空，开口跟悬在半空的少女打招呼。

"那么，我们就不必自我介绍了吧？"

男人笑了，少女也露出微笑。

这是一条夹在两栋建筑物之间的窄巷。菲奥蕾·弗尔维吉·尤格多米雷尼亚背后伸出两根"长臂"，直接刺入了建筑物的外墙。这些长臂给人一种光滑坚硬的感觉，狮子劫觉得很像蜘蛛的腿。

"说得也是呢，我们又不是不知道对方的名字。不过，我能先对你提出警告吗？"

"请。"

"离开吧，死灵魔术师。这里是我们尤格多米雷尼亚的土地。现在还可以不追究你擅闯的无礼行为，但如果你无视这番警告，你将为自己的愚蠢行为付出死亡的代价。"

"哦……那你觉得我会听话吗？"

听狮子劫这么说，菲奥蕾笑容满面地说道：

"不会。只是如果不说这些话，我自己就无法下定决心。"

原来如此，狮子劫不禁苦笑。换句话说，只要说过这些话，她就可以毫不犹豫地大开杀戒了。

即便如此，狮子劫也不打算听从对方的警告。他伸手去拿枪套里的霰弹枪，这个动作就是回答。这个时候，周围的魔力也变得更浓厚了。

现在双方都已经没有了耍嘴皮子的心情。

菲奥蕾知道狮子劫界离是无所属魔术师，也知道他在战斗经验方面非常有优势。

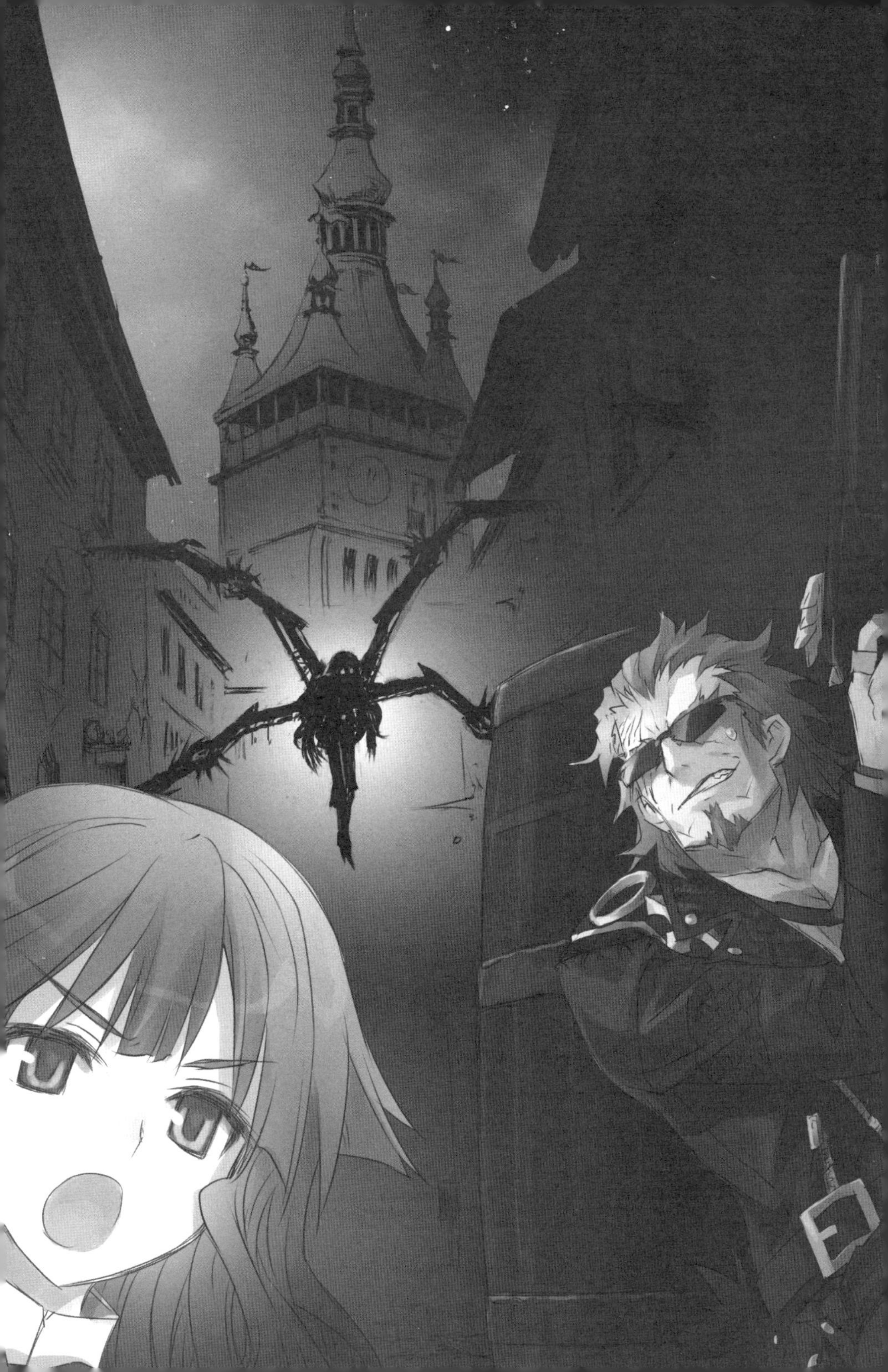

狮子劫也知道菲奥蕾·弗尔维吉·尤格多米雷尼亚是有资格接管尤格多米雷尼亚一族的卓越人才。

——这个人用的魔术是死灵魔术，却不是把死者变成食尸鬼进行操纵的单纯魔术。比如说，他拿在手上的枪……

——这位小姐使用的魔术是降灵术和人体工学……我记得好像是叫接续强化型魔术礼装吧。

附近一个垃圾箱的金属盖子打破了两者之间冻结的气氛。可能是被风吹动了吧，盖子掉落，发出很大的声响，双方的紧张感都爆发了。狮子劫动作顺畅地拔出他的短管霰弹枪，菲奥蕾猛地飞向半空。

狮子劫扣动扳机，用断指加工的子弹仿佛能嗅出魔术师的气息，向着敌人的头部直飞而去。

"守护锡腕，迎击命令。"

必杀魔弹瞄准敌人的头颅，绝不会失误，也无法闪避。然而，绝对能击中头部的魔弹，被她背后伸出的金属长臂抓住了。

狮子劫的惊讶也只在一瞬间。他一边敏捷地后退，一边躲进了停在路边的汽车的阴影里。菲奥蕾背后伸出的义肢各自拆分为两半，这样她的"长臂"就有四根了，其中两根代替她的双腿刺入了石板路，而另外两根则直指狮子劫，像威吓敌人的蛇一样张开大口。

"战火铁腕，射击命令"

伴随着仿佛子弹发射一样的声音，从开口的位置射出了"光弹"。那东西的速度和子弹差不多，直接打碎了狮子劫脚边的石板。

"哎，可恶。那东西怎么什么都会啊……"

狮子劫先以汽车为盾牌，暂时抵挡像机枪扫射一样的攻击。他扔掉空弹匣，从腰上的口袋里拿出子弹重新装填。

他开了一枪用以牵制之后，又拿出了一颗加工过的猫头鹰眼球，从汽车的空隙扔了出去。这东西与他右眼相连，能观察到她。目前首先要做的就是重新观察她装备在身上的魔术礼装。

根据狮子劫事先获得的情报，她的身体特征就是因为魔术回路变异，双腿不能活动，她应该一直背负着这个不利条件。

然而，有了那个礼装，这一点已经完全不能构成问题了。对于她来说，魔术礼装就等同于非常优秀的手脚。狮子劫射出的子弹虽然只有亚音速，但既然那些手臂能够捉住子弹，那在动作的精密性上也非常出众。

魔术礼装的自主防御反应速度也是近乎完美的。这恐怕已经能与埃尔梅罗"公主"身边那个自律系女仆魔偶——月灵髓液相匹敌了吧。

当然，从这两者一个是水银，一个是金属长臂的性质上看，应该不太擅长应对不是点状而是面状的阔刀地雷类攻击吧。

"也就是说，得用这个吧。"

狮子劫从里面的口袋里掏出了一颗魔术师的心脏。这个脏器内部埋进了魔术师的牙齿和指甲，最适合用来对付魔术师了。四处飞溅的牙齿和指甲上笼罩着饱含怨念的魔力，射入身体之后，还带有一种类似阴矛弹（Gandr）的作用。不过，可能是因为这些东西都来自死者吧，效果要强得多。

通俗地说，这些牙齿和指甲一旦射入皮肤，邻近的身体部位马上就会腐烂溶解。

拔掉那根仿佛保险针一样的肌肉纤维，原本安静的心脏马上开始跳动。狮子劫已经通过猫头鹰的眼睛掌握了她的位置。他就躲在汽车后面，利用激烈的气流操作，把心脏扔到了一个绝妙的位置。

"唔！"

如果说狮子劫有什么失误的话，那就是他曾经在之前与人造生命体战斗的时候用过一次这种手榴弹，所以菲奥蕾他们都见过了吧。只要检查回收的人造生命体尸体，就可以从腐烂的状态推断威力和效果，所以她也知道这东西是致命的。

"轰然铅腕，压溃！"

代替她右脚的金属长臂变成了铲刀一样的形状，直接自上而下压碎了滚到脚边的心脏。里面的牙齿和指甲本来应该在爆炸的冲击下四散飞溅的，现在都被压住，没有给菲奥蕾的身体造成损伤。

但是，对于狮子劫来说，这一下子为他赢得了非常重要的些许时间。

他直接坐上了之前当成掩体的汽车，从遮阳板里找到了备用钥匙，迅速发动了引擎。

听到尖锐的引擎声，菲奥蕾慌忙回头。就在这个瞬间，踩满油门的汽车疾驰而来，从正面撞上了她。

——怎么回事？这个人也太胡来了吧！

菲奥蕾撞到了引擎盖上，倒也没受什么伤，那四根义肢极快地保护了她。

然而，继续这样下去，只怕墙壁会把她压成肉泥。她的义肢戳进引擎盖，把自己的身体拉起来。她和坐在驾驶席上的狮子劫视线交汇——他猛地左打方向盘，想把她甩下去。

但是菲奥蕾的两根义肢贯穿了引擎盖，完全固定了她的身体，剩下的两根则把车子的挡风玻璃和顶棚一起掀了下来。

狮子劫面前没有任何防护了，但是不知道什么时候，他已经拿起了那把短管霰弹枪，会心一笑并扣动了扳机。好不容易才抓稳引擎盖的菲奥蕾被这突如其来的冲击力击飞了。

四根义肢察觉到情况危急，直刺石板路以作缓冲。一瞬间，菲奥蕾就明白了，在这个状态下，自己就不能用义肢迎击敌人了。

驾驶席上的狮子劫拔出短管霰弹枪。死亡的气息让人寒毛直竖，他扣动扳机，亚音速的魔弹直袭而来。菲奥蕾想不出有什么对应的办法。

"完……"

就在这个时候，有兽类的影子冲了过来。

"什么？"

魔弹击中了野兽的头部，结束了它的使命。躲藏在建筑物阴影里的某个人开口叫呆住的菲奥蕾：

"姐姐，别发呆了！"

"啊，唔，嗯！"

菲奥蕾慌忙站起。义肢已经恢复了能保护她安全的完美姿态。得到命令后，义肢就像要把汽车打飞一样，光弹齐发。

狮子劫咂了咂舌，再次藏到了汽车后面。听了刚才那个称呼，他已经知道来者何人了。

"你叫她姐姐……你是考列斯·弗尔维吉·尤格多米雷尼亚吗？"

"没错！"

建筑物的阴影里有人喊道。这下麻烦了，狮子劫想。对于魔术师来说，营造一对一的战况才是最有利的。一个人对战两名魔术师，简直是最愚蠢的行为。

通过战争开始之前得到的情报来看，在魔术方面考列斯远远比不上他姐姐，即便如此，一对二还是太蠢了。因为魔术方面差，不能代表战斗力低。

甚至可以说，那些因为魔术方面不强，就"不择手段"的魔术师才更难对付，这一点狮子劫最清楚了。而且这可不是一场魔术对决，这是战争，是互相残杀。无论魔术多强，死了就输了。

"出来！像个魔术师一样，堂堂正正报上名号怎么样！"

听到狮子劫的挑拨，考列斯有礼貌地回答道：

"我拒绝！自我介绍就留到其他场合吧，你这个肌肉不倒翁！"

听到对方的拒绝，狮子劫也在想下一步要怎么办。现在的形势与之前不同，再次陷入了胶着状态。如果大意地冲出去，肯定会变成与菲奥蕾的近战。老实说，他没有自信能在近距离打赢她。人类的肉体不管经过多么严格的锻炼，在面对那恐怖的义肢——接续强化型魔术礼装时也没有胜算。而且，还有考列斯这个巨大的障碍，根本无法集中精力一对一战斗。一边和菲奥蕾战斗，还要留意考列斯？放弃吧，不可能的。

也就是说，现在他需要一招就能打倒菲奥蕾的办法。

"总不能拿着王牌不用就死吧。"

他慎重地从里面口袋里拿出了"那个东西"。那是一把匕首，刀刃很细，看上去派不上多大用场。这把匕首不能像之前使用的魔术师手指一样自动狙击目标的头部，但是，命中即死。不，应该说一碰即死。

狮子劫决定参加这场圣杯大战之后，拿走了福尔马林里泡的九头蛇幼体作为定金,随后把九颗头都加工成了适合做武器或者是辅助道具的形态。在狮子劫作为魔术师战斗的时候,这就是可以当撒手锏的魔毒礼装。

但是,无论如何,再这样下去都要走投无路了。就在狮子劫准备孤注一掷赌一下运气的时候,扫射突然停止了。

"咦?"

他不可思议地偷偷窥探菲奥蕾的情况。她看上去根本不像正处在战火激烈的战场上,只是表情平静地点了点头,然后转向狮子劫说道:

"看起来,今天就到此为止了。"

"我还能打呢!"

狮子劫握着匕首回应。然而,她只是缓缓地摇头表示拒绝。看她这个态度,狮子劫意识到自己的王牌没有出场的机会了。

"下一次,我就在图利法斯的城堡里等你了。狮子劫先生,我们下次再决一胜负吧。"

菲奥蕾说完,迅速撤退了。她的态度非常干脆,丝毫不恋战。

狮子劫很快就放弃了跟踪。虽然在战斗中总是追击的一方更占优势,但是人数上的劣势不会因此逆转。追击上占优势,人数上占劣势,不需要用天平来衡量,就知道应该怎么选择了吧。

"……是从者那边出事了吗?"

那可能也算不上是平手吧。狮子劫吐出一口气,从口袋里拿出了烟,准备休息一下等着剑士回来。

战斗之后的烟,一般来说都是非常享受的,但是——

"不行啊,这个果然不好抽。"

狮子劫皱着眉头,用自己的肺来感受世事的无常。

∞ ∞ ∞

菲奥蕾同意了弓兵的提议。看起来那边的战斗可能也陷入了胶着状态吧。

"那我们就在预定位置会合吧。本来也只是想侦察一下，没必要在这里就决出胜负。"

"明白了。谢谢你，御主。"

在剑士起身的同时，弓兵已经拉开了足够逃走的距离。

"你要逃吗，弓兵？"

剑士看穿了他的意图，不掩愤怒地吼道。

"是啊，因为留在这里我就要输了。就算是负伤平手吧。"

弓兵留下这句话，很快就消失在小巷的阴影中。虽然他没有暗匿者的"气息遮断"，但是看起来也很擅长隐藏自己的气息。

有那么一瞬间，剑士有些犹豫要不要追——他现在不能用弓，只要能追上，她有自信一定能打倒对方。但是，问题是能不能追上。而且她也不能确定，对方还有没有像刚才的投掷技一样的某种隐藏手段。

当然，她感到屈辱。这种屈辱，就算把对方大卸八块也不能弥补。但是，她忍住了。

"好啦，不知道御主怎么样了。"

她其实不怎么担心。如果御主陷入了危机，肯定会用令咒通知自己。如果御主快抵挡不住，他就会用令咒直接把自己叫回去吧。

她站起来往回走了十分钟，在损毁严重的历史建筑物旁边看到了一副懒散模样的狮子劫。

"弓兵撤退了吗？"

狮子劫身上果然没有什么显眼的伤势。虽然脸上和肚子上都有血，但应该只是擦伤吧。

"应该是吧。"

"第一战打了个平手啊。剑士，和从者战斗感觉如何？"

剑士没有回答，只是沉默着抬头看天。可能是因为五脏六腑都被炽热的感情占据了吧，寒冷的秋风也没能带来一丝凉意。为什么蓝蓝的冷彻月光看起来都如此耀眼呢——

狮子劫了然地笑着点了点头。

"看起来,我们两个都很享受圣杯战争的乐趣啊。"

"我可什么都没说哦。"

"这种事情,看你的表情就知道了。现在再去追撤退的暗匿者也很难了吧。我们也不能总留在锡吉什瓦拉。看弓兵也攻击了她,她可能也不属于'黑'方,以后应该还有机会打败她吧。"

她也有可能会被其他的从者干掉。恐怕是第三者杀死了原本的御主,抢走了暗匿者吧。是想要耍手段得到圣杯吗?又或者——从这次的连续杀人案来看,这个人可能什么都没想吧。

狮子劫还是希望对方是前者,那样才好,那样才能合情合理地战斗。但是,如果对方没有任何目的,就只是因为想杀人才杀人的话,那么毫无疑问的,她才是这次圣杯大战中最难对付的敌人。

正如菲奥蕾所说,包括图利法斯在内,罗马尼亚都处在尤格多米雷尼亚的管辖之下。如果有个万一,管理者的名号可要蒙羞了。

"那我们就回图利法斯吧,剑士。"

"好啊……我们怎么回去?大巴已经没有了吧?"

"那就……借用这个吧。"

狮子劫随意地走到大街上,打碎了一辆汽车的窗玻璃,打开门锁。另外因为他并不打算归还,所以这种行为应该称为盗窃。

"快上来。"

"御主,你可千万别被警察抓走,从圣杯大战中退场哦。"

剑士不禁长叹一声。

∞∞∞

"黑"之暗匿者拖着受伤的右手回到住处时,距离她离开已经过了一个小时。

"……好痛啊。"

她含着眼泪给御主六导玲霞看自己的右手,伤势非常严重,如果是普通人,这只手恐怕要废了吧。

"哎呀，哎呀！"

她脸色苍白，慌忙想找急救箱，但是马上意识到根本没用。暗匿者不属于这个世界，她是从者，只能通过魔术进行治疗。然而，外行的玲霞根本不会用魔术。

没办法，她只能用干净的手绢绑住伤口，除此之外什么都做不了了。

"还疼吗？"

玲霞不安地问道，暗匿者摇摇头，笑着让她不用担心：

"唔……已经没事啦。对了，妈妈，肚子饿了。"

"知道了。稍等一下，我给你热汉堡排。"

暗匿者的右手不能用，所以玲霞热好了汉堡排，又用小刀切好，一口一口喂给她吃。

暗匿者像小鸟一样张着嘴，等不及吃下一口。她好像已经忘记了右手的伤痛，露出了发自内心的幸福笑容。

"好吃吗？"

"嗯！"

太好了，玲霞略微放下心，但是一想到右手，她还是愁眉不展。

"对了，杰克，怎么受伤的啊？"

"啊，嗯……是和从者战斗了。"

"哎呀……从者就是和杰克一样的人吗？"

暗匿者点点头。关于圣杯战争的知识，都是杰克告诉玲霞的，所以玲霞也能理解这些对手都是相当强大的。

"是打输了吗？"

"没有哦。有人捣乱，最后就乱七八糟的了。太卑鄙了，趁别人打架的时候动手。"

"的确，这是战争，所以大家都在耍计谋，真是不好呀。"

对啊，杰克笑着再次张开嘴。玲霞一边喂她汉堡排一边问：

"对了，杰克，现在应该怎么办啊？"

"你说右手吗？"

"是啊。看起来很疼，本来是多么漂亮的手啊。"

"嘿嘿……是啊，果然最好的还是'吃'吧。"

暗匿者害羞地笑着回答。虽然玲霞和暗匿者缔结了契约，但是她无法提供魔力。所以必然的，她只能依靠"吃"来获取魔力。

"啊，那我们就把剩下的魔术师的心脏吃掉吧。"

"嗯，就这么办吧。"

玲霞从冰箱里取出白色的盘子，上面装着用保鲜膜包裹的黑红色的心脏。暗匿者迫不及待地拿起心脏，连着保鲜膜一口吞掉了。

比起普通人类，魔术师的心脏有更丰沛的魔力。几近枯竭的魔力得到补充，杰克松了一口气，血肉模糊的右手也已经再生了。

"呼，这样就放心了。"

"嗯。但是，已经没有心脏了。妈妈，怎么办啊？"

"是啊。继续留在这里，可能还会被针对，而且警察也越来越烦了，干脆就去图利法斯吧？"

暗匿者抱着手臂，开始嘀嘀咕咕。虽然剑士是个强敌，但是按照圣杯战争的特性，也不太会有比她更强的从者了。当然，如果让她用上宝具，自己必然会输吧。但是，自己也有一击必杀的宝具，只是这次没有发动而已。

剑士恐怕会以她的那份强悍打垮其他从者吧，但是，前提是要用到宝具。只要瞄准这一点——就能吃到心脏。

"嗯……是啊。那就去看看吧。"

"是啊。你也累了吧，先睡一会儿再走吧，好不好，杰克？"

"嗯！"

暗匿者脚步轻快地跳到床上，掀起床单，把自己像个蚕蛹一样裹了起来。

"呵呵。"

玲霞一边笑，一边把盘子摞起来拿到厨房去。一起床就要出发了，得整理好房间才是有教养的表现吧。

不过，住在这栋房子里的男人们都在不久之前被挖出了心脏，现在已经被埋进了地下室，永远没有用盘子的机会了。

"妈妈，快来呀。"

已经化作蚕蛹的暗匿者在床上甩着腿。"来了来了。"玲霞苦笑着加快速度刷了盘子，也准备上床了。

玲霞刚脱了衣服躺到床上，暗匿者就把自己裹着的床单盖到她身上。暗匿者带着一脸无邪的笑容，贴在玲霞的肌肤上，把脸埋进她的小腹。

"妈——妈——"

她的叫声缓慢，又带着胆怯。为了让她放心，玲霞把她紧紧抱在怀里，还摸着她的头。

"乖。"

虽然她像个小孩子一样撒娇，玲霞却不觉得奇怪。她不懂什么圣杯战争，不懂什么御主从者。从者是英灵，是能成为信仰的人物，经常是以全盛期的姿态被召唤的，所以基本上不会召唤出小孩子。

"黑"之暗匿者——开膛手杰克会这样，并不是因为精神上有什么缺陷，而是因为她就是小孩子。

事实上，杰克生前也不是"人类"。

一八八八年的伦敦，有数万名妓女。当时的堕胎技术过于拙劣，也很粗暴，那些本应该被生下来的孩子就像垃圾一样被处理掉了，妓女们居住在东区，尸体直接被抛入流经东区的河里，怨念就这样在河水中累积。

数万名没能被生下来的孩子的怨念，最后化作了人形。最后，一个根本称不上是妓女的少女，就这么漫无目地在东区游荡。为什么活着，为什么难过，为什么这么冷——她什么都不懂。虽然不懂，却明白自己想要某种东西。

这个时候，她遇到了一个女人。

杰克看到女人，不假思索地就叫了"妈妈"，然后遭到厉声辱骂。被骂太难过了，很疼，而且非常伤心，所以她就把对方杀了。

那时候她觉得，原来内脏就跟爱一样温暖。

第二天，尸体被发现，引发了大骚动。

杀了第二个人，再杀第三个人。在这段时间内，人们还给她起了一个名字——开膛手杰克。

她很开心，因为在这之前，她连自己的名字都不知道。

因为肢解的技术，人们说开膛手杰克肯定是个医生。知道这个流言后，她也很开心，因为她最讨厌的就是医生——就是医生一直在杀害杰克他们。

在杀了数名妓女之后，她死了。并没有什么特别的原因，只是有人发现这种猎奇的杀戮是有魔性的人犯下的罪行，所以她就被某个魔术师处理掉了。

那之后犯罪行为就停止了，开膛手杰克就这样消失在黑暗中。只不过，她的犯罪行为实在是过于猎奇，让人难以理解，还留下了很多谜团。

这是多么奇妙的反转现象啊。即便犯罪行为已经绝迹了，开膛手杰克的名字却流传下来，给伦敦市民留下了难以磨灭的恐惧，即便过了百年，她的名字也没有消失。

即便死后也有源源不绝的恐惧，就这样促生了连续杀人魔的反英灵——也就是这个少女。

反复唱了几次歌之后，杰克已经完全睡着了。看她睡着了，六导玲霞也放心地闭上了眼睛。

六导玲霞原本是尤格多米雷尼亚家族的魔术师相良豹马为了召唤仪式准备的活祭品，因为暗匿者的背叛，她才成了御主。在此之前，她只是随波逐流地生活。

不，可能现在也是一样吧。被卷入超越现实的情况后，她可能也会对圣杯有所求吧。想要幸福——她对圣杯的要求就只是这样而已。但是，如果只是这样的愿望，只要活着就一定能实现。她拒绝了那条路，却选择了战争……甚至不惜杀人也要继续下去，又是为什么呢？

"一定是因为太无聊了吧。"

真是悲惨的女人，她自嘲道。但是，她也根本没想过要停止杀害。

原因就是，眼前这个熟睡中的少女需要食物。要活着，就必须这么做。

对于玲霞来说，杰克就像自己的女儿。为了她，所有伦理都不在考虑范围内。只要是为了自己的孩子，妈妈甚至愿意化作杀人的厉鬼。

∞ ∞ ∞

背在背上的少女轻得让人吃惊，而她自己明显也被自己的身体状况吓了一跳。此刻，她已经解除了盔甲，恢复了原本的打扮。之前那全副武装的样子，即便在乡下也显得很奇怪。

"啊，太丢脸了。"

"别放在心上。事情会变成这样，你也没有办法。"

齐格一边说，一边用力地踩住地面。如果她说的"凭依召唤"是真的，那刚才会晕倒也是理所当然的。

"也就是说，虽然有与从者相称的能力，但是因为不知为何连接了人类的身体，所以也必须要顾虑到人类的生活方式。"

"就是这样。不能灵体化，不好好吃饭睡觉身体就会支撑不住。而且，作为从者活动的时候，好像还会消耗大量的热量。"

"这可真不方便啊……"

这等于是掏空了一个人类的躯壳，随便套上就任意驱使。虽然神经和肌肉组织之类的部分都受到保护，足以应付超出想象的环境，但是与之相伴的，必须消耗大量热量。

当然，也不会因此而死。但是——

"我从来不知道肚子饿会这么难以忍受。我现在甚至想吃树根填填肚子，怎么办啊？"

从声音里听得出来她很认真。齐格一边加快脚步一边说道：

"请再忍耐一下。"

树根还是有些过分了吧，齐格想。"好吧。"裁定者有气无力地应了一句。再这么下去，恐怕三十分钟之内她就真的会忍不住吃树根了。

天已经完全亮了，已经可以看到有人在村子里走动了。齐格直接跑到了距离山脚最近的农家，问这家的老人，村里有没有可以提供食物的地方。

"这是病了吗？"

老人大概是刚结束了早上的劳作，正在休息。他一边用搭在脖子上的毛巾擦汗，一边担心地询问。

"没有，只是肚子太饿走不动了。"

"那可不行。正好我也要吃早饭了，一起吃吧？"

"谢谢，那就拜托了。"

齐格原本还想，实在不行就用暗示，结果谈话居然意外地顺利，让他根本连用暗示的时机都没找到。老人马上就回自己的家，齐格也跟在了身后。

"唔，好香……"

差点饿晕的裁定者睁开眼睛。齐格把她放在餐厅的椅子上，老人马上在她面前摆上了碗和勺子。碗里盛着茶褐色的粥。

"这是……"

"这是荞麦粥。你尝尝看。"

裁定者奄奄一息地拿起勺子舀了一勺粥，放进嘴里，紧接着，"复活"的少女没几下就喝光了粥，含着眼泪请求再给她一碗。

坐在她旁边的齐格让出了自己的那碗，也被她迅速喝光了。

"你可挺能吃啊。"

"啊，是！不是，那个，怎么说呢……对不起。"

看来胃里填满之后，她也能开始正常思考了。她的双颊泛红，深深低下了头。

"不不不，你再多吃一些。还有你也是。"

老人又给齐格和裁定者拿出了粥。齐格还有点犹豫，裁定者则是快乐地接受了对方的好意。

老人的名字是赛杰，他在这个村子里出生长大，还有了孩子，如今孩子长大出去闯荡，他一直在这里种田，可以说是度过了没什么波澜的普通人生。

"这个村子很久没有年轻人来啦。"

老人在饭后又拿出了咖啡,两个人很不好意思地喝着加了大量糖和牛奶的甜咖啡。

"你不问我们遇到什么事吗?"

听裁定者这么问,赛杰温和地摇了摇头。

"这个嘛。两个年轻人跑到这种荒凉的乡下,身无长物,走投无路,我也大概能猜到是怎么回事啦。"

齐格浑身一僵。

"不过呢,你们两个都这么年轻,这也是没办法的。以后可要做好准备再逃跑哦。"

齐格觉得眼前这个赛杰什么都看透了。他瞥了身边的裁定者一眼,发现她一脸困惑地看着齐格。

"知道了,下次我们会做好准备的。"

"咦?"

裁定者被齐格的回答吓了一跳,齐格反而不懂了。

"那么,接下来怎么办啊?"

"当然是回去……还有人在等着我呢。"

这个答案好像让赛杰也吃了一惊。过了一会儿,他又开始不停地点头,好像接受了这个答案,很享受地喝起了咖啡。

"这样啊,也挺好。果然还是能得到大家的祝福比较重要啊。"

"啊?"

齐格没听懂老人是什么意思,他看了一眼旁边,不知道为什么,裁定者的视线一直游移不定。虽然不太懂,但齐格还是决定先把注意力集中在咖啡上。

最后,因为齐格已经很疲惫了,所以他们就决定在赛杰家里休息到午后。赛杰的儿子离开村子之后,房间一直空着,赛杰很爽快地让他们借用了。

"虽然主人同意了，可是这样真的好吗？"

"嗯……可是，如果不爽快接受对方的好意，好像也不太好……"

虽然只是无意义的对话，但齐格还是吃惊地看着裁定者。齐格是个人造生命体，除了那个骑兵之外，他几乎没有与人交流的经验。

不过，即便如此，他认为自己还是了解人与人对话的时候应该保持一个什么样的距离。裁定者在有意与齐格保持距离，这个距离大约有三米——说白了，她一直在门的阴影里，根本不准备出来。

"为什么那么远？"

"啊，呃，好像是因为我身体里的蕾缇希娅小姐，她不大擅长应对男性，距离再近的话，她就会不舒服……"

裁定者一脸的抱歉，但她还是藏在门后。

"不对啊，一开始见面的时候你还没这么防范我呢。"

"……当时是晚上，而且我不知道你是什么人，所以先了解你比较重要。但是像现在这样放松下来后，蕾缇希娅的性格就表现得比较明显了。"

"你是说你凭依的身体对你也产生了影响吗？"

"是的……不过我也是第一次经历。我知道自己确实是裁定者贞德，但是，蕾缇希娅的认知也保留了下来。尤其是涉及圣杯战争之外的知识时，她就会占据主导位置。"

"有没有什么不方便的地方？"

"就像刚才说过的，除了必须要吃饭和睡觉之外……啊。"

裁定者从怀里抱着的书包里拿出一本书，看起来好像是数学的教科书。

"数学一点都看不懂，多少有些不方便。"

她打着哈哈，苦笑着抱怨。

"圣杯战争还需要用到高等数学吗？"

听到齐格这么一针见血地指出问题，裁定者两只手绞在一起，别扭地说道：

"不，应该用不到……只是那些问题总在我的脑子里晃，让我平静不下来……"

原来如此，这确实让人平静不下来。如果自己能帮得上忙，那帮她一下也可以吧。

"让我看一下教科书吧，说不定我能看懂。"

"咦，真的吗？"

看到齐格点了点头，少女的眼睛一下就亮起来了。

"那……我就稍微过去一下。"

咳咳，裁定者清了清嗓子，动作有些僵硬地迈步接近齐格。她隔着小小的餐桌，坐到了齐格的对面。

"请……请看一下这里。"

裁定者低下头，把教科书和铅笔递了过去。齐格接过来，翻开裁定者说的地方，默默看了一会儿，接着就洋洋洒洒地把答案写在了教科书的空白位置。

"我觉得正确答案是这样的。"

"太……太厉害了。"

少女看完解答深深地低下了头。齐格觉得这件事没有那么特别，只是因为这个知识已经存在自己脑中而已。

"……"

"……"

沉默突然降临。齐格的红眼睛一直盯着裁定者看，而被看着的少女一副坐立不安的样子，不断环顾着房间。

赛杰借给他们的房间里，只有一张床，一张小小的二人桌子，两把结实的椅子以及角落里的衣柜。房间原本是赛杰儿子的，可能他在离开村子的时候就把大部分东西都带走了吧。不过，看起来这里应该经常有打扫。

"……看来还是备受关爱的啊。"

"你说谁？"

齐格听到裁定者说话，便接着问道。

"啊，我是说他儿子。"

"啊？"

看到齐格迷惑不解的样子，裁定者突然反应过来，有点难过地垂下眼帘。虽然他的知识很完备，既有逻辑，也有理性，但与此同时，他不懂的事情也有很多。与其说是无知，还不如说是无垢吧。

并不只是因为他是人造生命体。他是为了提供魔力而被制造出来的，所以缺失的东西也很多吧。

"我来解释吧，这个房间，他儿子离开村子之后恐怕就没有人用了。赛杰先生是独自生活的，从家里备用的东西不多也能看出这一点。"

"嗯，这很合理。"

"所以呢，其实这个房间不打扫也没关系。不，应该说就算积了灰尘也无所谓。即便如此，这个房间还是打扫得很干净。如果说是谁打扫的——"

"就是赛杰阁下吧。"

这是很有逻辑的结论。他独自生活，也没有财力雇用仆人。

"也有可能他就是喜欢干净。但是，一楼其实还挺杂乱的，虽然也不算脏。"

确实，正如裁定者所说，他的衣服还有干农活的工具之类的，本来应该整理好的东西都随便放着，他好像也不太在意。

"所以呢，可以看出对他来说，保持这间房间的整洁，比整理他每天主要生活的一楼还重要。也就是说，如果不是有感情，人是不会这样做的。"

齐格稍微思索了一下，摇摇头表示异议。

"不，也不一定。也许这家的儿子穷凶极恶，身为父亲的赛杰阁下完全被支配。他儿子强迫他在自己离家后，必须每天打扫房间……"

"不可能。"

"也许这个可能性非常之小……"

"都说了不可能的。"

虽然齐格多多少少有些不能认同，但还是老实地点了点头。自己是无知的，她虽然是英灵，却也是具有现代知识的人类，可能还是她的想法比较正确吧。

"唔，不过呢，齐格君才刚出生嘛。我觉得这也是没办法的。人际关系的微妙之处……也是要用心去学习的。如果有不明白的地方，我也会尽量告诉你的。"

裁定者自信地说道。齐格想起来了，用这种态度说话的好像就叫前辈吧。不过还有一件事他很介意。

"稍微等一下。"

"怎么了，齐格君？"

"你怎么突然开始叫我'君'了。"

"因为齐格君年纪比我小吧？所以我觉得叫'君'没什么问题。你不喜欢吗？"

"啊，倒也不是——我觉得也不是不喜欢。"

虽然没有不喜欢，但是总觉得有什么地方不对……齐格想表达的是这个意思，但是这个什么地方实在太难以捉摸了，他又无法反驳。

"那么，我以后就叫你齐格君了。至于我，你叫裁定者或者贞德都行，随你喜欢怎么叫都可以。"

"知道了。那么，裁定者，我还有一个问题……可以问吗？"

"嗯，请问。"

"说起来，裁定者到底是什么？虽然说是管理圣杯战争的职阶……"

齐格对圣杯战争也有一定程度的了解，但是，对于"裁定者"，他只是知道确实有这个职阶而已，除此之外就什么都不知道了。

她有什么目的，会以什么为优先，他觉得自己还是应该先问清楚。

"这个嘛，基本上，在普通的圣杯战争中是不会召唤裁定者的。大体上有两种情况会召唤像我这样的裁定者。第一种，就是那场圣杯战争的形式非常特殊，不知道会有什么结果。也就是说，作为仪式中枢的圣杯判断，这次的仪式需要不会为人力所左右的从者。像这次，七对七——史上最大规模的圣杯大战就是这种情况。而另外一种，就是圣杯战争带来的影响有可能造成世界的扭曲。"

"世界的……扭曲？"

"是啊，成为御主的人，把英灵作为从者驱使，争夺圣杯，这就是现在的圣杯战争。大多数成为御主的人，都是奉行神秘主义的魔术师。所以，给世界造成混乱的情况非常少，即便有——大多数也都被当成灾害处理了。"

"灾害……吗？"

"是啊。虽然是不应该的，但确实也只能这样处理了。大多数圣杯本来就是与原本的东西相去甚远的赝品。但是，功能上就另当别论了，也有不少就是当成万能许愿机来用的。这种事情，都是不能作为公开信息传播的。"

"可能确实是这样吧……也不是只有好人才能实现愿望。"

裁定者沉痛地点点头。

"不是圣人也好，只是为了一己私欲也罢，只要不会导致世界崩溃，都是应该尊重的吧。但是，偶尔也会有人想利用圣杯战争让世界崩溃，可能是魔术师，也可能是其他人……当圣杯战争导致世界崩溃这个可能性在理论上成立的时候，裁定者就会被召唤，职责就是守护圣杯战争的框架。"

"理论上成立的时候？也就是说，这次圣杯大战里，也可能有想要破坏世界的人？"

如果真是这样，事情可太严重了。因为这次，并不是七名从者乱斗，而是七对七的大战。

"谁知道呢。我只知道，这次确实有好几种裁定者的能力没有正确启动。但是现在还不知道是因为圣杯战争发生异变导致的，还是其他什么原因……此外，如果确实有人正在策划什么的话，到底那人在'黑'方还是'红'方呢？甚至还有可能是完全无关的其他势力。而且正如齐格君所知，圣杯大战的规模实在太大了。过去从未有过七对七的先例，而且，他们现在争夺的圣杯，是所有亚种圣杯战争的基础——冬木的大圣杯，那是由三名魔术师创作出来的，达到神之领域的艺术品。所以也可以说，现在还无法确定我是为什么被召唤的。"

但是，与"黑"方想要拉拢裁定者的态度不同，"红"方选择派出阵营中可以称为最强从者的枪兵来刺杀。从现状来看,"红"方自然是非常可疑的。

"好辛苦啊,这种情况下你还来帮我,太感谢了。"

"呵呵,没关系啦。毕竟你也是生来就和这次圣杯大战有关的,所以我也想尊重你的意愿。而且——"

说到这里,裁定者有些尴尬地闭上了嘴。齐格歪了歪头,她又缓缓地摇了摇头。

"对不起。你就当我刚才什么也没说过吧。总之,我说出来的话总是,那个,呃,那个就是……"

"我完全不懂你想说什么。"

"因为还没有确切的证据……总之,现在就这样吧。"

齐格接受了她这个说法。他能够依靠的人,除了那个骑兵之外,就只有她一个人了。

"我没有理由不相信身为圣女的你。我不会放在心上的,等你有了确切的证据之后再说就好。"

齐格爽快地说完,少女的脸又红了。

"你这么说,我都不知道该不好意思还是该开心了。那么,我会加油的。"

她声音很轻,但是能听得出来她的决心。她拥有无论遇到任何情况都不会动摇的,如金刚石一般坚定的意志。

"那么,趁着现在挺平静的,我想解决一个问题。"

"啊,真巧,我也正好这么想。"

齐格和裁定者一起尴尬地看着床。单人床实在是太窄了。齐格是大半夜开始逃亡的,一整夜都没闭眼,而蕾缇希娅的肉体差不多也到极限了。

但是,这张床只能睡一个人。如果两个人一起睡,就必须得像相爱的情侣一样紧紧贴在一起。当然,赛杰好像就是这么想的。

"我就在地板上睡吧,你——"

"我也可以睡地板的。"

"可……可是，按你说的，你昨晚应该一直都没睡吧？"

"确实是这样。但是，幸亏有这颗心脏，我也没有那么累。"

"骗人，你已经是一副筋疲力尽的样子了。我是英灵，没关系的。"

"不，你刚才还说必须得吃饭睡觉呢。就算为了给你肉身的少女，你也应该睡床。"

"呃，你都提到蕾缇希娅了那我也……不然，我们就一起睡吧？"

"床太窄了，只能贴着睡。她讨厌男生吧？"

"不，没关系的。她虽然不太习惯接触男性，也不是个不近人情的少女。对于一起睡这件事，她也没什么异议。"

"不觉得羞耻了？"

听齐格这么说，裁定者陷入沉默，她双颊泛红，眼神也开始游移。

"我是没关系啦。"

既然说没问题了，那就是没问题吧，齐格总算接受了。两个人挤上了小床，虽然很局促，但是疲劳就像泥沙一样沉淀下来，太困了也没办法。

裁定者的脸就在眼前。她刚一躺下，就闭上了眼睛，看起来真是疲劳到了极限。齐格也很疲惫，没过多久也睁不开眼睛了……但是，占据了他内心的恐惧阻止了睡意。

这些现实全是梦境，在他睡着的一瞬间，所有的一切都会复原——自己又会在那个魔力供给槽里醒来吧？他能来到这里，多亏了那么多的慈悲和幸运。如果世界根本没有那么美好——

"晚安，齐格君。"

眼前的人脸上带着慈母般的微笑，轻声打断了他无法停止的思考。啊，果然这里才是现实。如果这都是梦的话，那她也是想象的产物吧。这样的微笑，他可想象不出来。

"晚安。"

在说出这句话闭上眼睛的瞬间，齐格就失去了意识，甚至连做梦的精力都没有，坠入了睡眠的深渊，不过，那里并没有恐惧。

等齐格再恢复意识，发现两个人已经都掉到了地上。虽然之前那种让人瘫软的疲劳减轻了，但可能因为睡在坚硬的地面，身体各处都在发疼。

"果然还是有点勉强了。"

"是啊。"

他们苦笑着看向对方，都站了起来。等他们去跟赛杰告别的时候，老人一边说着"稍等一下"，一边去厨房抱来了一大包东西。

"来吧，拿着拿着。"

他递来一大堆可以长期储存的肉干和面包，甚至还有装了咖啡的水壶，齐格困惑地接了过来。

"呃，虽然你给我们这么多东西，我们很感激，但是很遗憾，我没什么能回报的。"

"不需要。不过，你要好好保护小姑娘啊。"

"咦？"

齐格更疑惑地歪了歪头，老人笑着用力拍他的肩膀。

"这点出息还是要有的呀。"

"啊，嗯！好了，我们走吧，齐格君！"

齐格还带着疑问，就被裁定者推着后背往前走了。但是，齐格心里还有一个问题必须得问赛杰。他勉强停下脚步，回过头。

"我有一个问题！"

"什么？"

"你爱你的儿子吗？"

这个突兀的问题问得赛杰眨了眨眼睛，然后笑容就爬上了他那张因为日晒而粗糙的脸：

"那是当然了！那家伙可是我的骄傲。他也在其他国家努力地生活着呢。"

就连齐格也看得出来，他的这张笑脸，是在为出门闯荡的儿子祈求幸福，也是发自内心为他的成功感到喜悦。

裁定者扯了扯他的袖子，笑着说："我就说吧。"

齐格点点头，高声跟赛杰道谢。

"保重啊！"

两个人挥手跟老人道别，重新返回山中。裁定者已经完全恢复了精力，齐格和她并肩前行，但还是不可思议地歪着头。

"让我保护你，是什么意思呢……"

"齐格君，那只是一个误会。我觉得你还是不要想太多比较好。"

"是啊。毕竟还是你比较强。"

"是啊，你说得对。"

齐格得出的结论，让裁定者莫名有些闹脾气，她转头看向别处，这让齐格更迷糊了。

总之，裁定者和她的同行人再次回到山中，向米雷尼亚城堡走去。晚上的时候，他们应该就能走到了吧。

"要怎么说服他们呢？"

看着齐格在那里绞尽脑汁，裁定者温柔地教导他：

"只有这件事，必须是你自己思考得出结论。不过，你确实听到呼救声了吧？"

"啊，确实是的……其他人造生命体应该也听到了。"

"这样的话，你就直接说怎么样？没问题的，只要是你说的，他们也一定会愿意听的。"

她的语言里，有一种不可思议的说服力。她只是说了"没问题"而已，就让人觉得一定会成功。

"谢谢你。我会尽量去试的。"

"好，我希望你的愿望能够实现。"

但是，与少年的愿望背道而驰的是，在二人前往城堡的半途中，居然目睹了出人意料的场面。

而且，这才是贞德被召唤为裁定者的"意义"。

∞·∞·∞

——梦见了战斗，脑子像被碾过一样。

那个世界已经濒临灭亡了。支配者的恶意覆盖大地，弱者连抵抗都做不到就被蚕食殆尽。

除了绝望，什么都没有。不停被榨取的他们，终于找到了一件可以仰仗的东西。那是充满了爱与救赎的语言，那是不输给饥饿、贫困、绝望的美丽语言……但是，支配者连这个都想夺走。那已经不是榨取，而是杀人了。

所以，他们站起来了。与抗争而死相比，被夺走生存的权利更可怕。

现在已经不知道，少年出现在那里到底是偶然，还是神的意志。只是，等大家注意到的时候，少年已经是他们的领袖了。

那里没有败北，也应该没有胜利才对。

因为在他们站起来的同时，就已经在身为败者的同时成为胜者。他们没挥动拳头，因为光是站起来就已经耗费了全部力气。但是，他们必须站起来，为了自己信仰的东西站起来，这才是重要的，这才是必需的。最低程度的牺牲——只要牺牲包括自己在内的几个人，世界将免于灭亡，获得重生。

本应是这样的。

神明偶尔会好心办坏事。神明赐予少年的奇迹的力量，让他们不再毫无胜算。

但是奇迹本来就很少发生，必须在天时、地利、人和之下，把所有的一切都赌在运气上才有可能发生。

不幸的是，少年已经抓住了胜利。

所有人都为了胜利而狂热。他们取得了不可能的胜利，相信少年是奇迹之子。少年为他们这种近乎愚蠢的单纯而苦恼。

不应该胜利的，胜利是不行的，只顾着拯救眼前的生命，而忽视了大局。

老鼠急了也会咬猫——但是咬过之后，就会被狂怒的猫残杀，这就是这个世界的真理。

——我还是太天真了。

男女老少均被虐杀，这个地方就应该被称为地狱。这里聚集了数万条人命，夺取他们性命的不是敌人，而是自己——少年如此确信。即便如此，少年也不肯卑躬屈膝。

少年有着钢铁般的意志，面不改色地接受了这个结局。他只是看着眼前毁灭的景象，没有表现出看开或者悲哀的感情，甚至承受了被砍断双手的剧痛。

失败了，这一点他接受。

自己要死了，这一点他接受。

他们的死全都是自己的责任，这一点他也接受。

就这样腐朽——只有这一点，他绝对不接受，无法接受。他绝对不能接受，浪费了这么多的生命，最后却什么都没有得到。

——所以，神啊。再给我一次机会吧。下一次我不会忽视大局，我会排除路途中的各种障碍与敌人，各种艰难困苦。下一次，我一定会拿到这个世界上所有的善，建立一个万人幸福，万人良善，万人完美的世界。驱逐各种恶，创造一个标准的世界。

他梦见了自己祈祷的样子，幸福得脑子都像麻痹了一样。

四郎·言峰从倦怠的梦里醒来。与其说是睡了一觉，不如说他只是略有些心不在焉地想起了让人怀念的事情吧。原本只是想小睡一下，没想到睡得还挺熟。

"你醒了，御主。骑兵和弓兵已经回来了。"

好像是"红"之暗匿者塞弥拉弥斯让睡着的他枕在自己腿上，还一直在看护他。这可真不像是女帝的行为。

"唔，我怎么枕在你腿上？"

他没有这个印象。他只记得自己在长椅上睡着了，当时他身边应该没有人的。

"因为我是暗匿者啊。"

呵呵呵，暗匿者发出愉快的笑声。在她生前，这笑声足以让所有男人心荡神迷，为她狂热，然而四郎只是一脸困惑。

"如果被别人看见怎么办啊……"

"怎么了，没人看见啊。哼，难得我心情好做点从者该做的事情，你还有什么不满吗？"

女人露出了闹脾气的表情。

"多不好意思啊。不过，还是谢谢你。"

四郎苦笑着坐起来。暗匿者满足地点点头。

"算你识趣……另外，时间正好，所有人都到齐了。虽然已经没有狂战士了。"

"反正没有狂战士也不会怎么样吧。但是他变成敌人，也是有些麻烦的。"

"啊，那家伙的宝具——'伤兽的咆哮（Crying Warmonger）'吗？"

两个人一起叹了口气。失去了"红"之狂战士斯巴达克斯这件事本身倒也不算太致命。当然，他那无与伦比的战斗力还是很值得夸奖的。但是，那个英灵实在是太难控制了。得在战斗一开始就把他送到前线，让他自己战斗到死，这就是使用他的方式。

"伤兽的咆哮"是能把自己受到的所有伤害都转化成魔力再释放出来的宝具。因为这个能力不是作用于对手，而是作用于自身的，所以这个宝具基本上还是划分为对人宝具的，实际上则类似于对军宝具，是可以进行大范围破坏的珍品。

问题反而是这个范围实在是太大了。如果用得不对，甚至可能会导致己方阵营出现重大牺牲。

"万幸的是，我们知道他的宝具是什么。虽然还不知道会在什么时候发动，但是到时候从者们都是可以感应得到的吧。"

到了那个时候，无论如何都只能逃跑了。无论是什么样的从者，都没有在炸弹上战斗的爱好，也没有那个必要。

"总之，对方没有了剑士，这一点我们很幸运。甚至可以说，这一战几乎能决定圣杯大战接下来的走向。这种能接住枪兵攻击的从者消失了，简直再好不过了。"

听到暗匿者满足地低语，四郎皱紧眉头，脸上也蒙上了一层阴影。

"怎么了？"

"是啊，虽然确实如你所说……"

四郎·言峰是圣堂教会派来的神父，也担任本次圣杯大战监督官的职责，所以他手上有交给监督官使用的"灵器盘"，能够完全掌握十四名从者的情况。

顺便一提，尤格多米雷尼亚一方也找帮手搞到了"灵器盘"。可能也是因为亚种圣杯战争太多了吧，想买的话，途径还是挺多的。

"虽然通过'灵器盘'可以确定对方剑士已经退出，但是他的因果线好像还没有完全断开。"

四郎如此断言。暗匿者也严肃起来，接受了他的说法。

"哦，那他还活着？"

"不，已经濒死了，看上去是马上要消失，至少绝对不能作为战斗力了。但是，从昨晚开始，剑士的状态一直是这样，就有些令人费解了。"

更何况，他通过潜伏在米雷尼亚城堡的人造生命体体内的使魔，也听到了尤格多米雷尼亚的御主们之间的谈话，他们都在为失去剑士而

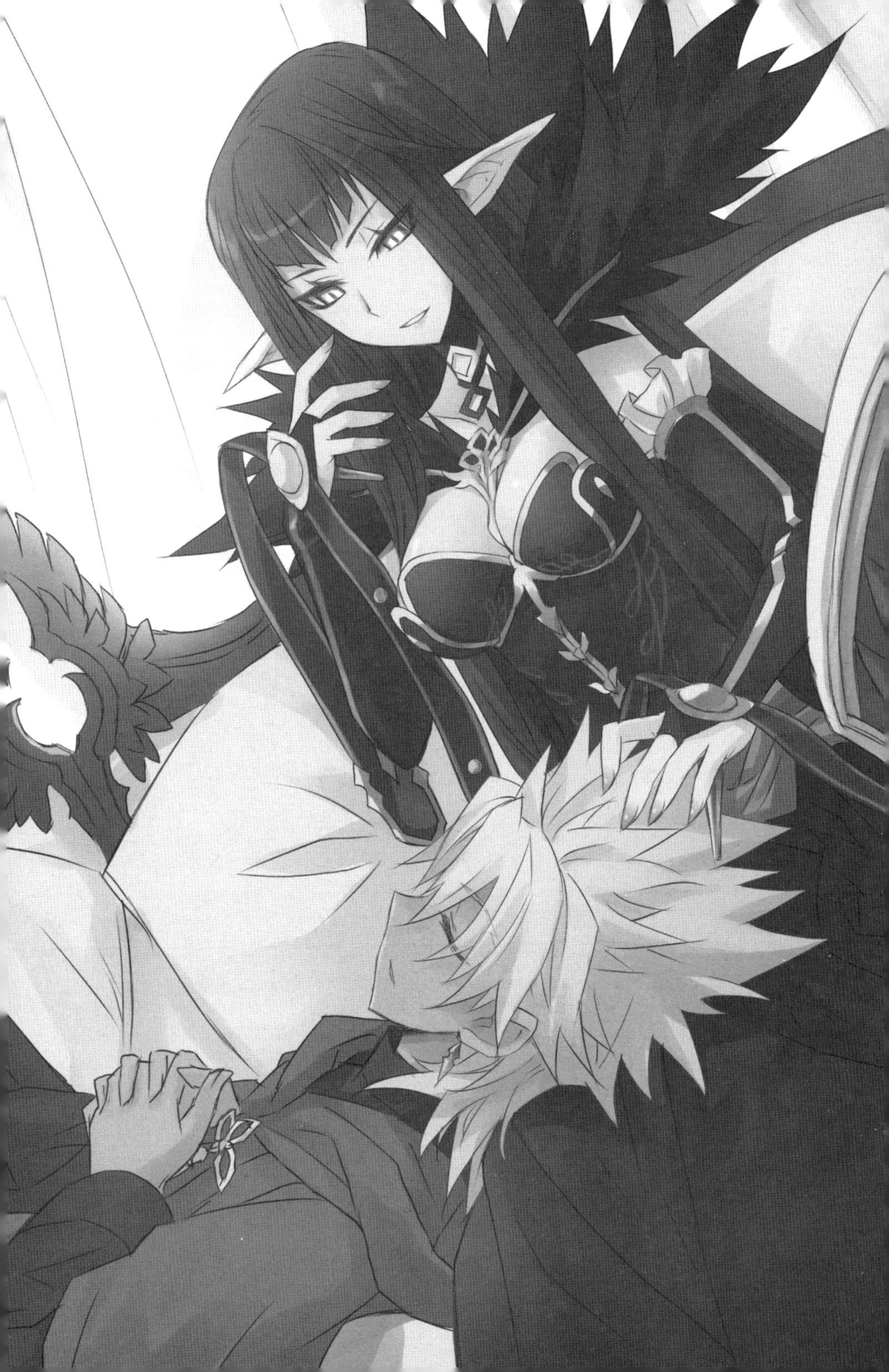

哀叹。

"那么，只是单纯的故障吗？"

"如果是这样就好了……无论如何，万一剑士还能恢复，就让枪兵再去会会他。"

上次与"黑"之剑士战斗后回来，枪兵难得带了一丝感情地说"想再跟他打一场"。四郎对他的意愿表示尊重。反正能与那个难对付的剑士战斗还有胜算的，本来就只有枪兵或者骑兵而已。

另外，骑兵好像对"黑"之弓兵挺在意的。

不过，"黑"之剑士应该已经死了，即便还活着，也是濒死状态，应该也不能战斗了。

"'黑'之剑士的事先不要告诉枪兵，不然他在战场上到处找就麻烦了。"

四郎他们来到王座之间，看到骑兵和弓兵正自在地休息。骑兵躺着看天花板，弓兵则是坐在地板上，正在吃肉串，应该是用她自己捕获的猎物烤的吧。

"哎呀，好像让你们等了很久，非常抱歉。"

看到四郎道歉，暗匿者耸了耸肩膀，长叹道：

"你在说什么啊，御主？看他们这副样子，不过是在懒散地打发时间吧。"

骑兵和弓兵几乎在同一时间哼了一声，把头转向另一边。面对女帝塞弥拉弥斯，他们两个好像都没有什么尊敬的意思。

"算了。"

她傲然地点点头，坐在王座之上。四郎像她的心腹一样站在她身边。

"枪兵和术士去哪里了？"

骑兵躺着回答道：

"啊……枪兵刚才还在愣神看外面呢。术士在工房里。"

"要去叫他们吗？"

"哈哈哈，御主，让你亲自去叫，那不就跟跑腿的小厮一样了吗？

还是我用心灵感应呼叫吧。"

暗匿者轻轻动了动两根手指,没过多久,王座之间沉重的大门就打开了。

"枪兵,不好意思特意把你叫来。"

听到这句话,枪兵缓缓摇了摇头。他的脸还是像一张泛白的面具,表情就像冻结了一样,没有一丝一毫的动摇。

"没关系。有什么事吗?"

"非常抱歉,还得等一个人到了再说。"

五分钟后,最后一个人顶着所有人的焦躁情绪出场了。他走过敞开的大门,夸张地张开双臂,高声喊道:

"哦哦!'像地狱一般漆黑,像黑夜一般幽暗的你。'我认为你的美依然光彩灿烂!'"

暗匿者叹着气问道:

"我可以认为你是在说我吗?"

被质问的男人——"红"之术士,文学怪物莎士比亚点了点头。

"除了你还有谁呢,亚述帝国的女帝!不不不,非常抱歉,吾辈又兴奋过头了。时隔很久再次执笔,激发了兴致。啊,对了,四郎神父。虽然很唐突,但吾辈有一件想要的东西。"

"啊?"

"根据被赋予的知识来判断,这个世界上有一种机器,只要敲击键盘就能打出文字,对吗?"

四郎稍微思索了一下,握拳搥在另一只手上。

"……啊,你说电脑吗?"

"是啊。能不能要一台呢?"

"哦,无所谓。过两天给你安排一台吧。"

莎士比亚满足地点点头。看他这样,暗匿者他们都吃了一惊。

"术士……你没忘了还有圣杯大战吧?"

"当然了,女帝。能让我们这些人像这样聚集在这里的理由,就只有一个,那就是战争吧?英雄争霸,极尽野蛮的杀戮就要开始了吧?"

而吾辈身为术士,就应该用尽全力——好好观望!"

"汝,不战斗吗?"

"是啊,其实吾辈对战斗方面的魔术非常不擅长。'诸神让我们成为人类,总会赋予我们一些缺点'。"

你可是术士啊——骑兵和弓兵都想说他两句,但是忍住了没说。事实上正如他所说,莎士比亚并不是一个擅长战斗的英灵。他的职责是记录圣杯战争,描绘一出有关主人公(御主)的苦难与绝望、希望与暴力的故事。讲故事的人不会上最前线,只是负责支援前线的人而已。

如果他是在普通的圣杯战争中被召唤的,除非他的御主是个近战的天才,不然一定会早早落败吧。

但幸运的是,至少这次的圣杯大战为他提供了充分施展才能的空间。这也是他那非常特别的技能带来的效果。

"对了,现在大家都到了。'黑'之剑士退出战争了,我们的准备工作也都已经完成,是时候主动出击了。总是小打小闹的,也没什么意思吧?"

听暗匿者这么说,骑兵和弓兵都不情不愿地点了点头。正如她所说,他们已经厌倦了小规模的冲突。

"难得要打仗,就应该声势浩大嘛,对吧?"

暗匿者说着,脸上浮现出灿烂的笑容。

"这个嘛,要说是倒也确实是啦。但是你说的做好准备,难道就是专门打造一个城堡,大家都躲在里面吗?"

骑兵诧异地说完,暗匿者扑哧一声笑了:

"躲在里面?骑兵,你搞错了最关键的前提。我的宝具'虚荣的空中庭园(Hanging Gardens of Babylon)'可不是为了防守而存在的。它是进攻的宝具哦。"

骑兵和弓兵都迷惑不解。看到他们二人的反应,已经了解宝具情况的术士呵呵地笑了起来,枪兵倒是一如既往地泰然自若。在场的唯一一位御主四郎也露出苦笑,他对暗匿者说道:

"暗匿者,你也别故弄玄虚了,让大家感受一下吧。"

"好。御主，你居然也挺跃跃欲试的啊。"

"毕竟我也是男人嘛。"

原来如此，塞弥拉弥斯表示理解，接着就把手放在镶嵌在宝座扶手上的大块宝石上。随即，大地就开始微微震动。

从者们面面相觑，是地震了吗？但是，震动越来越强……然后就突然停止了。

"呵呵，你们看看外面吧。"

听暗匿者这么说，除了她之外的所有人都跑出王座之间去看外面。刚才的地震，很明显是暗匿者控制的。可是到底是为了什么——

"什么？"

骑兵和弓兵都说不出话来，术士太过感动，还露出欢喜的表情，就连平时四平八稳的四郎都难得地双目放光，甚至连枪兵都稍微睁大了眼睛，看着下面。

他们脚下踩着石板地面——下面还出现了广阔的空间。

也就是说，他们飘起来了。这座虚荣的庭园，正如名字一样，浮在了空中。

"大吃一惊吧？不过，速度倒是不怎么值得夸耀。"

暗匿者的话语中微微带有一丝自豪。

亚述帝国的女帝，塞弥拉弥斯，她的宝具"虚荣的空中庭园"正是一座空中的要塞。只是，这座要塞不能仅靠魔力显现，必须先凑齐特定地域的石材和木材之类的材料。

集齐材料之后，暗匿者进行了长时间的仪式，才终于完成了这个宝具。这座要塞的来源，就是历史上塞弥拉弥斯这位女帝并没有建造出的那座空中庭园。

事实上，她从未亲眼见过空中庭园。但是她知道，空中庭园已经被根深蒂固地刻画为她本身的幻想。虽然只是后世附会的神秘，但是世界最早的暗杀者、传说中的女帝建立了空中庭园，这个印象实在是过于深刻了。

材料是不可或缺的，首先就需要扎根于这个现实世界的物质，她曾经生活过的土地上的木材、石材、矿物，以及植物和水。

把搜集到的材料组合起来，通过仪式，让她的幻想抵达现实。这是虚假的现实，也是本来绝对不应该存在的宝具。

因此，才会得到"虚荣"之名。对于知道事实的人来说，这只是一种嘲讽。她根本就没有建造过空中庭园。然而，虚荣并不一定就脆弱。不，从凑齐所有材料的那一刻开始，至少在这个时代，虚荣已经变成了现实。

如今，这个充满幻想的庭园已经成了远超现实的荒谬存在。

"那么各位，做好战斗准备吧。按照目前的速度，再过一个小时左右，龟缩在米雷尼亚城堡里的人就能用肉眼看到我们了。"

一片沉默。当然不是因为胆怯，而是一个小时这个具体的时间，让他们内心都产生了令人沉醉其中的斗志。

"术士，我之前让你处理的刀，怎么样了？"

"啊，在这里。"

术士恭敬地把灵体化的刀拿了出来。

"喂，四郎？"

"你要用那把刀做什么？莫非——"

骑兵和弓兵都露出了疑惑的表情。四郎微微一笑，接过刀，拔出了刀鞘。日本刀的形状大体相同，但会因为冶炼之魂的区别形成各不相同的形态。如果说有些刀可以用优美、可爱或者是富有艺术性来形容，那么也有些刀就像四郎的这把一样，豪放磊落，是专门用于斩断什么东西的凶器。

就算在这些来自古今东西，精通各种武器的从者眼中，这把刀也是足以称得上一等品的宝刀。

"我负责代替术士履行职责，不需要担心。我在战斗方面也是有些经验的。"

但是，有武器就能参战，这也过于草率了。

"不不，还是听我的，御主留在这里比较好吧？"

"骑兵说得没错哦。汝，无论积累了多少经验，都没有超出人类的范畴。只要对手的从者出动,一切就结束了。"

骑兵和弓兵慌忙阻止。这也是理所当然的,一般来说,御主无论如何都不应该去前线。从者可不一定只以从者为目标。只要对方御主是个能正常思考的人,一定会让从者去杀死随随便便出现在战场上的己方御主。御主一死,从者的死亡也就进入了倒计时,至少是不能再继续全力战斗了。

更何况,接下来的战斗一定是大决战。这场大战中,不只是从者之间的正面碰撞,己方也会派出手上充作棋子的全部龙牙兵。

在那种状况下,身为人类的他能幸存吗——就在这个时候,术士像要安抚骑兵和弓兵一样,插入双方之间,对他们两个人说道:

"二位,吾辈过去曾经写过'谨慎即大勇',而吾辈几乎没有见过比这位四郎神父更谨慎的人了,更何况——"

他的动作就像在演戏一样,视线再次集中在四郎手上的那把刀上。

"这把刀上,吾辈也稍微附加了一些魔术。直截了当地说吧,这已经相当于C级的宝具了。"

除了四郎之外,包括暗匿者在内的所有从者都愣住了。他刚才确实说了宝具。每个从者都有的、带有传说印记的必杀圣遗物——那才是所谓的宝具。

"啊?"

"这是什么意思?汝创作了宝具?"

"我记得你的技能是'魔力附加'吧。难道就是那个技能的力量?"

听暗匿者这么问,术士得意地说:"正是。"

严格来说,"红"之术士——莎士比亚的这个技能并不是正式的魔术。无论是什么水平的强化魔术,都无法强化到能与宝具相提并论的水平。

其实,他那种方式并不算给刀附加魔术,只是看着递到自己手上的刀,把刀刃如何锋利,又是一把如何浴血的产物写在了上面而已。

但是,如果这句话是世界著名的文豪所写的,情况就不同了。

概念武装——在这个世界上,有一种武装,可以不靠物理的力量,仅凭物品所具有的概念发挥效果。如果是莎士比亚真心写下的字句，即便他描述的只是路边的小石子，那小石子也足以具有必杀的力量。

"我能问问吗？为什么你不用这个战斗呢？"

一直沉默不语的枪兵问道。他的问题也很合理，如果术士有能力把普通的刀变作宝具，那只要拿着去战斗就好了。

"因为吾辈不描写自己，那是自传。如今的吾辈只描写别人的故事，除此之外没有其他想写的了。"

术士语气坚定地回答。枪兵理解了他的意思，他皱着眉头问道：

"也就是说，你觉得麻烦？"

"唔，差不多吧。"

枪兵了然地点了点头。

"那就没办法了。你的目的，姑且就是写除你之外其他人的故事吧。无论结果如何，都必须要写到最后。也就是说，活到最后其实就是你的目的吧，所以不可能去前线战斗。"

枪兵的话语仿佛被冻结一样冰冷——术士却很高兴，为他理解了自己的用意而笑逐颜开。

"对，就是这样！吾辈想见证这次圣杯大战的结局！必须亲眼见证！无论是幸福还是不幸，甚至是绝望的真实，直到最后，都要看完诸位演绎的这个故事，这就是吾辈的使命！"

这些话，不应该是被圣杯战争召唤的从者说的，结果他就是断言自己要旁观到最后。

弓兵和骑兵都不知道自己是应该吃惊，还是应该生气了。

"无论如何，吾辈的战斗力几乎等于零，所以就把这个责任，托付给御主中唯一有高战斗力的四郎神父了。"

"没关系的。只要有这把刀，即便是在战场上，我也不会拖后腿的。"

正如四郎所说，如果这把刀具有至少能与C级宝具相匹敌的战斗力，那人造生命体和魔偶自然也不在话下。

"不不，吾辈的力量不值一提。只是因为那把刀，本身就有名到可怕的程度吧。不然的话，也不可能达到C级宝具的水平。"

"因为这是以前一位剑豪的爱刀。"

四郎轻声说道。他的表情有所缓和，露出了恶作剧一般的笑容。

"没办法了。御主，我还得操纵这个庭园，无法直接出现在战场上。虽然会尽量掩护你，但还是不要太深入战场为好哦。"

"我知道的，因为我也很清楚自己有多少实力。"

虽然四郎这么说，但是他没打算在这场战争中有任何懈怠。用尽全力战斗，用尽全力夺取大圣杯，为了目的可以赌上性命，即便是远离正义的行为，也会毫不犹豫地实行。

"好了。不过，虽然将领已经聚齐，但士兵不够也不行。就算来捣乱的只有人造生命体和魔偶，也挺烦人的吧。"

正如暗匿者所说，他们手上没有士兵。就算御主们全都召唤了使魔，加起来也凑不够十位吧。不过，此刻在这里的，是亚述帝国的女帝塞弥拉弥斯，她可以无穷无尽地生产用来消耗的棋子。

"随便来点龙牙兵吧。三千个够了吗？"

用龙的牙齿制造的龙牙兵，是用过即丢的杂兵。虽说是杂兵，但三千这个数字还是太异常了。

"虽然确实是人数越多越好……但是暗匿者，再怎么说也不可能有三千个吧？"

听了骑兵的疑惑，暗匿者露出了自信的笑容。

"一般来说确实是不可能，但只要这个空中庭园还在，就没有我办不到的事情。"

没错，无论前往哪个国家，空中庭园都是她的领域，所有属性都能得到强化，即便是施放达到魔法级别的魔术也是有可能的。

当然，这是有代价的。毕竟这个宝具本身已经算得上是违反规则了。"红"之暗匿者一旦离开这个庭园，就会失去几乎所有能力。但是，这座庭园是移动的要塞。离开庭园这个行为本身几乎是不会发生的。

"那么，谁来打头阵呢？"

四郎开口一问，弓兵、骑兵以及枪兵交换了一个眼神。至于不想参战的术士，就在一旁装作没有听到。

枪兵沉默着摇了摇头，大概是想让别人先上吧，接着弓兵和骑兵就开始死死瞪着彼此了，好像两个人都想打头阵。暗匿者有些吃惊地耸了耸肩膀，还火上浇油地说术士会给打头阵的人写上一首诗。

"大家和平地好好谈谈吧？"

虽然没有人会听这句话，但最后双方还是达成了一致。

"我打头阵。"

好像是决定了由骑兵打头阵。但是，弓兵却召唤出自己的弓，并举在空中。

"但是，要由我来首先攻击。原本我就准备解放宝具的。"

"明白了，那就这么办。"

"这算是你们两人第一次协同作战吧，给你们写一首情诗吧？"

听到术士的这个建议，骑兵开心地答道：

"好，那拜托了。"

弓兵则是不情愿地皱了皱眉。

"不，请不要写。"

总结了双方的需求之后，术士准备写一首描写失恋男子悲痛的诗。

四郎苦笑着看他们插科打诨，把注意力转移到远方的黑暗中——已经可以看到米雷尼亚城堡了。

他的心脏跳得更猛了。

——啊啊，我知道，我早就知道。确实就在那里，在那座城堡，在那个地方，那个他不停地寻找的东西。

因为情绪高昂，四郎无法抑制自己的颤抖，只能拼命压抑翘起的嘴角。

"即便是像你这样的人，目标就在眼前的时候，也无法隐藏自己的兴奋啊。从这一点上看，你还是小孩子呢。"

颤抖和笑声同时停止。四郎沉默地看着身边的暗匿者，视线里带着一丝执拗。

"怎么了，只要能忍住别太儿戏就好。最重要的是，御主，你要是死了，我也会死，如果我死了，那么之前的计划也就都白费了。这个你明白吧？"

"啊，那当然。"

看到御主平淡的反应，暗匿者露骨地长叹一声。

"即便如此，还是要去战场，我真是无法理解。现在你是驱使从者的御主，原本应该是绝对不会踏足战场的身份。那么，你又为什么要赌上性命奔赴战场呢？"

暗匿者也是从者，她对四郎·言峰的实力相当了解。至少，在面对人造生命体和魔偶的时候，他不至于输吧——但是与从者战斗会有什么结果就不知道了。

总之多加注意不会有问题，虽然没有问题……但还是会有万一。站在暗匿者的立场上，她是绝对不愿意让四郎出现在战场上的。然而，无论她劝说几次，四郎都顽固地不听劝解。

暗匿者根本不关心他这么做的动机，也寄希望于他可能会自己改变主意。但是，到最后他还是没改变这个想法，暗匿者也想问个清楚，为什么必须要做这么无谋的事。

四郎稍微有些犹豫，最后还是用平稳的声音回答道：

"如果我的计划违背神明的意志，那我一定会在战场上被打倒。不幸的话，可能会与从者战斗而死，或者因为大意被魔偶、人造生命体杀死，甚至有可能被同伴的宝具波及。"

人会死，从者也会死。善良的人也会被卷入某个不合理的事件中，最后落得悲惨的结局，这种事每天都在理所当然地发生。

如果，自己的所作所为不正确，必然也会如此。

"如果真的变成那样，我也会庄严地接受死亡。神明不肯原谅我，那也是无可奈何的事情。但是，如果——如果所有事情都进行得很顺利的话……"

暗匿者感到一丝压力。倒也不是四郎做了什么，他还带着平时的那副笑容，只是正面面对着暗匿者而已。

他的眼睛里没有任何不祥、疯狂、愤怒、憎恶，简直就像澄澈的湖水一样十分平静，甚至很难想象这是一个即将奔赴战场的人类——

平静得不可思议。

"那就证明神明赦免了我的行为。对所有人类的慈悲……以及，我为了拯救，想要得到大圣杯的愿望是正确的。只要证明了这一点，我就没什么可迷茫的了。即便是背叛了绝对不应该背叛的东西，我的行为也算是有了意义。"

四郎毅然地说道。为了证明自己的目的是否正确，他要奔赴战场。对于暗匿者来说，这只是逞一时之勇的愚蠢行为而已。

但是，恐怕对于四郎来说，他是不得不这么做吧。这是其他人无法理解的、非同寻常的强迫观念。为了巩固不再迷茫的顽强意志，这是无论如何都得进行的仪式。

"唔，老实说我理解不了。"

"我想也是。"

四郎苦笑了。正如她所说，其他人恐怕就是无法理解吧。为了证明自己的行为是否正确，居然要奔赴随时可能失去生命的战场。

他原本以为暗匿者会反对，但她只是用对臣子下命令的态度说道：

"但是，不这么做你就无法前进，那就没办法了，我允许了。你只要尽情去战斗，然后活下来就行了。"

四郎道了声谢。接着，空中庭园缓缓停下。米雷尼亚城堡还在更前方，在空中庭园与城堡之间，还有一片两侧是森林、中央是草原的区域。

也就是说，这里就是战场。"红"之从者和身为御主的四郎·言峰都聚集到了空中庭园船头的地方。

"现在对方应该正在惊慌失措吧。"

弓兵点头同意术士的看法。她身为弓兵，有一双经过千锤百炼的眼睛，即便城堡远在数公里之外，还被黑暗包围，她也可以看个大概。

"是啊，负责迎击的从者并没有出现。我们突然出现，他们大概也混乱了吧，看上去应该是这样的状态。"

不知道是不是野兽的本能，即便对面是一座城堡，弓兵好像也能感觉到里面的人类的动向。

"那么，我们就趁现在让'小兵'集结吧。"

暗匿者举起手，一个直径大概有三米的大锅出现在半空，然后就飘浮着越过了弓兵所在的船头，接着又转个弯绕了回来。

随即，发黄的骨片像下雨一样洒向大地。这些骨片埋进地里，又像植物一样长出来，最后一个接一个地变成了长着蜥蜴下巴的骸骨兵。

"好像挺脆弱的。"

弓兵看着下方嘀咕。

"说得没错，的确非常脆弱。只不过，数量很多。虽然对付不了从者，但是足够做人造生命体的对手了。如果对方的术士也像我们的术士一样是杂鱼的话，也有可能被击败。"

"哈哈哈，也太不留情面了。但是，这个世界上的术士，可不会每一个都像吾辈一样是文笔优美的作家啊！"

术士满不在乎地回道。暗匿者决定再也不多说一句话了。

"唔，'黑'方的家伙们终于出来了。"

除了弓兵之外，大家都只能看到一片漆黑。看来尤格多米雷尼亚一族和他们的从者也终于开始行动了。

这次与之前的小规模冲突不同，有战场，有士兵，有武器，有将领，有必争的领地，而最重要的是，还有必须打倒的"王"。

再过不久，以完全歼灭对方为目标的决战即将展开。"红"之从者们，正在等待这一刻的到来。

∞ ∞ ∞

尤格多米雷尼亚一方对于魔术协会的御主们——也就是"红"方将会如何进攻进行过各种推测，也制订了迎击的计划。

对方可能会直接从图利法斯市内强行进攻，或者派出大军，从东侧进攻，另外，从空中偷袭的可能性也绝对不低。但是——

"用一整块领土直接进攻，确实在预料之外。"

"黑"之弓兵——喀戎叹息道。在他视线的另一端，飘浮着"红"

之暗匿者引以为傲的"虚荣的空中庭园"。

"弓兵，那个现在怎么样了？"

菲奥蕾在他身边轻声问道。因为弓兵是从者，才能从她的声音中感觉到轻微的颤动。如果是普通人，是不会从她的声音中听出任何一点动摇的。御主在尽力保持冷静，弓兵微微一笑。

"已经停止了。虽然目前只是我的推测，但是看起来，'红'方是准备把那片草原当战场了。"

"是准备全面开战了吗？"

"是啊。得带御主们去安全的地方。恐怕对方也准备派出从者和使魔布下战阵吧。"

"看来是的。他们好像召唤了龙牙兵，是为了对抗我们的人造生命体和魔偶吧。"

"咚"的一声，达尼克落在了城墙上。看来，他已经很大胆地观察过那座要塞了。

"叔叔……"

"进去吧，菲奥蕾。现在，我们只能把胜负赌在他们身上了。"

"正是如此，达尼克。接下来，就是我们从者的事了。"

粒子汇聚，显现出人的形状。"黑"之枪兵——弗拉德三世脸上带着可怕的笑容，紧紧盯着飘浮的要塞。

不，还不只是枪兵，"黑"之狂战士弗兰肯斯坦和"黑"之术士阿维斯布隆也站在城墙上，瞪着飘浮的要塞。

"不但用那种丑恶的东西侵入余的领土，还散布了污秽的骸骨兵。"

枪兵毫不掩饰自己的不悦。从领土被侵入开始，他们就是敌人，是征服者，是奥斯曼土耳其。必须将对方斩杀殆尽，强烈的责任感已经充斥了枪兵的全身。

"王，我们先去城内避难了。如果那片草原就是战场，那么城市就在我们身后，请尽全力战斗吧。"

达尼克恭敬一礼，枪兵高傲地点了点头。

"啊。解除对骑兵和'红'之狂战士的束缚吧，让他们也加入战斗。"

"可以吗？狂战士也就算了，骑兵——"

"没关系。大家都在盼望着全面对决，我们也应该投入全部的兵力，这是应有的礼仪吧。"

"明白了，马上办。"

达尼克消失了。菲奥蕾也跟在他身后，去城内避难了。

"弓兵，你和骑兵一起指挥编制好的人造生命体。"

"明白了，枪兵。但是，如果'红'之骑兵来了，还是必须得由我出面……"

"没关系，你只要在一开始负责指挥就行了。一旦开始混战，魔偶都只是消耗品而已。"

弓兵点了点头。枪兵说得对，开局的第一波攻击结束之后，情况马上就会变成从者之间的互相残杀了。

"然后术士，你在这里待命。什么时候适合解除'红'之狂战士的枷锁，就由你来自行判断。"

"明白了。啊，对了，枪兵，身为王的你怎么可以徒步战斗呢？我给你准备了坐骑。"

枪兵哦了一声，很感兴趣地看着术士。

"虽然只是制作出来的东西——"

"足够了。普通的马也上不了这个战场。"

术士牵来的果然是一匹巨大的魔偶马。铁和青铜搭配的身躯，呈现斑驳的图案，红宝石和蓝宝石做成的眼球，闪烁着妖异的光芒。

"足够了。"

枪兵满足地笑着，飞身上马。马连叫都没叫，只是老实地站在原地。

"咦，枪兵怎么骑马了？那我的立场岂不是很微妙？"

略高的音调让现场的气氛都变得紧张了。那是刚刚才被释放的"黑"之骑兵——阿斯托尔福。他脸上带着无忧无虑的笑容，即便面对把自己贬为囚徒的枪兵，也能心平气和地打招呼。

"骑兵，事已至此，也不需要问你是否在反省了。现在就让余看看你的能力吧。看看你作为查理曼十二勇士的实力。"

骑兵用力拍了拍自己的胸脯。

"嗯，交给我吧！一码归一码，毕竟这场战争也是我的使命。"

"只要你能这么想就没问题。骑兵，你和弓兵一起指挥人造生命体。"

"明白！"

最后，枪兵的目标转向了一直盯着飘浮要塞的狂战士。

"狂战士，你是自由的。就战斗到最后，疯狂舞动吧。"

"唔……唔唔唔唔……"

狂战士轻轻地点了一下头。她把双手撑在城墙边缘，仿佛随时都要跳出去。

"好了，各位。如今剑士消失，暗匿者不在，虽然我们也得到了'红'之狂战士，但那也只是一次性的'兵器'而已。也就是说，我们必须要尽全力去战斗。"

"与此同时，对手大概聚集了除狂战士之外的全部人。'红'方的枪兵能与我们的剑士打成平手，骑兵在我们剑士的攻击下不伤一丝一毫，即便是还没有见过面的术士和暗匿者，一定也是不能小觑的敌人。"

他这番话，意味着他承认己方处于下风。人数就已经比对方少了，虽然还没有明确对方的实力，但是没有剑士就已经决定了他们这一战的难度。

没错，就算还达不到绝对的差距，但也足够在战斗力上胜过己方了。

"那么，现在我有个问题——诸位，你们能接受战败吗？"

所有人都用语言和动作表示了否定。

战斗力的差距太大了，败北的可能性很大——与这个事实相对的，是枪兵和其他从者完全没有一丝动摇的态度。英灵就是这样的，面对巨大的劣势与令人绝望的状况，还能笑着面对，才配被称为英雄。

"没错，就是这样。我们会胜利！连这种程度的战斗力差距和这种程度的绝望都不能承受的话，还有什么资格被称作英雄！"

他说得没错。毕竟枪兵的真名是弗拉德三世，是无数次从进犯的奥斯曼土耳其士兵手上守护祖国的大英雄。

决定性的一战，是一四六二年奥斯曼土耳其的侵略吧。与奥斯曼土耳其的十五万大军相对，弗拉德三世率领的瓦拉几亚军只有一万人。但是，他将游击战术和焦土战术贯彻到底，使奥斯曼土耳其大军陷入疲态，在让民众避难的前提下，空出首都迎击侵略者。

率领奥斯曼土耳其大军的穆罕默德二世，曾经攻陷有三重防护的君士坦丁堡，有"征服者"之名。以勇猛著称的他，在抵达布加勒斯特的时候，也变得面无血色。

城堡周围插满了无数尖桩。被穿在上面的，都是他曾经的伙伴、部下、队长——那是两万名土耳其士兵。看到这个场面的瞬间，他心中已经没有了因同伴被杀而产生的憎恶，只剩下恐惧。他搞不懂想出这个办法并实施的人有多可怕。他们曾经做过的掠夺、蹂躏、虐杀，都只是在欲望驱使下的结果，与眼前的情况根本不同，从立意上就相去甚远了。

这根本就是没把人当人。而这些人被穿刺在尖桩上，就只是为了展示给敌人看的！

军队的士气几乎归零，穆罕默德二世也只能撤退。当时，穆罕默德二世曾经说过这样一句话。

我不害怕任何人，但恶魔另当别论。

"那不过是蛮族，是一群弄脏领土的蠢货，只会傲慢无礼地高声哄笑，只配去死，笑着杀死他们就可以了。这些欠缺恐怖认识的家伙们，必须用牛皮鞭子彻底矫正才行。"

虽然枪兵的话语过激，但是也很容易理解。

别让他们活着回去。他想说的，从头到尾就只有这个而已。而且，这也是其他从者的期望。

"那么，就让余来打头阵吧。"

枪兵抓住缰绳，和马一起跳出了城堡。虽然城墙加上断崖高度超过百米，但是"黑"之术士造出来的魔偶马可不会因为这样就破损。

枪兵就像一个人的军队一样，策马向着敌军的阵地冲去。这片原本青葱的草原，在战斗过后也会化作一片焦土吧。

这位严厉的王转生到现代，获得了部下，还是想挑战己方不占优势的战斗。他就像从前一样，并不害怕。

终于，在两名从者的率领下，人造生命体和魔偶也相继集结。弓兵和骑兵的指挥很不错，转眼间，杂兵们已经排出了规整的队列。

术士带领着被封印的"红"之狂战士斯巴达克斯，跟在队伍的旁边。他要看准时机释放狂战士，这个狂战士虽然在精神上有很大的破绽，但是还有一丝理性，能区分敌我。

现在御主已经更换，"红"方变成了斯巴达克斯的敌人。还有一个人，站在远离人造生命体和魔偶的地方，那是还有理性的狂战士——"黑"之狂战士弗兰肯斯坦。

能够算得上战斗力的，有术士挑选的十个优秀魔偶，以及除去术士之外的从者。

戴着面具的术士在思考——现状也不能说完全不利。不只是因为弓兵的实力以及他丰富的见识，也是因为术士自己的宝具也快完成了，只要拿到"炉心"，随时都能启动。

但是，决定性的原因只有一个——

"黑"之枪兵弗拉德三世。在罗马尼亚，甚至是特兰西瓦尼亚地区，他的知名度几乎是所有英雄中最高的。虽然知名度并不会对实力有那么大的影响，但是在这片土地上，还存在着对弗拉德三世的信仰之心。

没错，他是拯救了祖国的大英雄，还是个恐怖的人。在成为这个国家基石的同时，也经历了背叛，是失去一切的悲剧之人——下至小儿上至老者，谁都知道他是这个国家的王。

而现在的他，无限接近于他最强盛的时期。更何况，因为技能"护国鬼将"的效果，这附近包括草原都是国王的"领土"。

原来如此，昨天听弓兵提过"红"之骑兵的真正身份，当时确实很受冲击。他有全世界范围内的知名度，怎么想都是顶级从者。

但是，即便如此，弗拉德三世还是有很大优势的吧。

双方"军队"都在一点一点地前进。本来还以为对方阵中也会有从者，结果目之所及全是龙牙兵。

枪兵吃惊地让队伍停下。与此同时，龙牙兵也不动了。

因为知道对龙牙兵喊话也无济于事，枪兵的视线转向飘浮的要塞。

"哼，想干什么？"

虽然对方不可能听到他的低语，但就像在回答他一样——"红"之弓兵的弓，射出了第一箭。

∽∽∽

"红"之弓兵——阿塔兰忒把两支箭搭在了天穹之弓的弓弦上。她瞄准的不是眼前广阔的大地，而是被朦胧月光照亮的夜空。

晚秋独有的风又冷又干燥，吹动了她的头发，那双兽耳突然一抖。

是时候了。

"以我的弓箭请求太阳神阿波罗与月女神阿耳忒弥斯的加护。"

箭矢发出妖异的光。她的宝具不是弓，也不是用弓射出的箭，这两样东西最多只能算是一种触媒。她把箭搭在弓上，再射出，这个术理本身才是宝具。

"献上这场灾厄……'诉状箭书'！"

射向空中的两支箭画出辉煌的轨迹，穿破云层消失了。这才是开战的狼烟，最初的一箭。

这是对神的倾诉。太阳神阿波罗和月女神阿耳忒弥斯分别是与太阳和月亮关系很深的神，同时阿波罗还是弓箭之神，而阿耳忒弥斯是狩猎之神。

作为弓兵寻求庇护的代价，他们也会寻求灾厄，给弓兵的庇护就等于给敌人的灾厄。

夜空中充满了淡淡的光，接着迅速传来细密的落雨声。但是，这可不是什么恩惠之雨，而是暴虐的神索求活祭品所降下的名为灾厄的暴雨。

光之箭从天而降，人造生命体一个接一个中箭倒地。更结实的魔偶被无数箭矢射中后也碎裂了。从者们也各自躲避、防守、打回箭矢，阵容一时陷入混乱。

"红"之弓兵阿塔兰忒用极度冷酷的表情看着这凄惨的场景，回头报告。

"开场的工作已经结束了。换你上吧，骑兵。"

"来了！"

骑兵敲了自己的膝盖一下，欢天喜地地走出来，直接从空中庭园跳了出去。他吹一声口哨，三匹军马拉着战车撕裂夜空而来，直接接住了下落的骑兵。

骑兵站在驾驶台上挽住缰绳，举着马鞭，骏马的嘶鸣声响彻战场上空。

"好了，开战！'红'之骑兵，要来打头阵了！"

骑兵一边说，一边驾驶战车降落在地面。人造生命体和魔偶们挡在他的面前。但是，别说是特别加强战斗能力的人造生命体，就算体重超过一吨的魔偶，在海神赐予的不死神马面前也只能被轻易碾碎。

战车就像一个巨大的搅拌机，以子弹一般的速度前进，把包括地面在内的一切都卷入其中搅碎。"红"之骑兵操纵的战车只是在战场上疾驰，就已经摧枯拉朽了。

"来吧，'黑'方的从者！让我们见识一下你们的力量！如果你们觉得能拦住我骑兵的战车，就尽管来试试吧！"

受他挑拨而来的并不是从者，而是魔偶。

三只魔偶猛地冲到了战车前。"红"之骑兵咂了咂舌，理所当然地选择碾碎它们。

"走开，杂兵！"

听他这么说，在远处俯瞰战场的"黑"之术士低声应道：

"那么，到底会如何呢，'红'之骑兵？"

就在碰撞的瞬间，三只魔偶同时裂开。它们完全不理吃惊的骑兵，各自缠住一匹军马的脚，直接硬化了。

"呃……"

原本持续迅猛进攻的"红"之骑兵的战车终于停了下来。人造生命体看到这里，挥舞着手上的战斧，一起跳了起来。

"想得美！"

"红"之骑兵放开了手上的缰绳，拔出腰间长剑，另一只手握住了击杀英雄之枪，从驾驶台上跳了起来。

交错的一瞬间——仅仅是一瞬间，骑兵就夺取了所有攻击他的人造生命体的性命。喷出的鲜血像雨一样落在大地上。

"有破绽。"

还有一个将之视为破绽的从者。那汹涌而来的杀意刺激了骑兵的身体，但是人造生命体的血遮挡了他的视野。

一支箭瞄准了骑兵的脖子，穿过尸体的空隙直接射了过来。

"！"

虽然"红"之骑兵的反应慢了一瞬间，但他还是敏捷地用剑击中了羽箭。只是已经来不及把箭打掉了，改变轨道的羽箭擦着他的脖子飞了过去。

"唰"的一下，他流出了鲜红的血。受伤这件事，对于吃惊的骑兵来说并不是屈辱，而是变成了一种欢喜。

没错，正是"黑"方那个能伤到自己的从者——弓兵！

骑兵威风凛凛地站在驾驶台上，高声喊道：

"'黑'之弓兵你在哪里！我如约来和你决胜负了！今晚就杀个痛快吧！"

就像是对他寒暄的回礼，又有一支箭飞来。但是这次没有了遮挡视野的东西，要打落羽箭对于骑兵来说就太简单了。

"你在哪，'黑'之弓兵！"

"我可比你想得更近哦。"

就在骑兵回头的瞬间，隐藏在魔偶身后，只露出弓箭的弓兵又射了一箭。因为这一箭附加了魔力，比之前的箭都快上很多！

"呃……"

他瞄准的是脸——更准确地说，是右眼。骑兵挥剑向上打飞了羽箭。但是，也因为这样，视野被遮挡了一瞬间。趁着这个间隙，弓兵跑到了另一只魔偶身后，又射了一箭。

"混蛋……"

弓兵完全不露面，只是藏在奔跑的魔偶身后，不停地用箭攻击骑兵。这是在诱敌。

魔偶正在一点一点地远离战场中心。原来如此，骑兵表示理解。"红"之骑兵和战车在战场上的话，对于"黑"方来说，战斗的难度太大了。

当然，他也可以不理弓兵。森林是非常适合弓兵的地方，可以到处躲藏射箭。反过来，对骑兵来说，在森林里战斗是致命的，就连最重要的战车都无法使用。

但是，这也仅限于正统的骑兵职阶的从者。至少对于"红"之骑兵来说，是没有这个限制的。

登上战车的骑兵，确实会变得特别强大。战车又结实，又能像闪电一样飞驰，想阻止他是非常困难的。拉车的三匹马中，只有一匹是普通的名马，其他两匹都是海神所赐的神马。

因此，要在战场上杀敌并得到胜利的话，就不应该理会弓兵的挑衅，砍碎禁锢神马的魔偶，继续打破敌军的阵势，这才是正确的判断。

但是，这个合理的提案有一个明显的瑕疵。对于有英雄称号的人来说，就此逃避能算得上是一个正确的选择吗？

不，当然不是。为了身为伟大英雄的父亲、身为女神的母亲，为了捍卫与自己共享人生苦乐的一生挚友的名誉，他绝对不会在此时此刻逃避。

"等等！"骑兵一边高呼，一边脱离了战场。他把战车灵体化，用双脚跑向了森林。骑兵想，"黑"之弓兵现在一定在窃喜吧。因为他已经把战场转移到了对自己有利的地方，也抵消了骑兵的优势。

没错，现在骑兵还不知道对方的弓兵是谁，起码他认为自己不知道。如果他再多注意一下，再考虑考虑那些极低的可能性呢？

可能还是没有用吧。是先迷惑，还是之后再迷惑，区别实在不大。

骑兵连射箭时拉紧弓弦的声音都不肯错过，全神贯注地搜索敌人。这里确实有从者的气息，但是，他不知道具体的位置，他只知道，自己还在弓兵的攻击范围之内。

骑兵发誓不会再像上次那样狼狈了，然后就在徘徊时踩上一段枯枝。"啪嚓"一声，就在寂静森林中声音响起的那个瞬间，箭射出来了。

——这种水平，我早就看穿了。

骑兵用枪的金属环打掉了箭。现在，骑兵已经能在一定程度上预判弓兵的箭的轨道了，这是因为他冷静下来后，回顾了上次战斗的情况，考虑过对方是如何配合自己而行动的。

"你可别以为第二次、第三次还管用，弓兵！这次我要……让你看看我的厉害！"

他一跃而起，在附近的枝干上借力移动。这样的身体能力虽然可算是非同寻常，但从者都能够做到。然而，即便他是从者，速度也太快了。

他的速度几乎等于瞬间移动，完全不考虑障碍物，飞速向箭飞来的方向疾驰。

"唰"，非常微弱的声音传来，看来对方也移动了。他还是隐藏在树木之间，只能看到一点影子。如果此刻在这里的是"红"之弓兵阿塔兰忒，对方的味道也会成为追踪的线索之一吧，但是骑兵的鼻子没有那么灵。

一箭接着一箭……轨迹太好懂了，恐怕只是随手做出的攻击。骑兵哼笑着用枪打掉羽箭，要躲也很容易，他有一种已经追上对方的感觉。

下一箭，再下一箭之后，自己就会追上他——也可能是她吧。

——射吧，射吧，快点射吧！

骑兵的愿望实现了。他一把抓住刚射出来的箭，凑近了笑道：

"抓到你了。"

"黑"之弓兵应该吃惊的。不，不吃惊反而不正常。弓兵被彻底地追上了，各种攻击都被封住，最后还被人追到了对于弓兵来说可以算得上是致命的近距离。

即便如此，那个男人却平静得令人害怕，他甚至还给了凑近的骑兵一个微笑。

——不对，等等，这个男人，我见过。不仅说过话，他还教导过我，我们一起吃饭、睡觉。

"你是——"

"没错，这就是你的缺点。"

"黑"之弓兵沉稳地说完这句话，一脚踢中眼前这个人的胸口。强烈的攻击把骑兵的身体打到了半空。落地的弓兵动作流畅地搭弓射箭。

对方瞄准的是自己的"要害"，认识到这一点让骑兵全身的神经都紧张起来。他蜷起身体，拼尽全力护住身子，想要避开箭矢攻击的轨道。

没射中。

箭没有射中要害，而是刺入了侧腹部。虽然鲜明的疼痛袭击了骑兵的全身，但是他毫不在意。比起这些，站在眼前的这个男人才是更大的问题。

"黑"之弓兵的所有谜团都解开了。他能与"红"之弓兵——阿塔兰忒有同样等级的弓术也是理所当然的，毕竟他是包括自己在内的很多英雄的老师。

骑兵拔出侧腹部的箭扔掉，站了起来。弓兵还拿着弓，好像在等着骑兵开口一样一动不动。

"为什么你会——"

"真是愚蠢的问题。在这次的圣杯大战中，我作为'黑'之弓兵显现了，而你作为'红'之骑兵显现了。我们都有愿望，有不舍，所以才会出现在这里吧。"

"……"

骑兵低着头，沉默了。

弓兵叹了口气，说道："你真是太容易心软了。与生前相比，你还是没改变这一点吗？虽然你能自始至终严厉对待敌人，但是一旦认定对方是伙伴或者'好人'，就会心软。作为英雄来说，这可能算得上是一个值得喜爱的特点。但是，这里是圣杯大战——没有余地让你发挥仁爱。即便是你这样的英雄也不行。

"你明白了吗,阿喀琉斯?"

弓兵直接叫出了"红"之骑兵的真名。而被称作阿喀琉斯的青年,就像接受老师教导的学生一样,严肃地点了点头。

∞ ∞ ∞

"黑"之枪兵弗拉德三世空着手,没握着本该有的长枪,只是纵马奔驰。

龙牙兵们感觉到枪兵靠近,都开始蠢蠢欲动。这可不止一两百,总数超过五百的龙牙兵正准备包围他。

当然,对于身为从者的枪兵来说,一堆杂兵根本不是问题。但是,即便如此,直接冲入包围圈中也过于鲁莽了。

枪兵骑着魔偶马一跃而起。他张开双手,高声宣布:

"来吧,践踏国土的蛮族!是时候接受惩罚了!慈悲和愤怒化作灼热的尖桩,将你们刺穿!为这些没有限度、无限真实的尖桩而绝望吧——用自己的血去滋润自己的喉咙吧!'极刑王(Kazikli Bey)'!"

大地轻微晃动。龙牙兵们低头去看,一瞬间,无数细长的尖桩被召唤,直冲天际,把他们一个接一个地贯穿。"咔嚓咔嚓",草原上长出了树木——尖桩是纤细的树干,骨头就是枝叶。

宝具发动后三秒,五百名龙牙兵被全部消灭。

枪兵完全无视这些,只是抬头看着空中庭园。

当然,察觉这一切的人们马上就做出了反击。

"来了吗?"

枪兵看到了高速向这里冲过来的从者。其一是弓,另一个是枪——也就是"红"之弓兵与"红"之枪兵。

同职阶的对决,这让"黑"之枪兵有种奇妙的愉悦感,他看准了对方的动向召唤尖桩。尖桩一片一片地从他们狂奔而过的草原上穿出。"红"之弓兵原本比奔马还轻快的速度也开始减缓了，尖桩出现在她的眼前，她抓住尖桩像猿猴一样攀爬而上，缠在尖桩上向枪兵放箭。

但是，出现在枪兵面前的尖桩挡住了箭矢。枪兵还骑在马上，悠然地停在原地。"红"之弓兵继续放箭，但射出的箭都被升起的尖桩挡住了。

"红"之弓兵不得不承认这一点——这个从者被尖桩保护住了。看起来，这些桩子就是他的宝具。这样的话，正如四郎神父所说，他应该就是"黑"之枪兵，他的真名是——

"你是'黑'之枪兵——弗拉德三世。"

正如"红"之枪兵迦尔纳所说，对方就是罗马尼亚的大英雄弗拉德三世。

"哦，直接叫余真名的，是'红'之枪兵吗？"

"没错。我攻击你是有原因的，不要恨我。"

"不不不，没有恨你的必要。你们不得不杀余，余也不得不杀你们。虽然令人痛心，但这就是道理。而且打倒侵略自己国家的敌人，乃是王的使命，所以没有必要为此感叹。"

就在"红"之枪兵的眼前，尖桩再次从地面穿出。

"唔……"

不过，"红"之枪兵用自己的神枪直接打碎了尖桩。

"原来如此。这些尖桩果然是宝具——但是这个数量太不正常了。"

周围都是高高的尖桩，上面穿刺着无数的龙牙兵，看上去就像被穿刺后置之不理、已经化作白骨的人类。

没错，如果说尖桩本身是宝具的话，并没有什么问题，只是一根的话，没有太大的破坏力，速度也慢……只是这个数量实在是太多了，已经超过上千根，而且还会突然从地下升起，要避开也很困难。

数量——这个宝具最显著的特征。他能够展现的尖桩约有两万根，从这一点上来说就已经打破常理了。拿对军宝具和对城宝具来说，能一次性攻击几百上千人的宝具是存在的，但是，数量过万的可就没有几个了。

因为他的宝具与圣剑、神枪之类的不一样，是来源于历史上发生过的"事实"——是重现了那个穿刺两万名奥斯曼土耳其士兵的传说。

确实，可能每一根尖桩作为宝具来说都是微不足道的。

但是——两万这个恐怖的数字，甚至能给英灵们带来威慑。本来就已经够疯狂了，再加上无与伦比的军事威胁，这已经不是人类能做得到的了。

所以这个宝具才叫"极刑王"，是与所有者共用同一个名字的最可怕的宝具。

"枪兵！"

"红"之弓兵在呼唤"红"之枪兵。当然，"红"之枪兵也很清楚，因为眼前这位"黑"之枪兵周围的魔力正在回旋收束……

"来吧，未经允许便踏入境内的罪人们啊，处决的时刻到了，跟那些龙牙兵一起曝尸荒野吧。"

"黑"之枪兵的指尖微微一动——

一瞬间，所有尖桩一起刺向两名"红"之从者。弓兵迅速跳到空中避开，但是那些尖桩就像瞄准了她一样，源源不断地追击。

"红"之枪兵也跳了起来，因为他判断，只要踏在地面上，就会被攻击。但是，所有尖桩都瞄准了落下的他，仿佛要把他的身体刺穿。

神枪再次一闪——然而，就像是为了填补被打碎的尖桩的空白一样，新的尖桩又出现了。

"光是破坏没有意义吗？"

"红"之枪兵迅速抓住了一根尖桩，又有更多尖桩向他袭来。这简直就是尖桩构成的洪流。即便如此，"红"之枪兵还是没有一丝慌乱之色，随机应变。

本来，他穿的盔甲"日轮啊，化作甲胄"就具有太阳的光辉，是神明赋予的绝对防御的宝具，王的尖桩是很轻易就能挡开的。

然而——

"真是了不起的盔甲。"

声音比他预想的更近。"黑"之枪兵已经单手执枪来到了"红"之枪兵的身边，不知道他是什么时候把枪拿在手上的。

没错。他骑着魔偶马在尖桩上移动。当"红"之枪兵被尖桩阻挡，无法采取行动的时候，"黑"之枪兵举枪横在了他的脖颈之前。

"但是，防得了远，防不了近。"

"枪兵！"

"红"之弓兵射出了箭，但是全被像防御墙一样的尖桩挡住了。无法求助，也不能动，敌人的长枪已经对准了自己的脖子——虽然如此，"红"之枪兵的表情却还是那么冷静。

就在"黑"之枪兵准备挺枪刺杀的瞬间，"红"之枪兵的身体发出能撕裂夜色的耀眼光芒。

这是英灵迦尔纳的技能"魔力放出"。虽然名称与"红"之剑士的技能相同，但是在他身上，这种魔力会被转化为"火焰"。

被他抓在手中的尖桩，以及束缚住他身体的尖桩，全都被烧光了。他就像降临地面的火神。火焰太过炽热，仿佛能烧尽地上的一切，他自己却毫发无伤。

"红"之枪兵着地的动作堪称优雅。看着这个场面，"红"之弓兵都呆呆地忘记了呼吸。

"你一开始就这么做不就好了吗？"

"没有那么简单。作为从者，我的能量消耗非常高，这种技能连十秒钟都维持不了。"

太让人为难了，"红"之枪兵叹息道。英灵迦尔纳毫无疑问是超一流的，但是他身上长时间穿着黄金铠甲，手持豪奢的神枪，再加上刚才用过的"魔力放出"，对魔力的消耗也是非比寻常的。如果是普通的魔术师，这时候恐怕连一根手指都动不了了吧。即便是一流的魔术师，也会过于疲劳，以至于连自己的魔术都用不了。

虽然他很感激御主从来没有抱怨过这一点，但也不能恃宠而骄。在这一点上，"红"之枪兵对自己的要求是非常严格的。

"看来，你不是普通的英灵啊。"

"黑"之枪兵挥散烟尘，冷淡地低语。他的话语里听不出任何精神上的动摇，甚至没有愤怒。

"你要认输吗？"

"别说这种模棱两可的话了，'红'之枪兵。既然大家都有需要圣杯实现的愿望，怎么可能认输？而且——"

他举起右手，周围的地面开始渗出杀意，数不胜数的尖桩瞄准着"红"方的两位英灵。不仅如此，他们还能感觉得到，远处还有更可怕的"什么东西"已经出动了。

"应该要认输的是你们才对吧？但你们不仅是异教徒，还是侵略者，就算认输，余也不会放过你们。"

火焰与神枪能让尖桩化作灰烬或被打得粉碎，但是，这样的攻击方式能不能对抗以数量占优势的敌人，只能说可能性各有一半吧。两万这个数字，即便是以一敌百的英雄也难以解决。如果是生前可能不是问题吧，但是此刻他们只是从者，越是大量消耗魔力，就越是接近死亡。

"是啊，玩笑话就别当真了。上吧，弓兵。"

"来吧。"

"红"之枪兵双手握住神枪，"红"之弓兵也再次拉弓搭箭。而挡在他们二人面前的，是支配这个国家的"恶魔"之王。

伴随着魔偶马的嘶叫，三人之间的激烈冲突再次开始。

∞ ∞ ∞

"黑"之骑兵阿斯托尔福带着少许迷茫，驱策骏鹰前往飘浮的要塞。能在空中飞翔的就只有他自己，所以就应该先控制住那个地方，这是他绞尽脑汁才得出的结论。

只是，这样做有一个问题。

召唤骏鹰，骑上去驱使它，到这一步为止，还没有消耗多少魔力，是一个人造生命体就足够补充的水平。

问题在于喊出真名，发挥力量的步骤。

这个魔力的消耗，可以匹敌A级宝具的全力解放了。而且，一次攻击之后，并不意味着对魔力的消耗就此结束。只要还继续使用骏鹰，魔力就会持续消耗，是一种非常耗费能源的模式。

他脑海中浮现出别无选择，只能被吸干魔力的人造生命体的惨状，也想起了齐格那个微不足道的小愿望。

稍微犹豫了一下之后，"黑"之骑兵决定封印解放真名这一方式，因为他现在不想这么做。既然不想这么做，就只能不做了。

啊，真是愚蠢的想法。而且，自己还很弱，不应该去考虑那些魔力电池（人造生命体），必须解放真名才对。齐格是不会为此责怪骑兵的，他不会对为了战斗、为了胜利才被召唤出来的从者有这样的要求。

但是，阿斯托尔福就是这样的英灵。如果他不想做，无论谁说了什么，他也还是不会去做。

"好，上吧！"

飘浮的要塞就在眼前，骑兵还是那副轻松的样子，轻轻地敲了敲骏鹰的侧颈。骏鹰发出像鸟一样的高声鸣叫，猛地张开双翼。飞翔伴随着狂暴的风，双翼间挥洒着魔力的粒子，就像无数的萤火虫一样，亮了一瞬间又消失了。

骑兵向着空中庭园飞去……当然，要塞的主人是不会允许他做这种任性之举的。

"哦，对面的骑兵也有能在天上飞的马啊。那么，我准备的这些也不会浪费了。"

"红"之暗匿者塞弥拉弥斯此时正独自一人留在飘浮的要塞——"虚荣的空中庭园"之内，她淡淡一笑，把"它们"放到了空中。

"去吧，丑恶的翼者，尽情地吞噬吧。"

伴随着她的话语声，和人类一样大的"某种东西"从庭园中起飞了。

骑兵从战场的上空横贯而过，在他的下方，已经可以看到双方势力展开了激烈的冲突。龙牙兵与人造生命体和魔偶战斗，从者之间也已经展开了至死方休的激烈战斗。

"好，我也得努力了……"

骑兵刚刚打起精神，迎击的怪物们就正好来袭。它们上半身是龙牙兵，背后却有翅膀，而下半身明显是鸟类。

"妖鸟？不对，是龙牙兵的改良版？"

这是一种在天空飞翔的妖鸟，非常容易受到食欲的影响，生性残忍，但胆子也很小，不适合作为士兵。而"红"之暗匿者把它们和龙牙兵融合在一起了。可能不应该再叫龙牙兵，应该改为龙翼兵了吧。无论如何，虽然名字里有个龙字，但却是一群寒酸又丑陋的士兵。

然而，它们的数量还是太多了。超过一百只龙翼兵一起攻击，这场面简直就像天葬。它们有比钢铁更锐利的硬爪，一旦有人想要入侵庭园，它们就会一起攻击入侵者。

然而，它们却遇到了最难缠的对手。

因为他们的对手，是在幻想物种里数得上名号的骏鹰，怎么可能会被这些小杂兵打败。而且，现在骑在骏鹰身上的那个人，也是最难缠的。

"黑"之骑兵，查理曼十二勇士之一的阿斯托尔福，曾经有过很多冒险经历，也有能在限定条件下发挥作用的很多宝具——特别强化了能让人跌倒这一功能的枪，能打破各种魔术的书，以及在某一方面有值得大书特书的力量的幻马。

而他现在拿在手上的号角，就是其中最有特点的吧。

"现在给我排成一列，好了——'唤起恐慌的魔笛'！"

伴随着骑兵无精打采的喊声，挂在他腰间的号角也变大了。

"消散！"

他先是深吸了一口气——又对着号角全都吹了出去。高昂的号角声响彻了战场，一瞬间，人造生命体和龙牙兵也都齐刷刷地抬头看天。

龙的咆哮，巨鸟的啼叫，神马的嘶鸣——能与这些声音比肩的魔音,让数量过百的龙翼兵一瞬间就消散了。正如字面所说,就是消失了。这可不是传说里描写的"听到这声音的妖鸟们都吓得逃走了"这么简单的事情,而是单纯的大范围破坏兵器。

"很好,往前冲往前冲!我来咯!"

"黑"之骑兵把缩小的号角挂回腰间,再次双手握紧了缰绳——

——可没那么容易哦,可爱的战斗少女。

他注意到庭园最前端站着一个穿黑衣的女人。他不会看错的,这是从者。根据她的服装,"黑"之骑兵也判断出了她的职阶。

"……你是'红'之术士吧!快觉悟吧!"

听到"黑"之骑兵的喊叫,黑衣的从者一声苦笑。

"猜错了。我是'红'之暗匿者,不过——正如你所想的,我确实也对魔术略知一二。你来试试,自己有没有资格进入这个'庭园'吧。"

她打了个响指。一瞬间,魔力就在她身边展开。不知道是不是早就布置好了术式,闪耀着深紫色光芒的魔法阵就像已经装填好炮弹的大炮。

"啊,这个上下都有哦,要小心。"

"黑"之骑兵马上抬头看天,惊讶得说不出话来。魔法阵不只是她周围展开的那四个,还有上空的四个,自己下面的半空中还有四个,每个都填充了庞大的魔力,随时等待着她的命令。

"坠落吧。"

伴随着解放的命令,巨炮齐发。光柱的声音就像狰狞的低语,迅速穿破空气的壁垒,瞄准骑兵而去。

"别想得逞!"

"黑"之骑兵有常时发动型宝具"魔术万能攻略书"——虽然只是暂定的名字,但却有A级的对魔力技能。事实上,现代的魔术师根本就不可能伤害到他。

所以他才会做刚才的选择。如果没有这本书,他应该也害怕突击吧。

但是,"黑"之骑兵不知道,在她面前的这个暗匿者,事实上也兼任了术士职阶,是打破常规的双重职阶。而此时此刻,她置身的这个大宝具"虚荣的空中庭园",其性能比术士职阶技能"阵地建造"中最高级的"神殿"更优秀。

也就是说,她就相当于在配备了大量穷凶极恶的破坏兵器的坚固城堡里闭门不出。如果靠近她,就和自己主动去送死没有区别。

超过常规水平的魔力攻击着骑兵全身,还不仅如此,更侵入他的体内,彻底蹂躏着他。

"啊啊啊啊!"

骏鹰惨叫着消失了,"黑"之骑兵开始下坠。看着这个场面,"红"之暗匿者吃惊地说道:

"怎么了?虽然我确实说过'坠落吧',但是这也太快了。无聊,他一瞬间就杀光龙翼兵的时候,我还以为能有精彩的表现呢——"

她转过视线,去看地上的战斗。从半空看,此时是一进一退,己方的骑兵面对的是"黑"之弓兵,己方的枪兵和弓兵则是与"黑"之枪兵对战,而己方御主四郎——

"……哦。"

看到那个场面,暗匿者笑了出来。可能对手是狂战士他有些不情愿吧,脸上都是困惑的表情。

"这也不错。就让我看看吧,四郎,我的御主愉快的第一战。"

∞∞∞

从"黑"之狂战士弗兰肯斯坦的脸上看不出来,但是她确实很困惑。

她按照最初收到的命令,在战场上游荡,寻找敌方从者。她追着人影进了树林,结果在里面看到的却不是从者——

"看起来,我的对手就是你了,弗兰肯斯坦。人类为了追求理想而创造出来的可悲怪物,你在某种意义上来说是个转折点,是通往目标之前的必经之路。"

这个好像走错了地方，说着奇怪台词的人，看起来不太像从者，应该是个人类。但是，眼前的真的是个人类吗？

仅凭"黑"之狂战士弗兰肯斯坦的感受能力，在这一点上还不太能确定。

"唔——"

龙牙兵也冲了过来，都被她毫不费力地解决了。另外，虽然眼前的男人完全没有动手，但是她也能理解这个人是对手。

可是，既然是这样，为什么这个人知道自己的真名呢？

就连自己的御主考列斯也吃了一惊，因为在普通的认知里，弗兰肯斯坦是个男性，而且据说还是个非常高大的大块头，所以他应该不是根据外表推断的。

难道是生前见过？

那也是不可能的吧，自己诞生在那个幻想还能勉强成立的时代，是个年轻的英灵。同时代的人类很少成为英雄，即便有，也没有见过自己。

那么，是有人泄露了自己的真名吗？

"啊，你果然很聪明。虽然是狂战士，却还在某种程度上保留了高层次的思考逻辑，真不愧是近代的英灵。"

对面的男人露出了人畜无害的笑容，对着狂战士伸出了手。

"我很了解你，也很理解你。怎么样？要不要代替斯巴达克斯，加入我们这边呢？"

听他这么说，狂战士警戒地做出威吓动作。男人苦笑着放下了手。

"那是不可能的吧，御主。"

狂战士更警惕了。这一次，男人的背后出现了一个明显是从者的人。魔力很淡薄，而且还穿着很难说是否适合战斗的服装。是术士吗？

"哎呀，失礼了。吾辈完全没有战斗的意愿。参加战斗的，是这位御主。吾辈只是来加油打气的。"

他一边说，一边做出了与从者身份完全不符的举动——向后退了一步，藏在了御主身后，而且完全没有要用魔术的征兆。虽然难以置信，但是，好像真的是前面这个人负责战斗。

"没错。战斗的是我，四郎·言峰。"

就在他轻轻放下双臂的瞬间，他双手手指之间，出现了"剑柄"。仅凭狂战士贫乏的知识，还不足以让她理解这是什么样的武器。

不过，见过的人应该一看就知道了吧。这东西是概念武装"黑键"，以净化为原理，用来投掷以魔力构成的刀。

"如果你愿意加入我们，随时都可以说。"

四郎和颜悦色地说完这句话，射出了黑键。

"？"

狂战士一边向后跳跃退开，一边用自己的武器"少女贞洁"把黑键弹开。

"啊——噢噢噢！"

她下定了决心。无论如何，对方的御主已经以敌人的身份出战了。不管是不是有陷阱，现在看来并没有什么不利之处。当然，她还得一直留意旁边实体化的术士。但是即便是这种情况下，她也不觉得自己处于弱势。

狂战士身形一转，突然向前冲出。对方手上又扔出四枚黑键。以人类来说，速度非常快了，一个不小心，自己也可能会被他打中。

但是，不带任何技巧，只是正面扔出的武器没有任何意义。狂战士再次把黑键打飞，继续前冲。

"不愧是你。"

对方还游刃有余地夸奖她。狂战士有点生气了。

——要不要试试呢？打烂你的脸之后，你还能露出这种游刃有余的表情吗？

"宣告。"

一瞬间，仿佛周身全都被落雷击中一样，狂战士匆忙带着"少女贞洁"一起旋转了三百六十度——之前打飞的黑键，再次攻击了自己。看来，那些剑柄里早就设置好这样的术式了。

"可惜可惜。"

四郎那些低语，真的只是自言自语吗？又或者，是对眼看就要成功却只能退开的她说的呢？

无所谓，狂战士马上舍弃了这些思绪。自己本来就不太能长时间进行思考。干脆就彻底一些，只顾一门心思向前冲就好了！

"那么，既然这样，术士，我要用了。"

四郎说完，把手伸向了半空，伴随着迸发的魔力，召唤了"那个东西"。狂战士的视线集中在了那把收在刀鞘内的日本刀上。她的眼神中有惊愕，也有难以置信。那把刀中汇聚了庞大的魔力，那明显是——宝具！

"没错，没错！请请请！尽情地使用吧！就像伴随着烈火的台风！就像伴随着闪电的暴雨！永远不会完结的故事，就此开始！"

伴随着术士兴奋的喊叫声，四郎快速跑出去。他一下子就从左手的铁鞘中拔出了刀，放低重心挥出一剑。

"唔——唔唔唔唔！"

狂战士的突击没有效果，自己还差点被砍成两截。这个事实，让她更明确地感觉到这把刀不是普通的刀。在这个世界上，能伤害到从者身体的武器，并没有多少。

狂战士挥动战锤，开始胡乱挥舞。一般的刀如果被这样直接打中，应该会弯曲或者折断，但是这把刀却连一点损伤都没有。

这并不是凭借剑术技巧带来的结果。四郎的剑术也只是一般，虽然也不至于到杂兵那种程度，但距离高手也很遥远。然而，如果是这样的话，为什么他能和狂战士打成平手呢？

这个狂战士，当然也并不是以武力闻名的英灵。她的凶暴性和残虐性，都是来自传说，并作为英灵得到了升华，而且，她原本的能力也是超出一般水平的。

她模拟的是可以无限循环的第二类永动机，无论在什么情况下都能全力以赴继续活动，没有类似人类那种喘不上气或者没有力气的情况，不呼吸也能持续殴打对方直到断气为止，所以才有了狂战士的称号。

没错，没有"人类"能正面与这个永动机对战。当然，既然他是圣堂教会的代理人，肯定也经历过非常人能够忍受的训练。

只不过，即便如此，他的表现也太不同寻常了。狂战士发自内心地感到不悦。

她高高举起战锤，一鼓作气地砸下去——被躲开了。这也没什么，如果只是这样也没什么。对于人类来说，如果已经达到了魔人的水平，也不是躲不掉的。问题是他躲开的方式，就是字面意义上的"相差毫厘"。能把人头砸成烂番茄的铁球，就在擦着他鼻尖几毫米的距离扫过，没有人还能保持那种淡淡的笑容。

狂战士不喜欢他的笑，不喜欢他的眼睛，而且，最重要的是——不喜欢他出现在这里！

四郎跳开一步拉开距离，单手握刀，另一只手拿着黑键。

而狂乱的人造人并不在乎投掷的黑键，只管毫不犹豫地猛冲。

∞∞∞

看到"黑"之枪兵弗拉德三世独自面对"红"方的两名从者，"黑"之术士阿维斯布隆解放了"红"之狂战士斯巴达克斯。目前来说，"黑"之枪兵是己方的关键，绝对不能让他死，这是"黑"之术士的判断。

"狂战士，你的御主是我，你明白吗？"

"啊，明白。没有你的力量，我好像也无法生存了。这隶属关系真让人难以接受。"

"那你要杀死我吗？"

"我无法杀死你，因为我必须要尽量长久地留在现世。我必须要打倒压制者，抓住绝望尽头的希望。然后在最后，还必须要消灭那些想让圣杯实现自己欲望、聚集在一起的权力者。"

"原来如此。不过，为了实现这个目标，必须得先歼灭对方才行。去吧，狂战士，你的对手既是侵略者，也是权力的走狗。作为动机来说，已经足够了吧。"

狂战士的封印被解开了。狂战士好像无法忍耐一样，不断挣扎，最终还是踏出了一步。

就在他得到了自由的那个瞬间，他的脸上出现了仿佛无风海面一样平稳的笑容，转头看向术士。然而，术士对这一切毫无反应。因为他戴着面具，甚至连他是否害怕都无从判断。

"哼。"

"红"之狂战士好像对术士毫不关心，转头面向战场。他看似很开心地做了一个深呼吸，举起那把格外巨大的短剑，向着战场走去。

看着他走远，术士无可奈何地叹了口气。刚才要是不小心表露出倨傲的态度，他可能会食言（没有比狂战士更疯狂的从者了），杀死自己吧。

"因为我很弱啊……他的话，一击就够了。"

那个男人的皮肤青里透白，看起来就像死人一样，肌肉却那么发达。那是一个能蹂躏战场，将一切卷入混沌的恶鬼，会让一切归于虚无。

"好了，接下来——"

术士还有一个任务，他要找到合适的时机，献上魔术师活祭品，启动自己的宝具。这已经得到了达尼克的许可，没什么问题。虽然他有自信，但是那些精心筛选的英灵们会配合到什么程度，他还是有些担心的。然而，如果不跨越这个难关，自己的愿望又无法实现。

"黑"之术士希望圣杯帮他实现的愿望很复杂。一般来说，圣杯战争就是英灵们为了实现愿望互相残杀，争取胜利。只不过，他的情况稍微有些不同。

他的愿望，就是完成自己的宝具"王冠：睿智之光"。那么，如果宝具启动了，他的愿望就算是完成了吗？

也不是。所谓的魔偶，是卡巴拉之术的一种，这个名字有"胎儿"或者"被制作出形体的东西"之类的意思。这就意味着，这种术本质上是一种尝试重现神明造人过程的秘术。

也就是说，成为宝具的阶段其实还是未完成状态。即便有了无与伦比的力量，也不意味着已经完成。

能引导尝遍苦难的我们重回伊甸园的伟大的王——这就是他希望最好的魔偶能担负的职责。

材料基本已经凑齐了，剩下的就是最后的"炉心"，也就是魔术师。至少能把人造生命体抓回来也行，但是他也不会奢望。

"老师！"

远远传来一声呼唤。他回头向上看，自己的御主罗歇正在城墙上，天真地挥着手。可能是因为虽然能看见，声音也传不到耳朵里吧，所以他用了心灵感应。

"这样很危险吧。"

"啊！那个，等你回来……能看看我的魔偶吗？我觉得这次做得还不错！"

嗯，术士感慨地点了点头。罗歇对魔偶的热情还是相当高的，自己提出意见后他会马上修改，试图做出更好的作品。如果自己还活着，或许会把这个人才收为弟子留在身边。

毕竟，这个家族继承了自己和其他祖先创造出来的魔偶秘术，这让他很有好感。

"有时间我就看。"

"好……好的！"

虽然罗歇好像还有话说，但最后还是不好意思地低下头退回去了。

"不过，我果然不擅长应对小孩。"

而且，术士生前身患多种疾病，生活中基本不会与其他人类有交集，还专门制造了仆人魔偶做家务。

正因如此，他完全与小孩无缘。更何况这个小孩还仰慕自己，更让他感到困扰。

多么讽刺啊。想要重现神明的奇迹，创造出最初人类的自己，居然如此讨厌人类。

"哎呀。"

对于把魔术师当"炉心"这件事，如果说他没有任何犹豫，那是撒谎。然而即便如此，对于术士来说，完成宝具更是他的夙愿。从结果来说，为了得到胜利，他已经做好了牺牲一切的心理准备。

而且现在已经得到了达尼克的允许。作为"炉心"，他——戈尔德·穆吉克·尤格多米雷尼亚也算是及格了吧。虽然术士还想要更好的宝具，但是除了他之外，也没别的选择了。

术士还是觉得有些遗憾。

∞ ∞ ∞

"红"之狂战士完全不理会纠缠的龙牙兵，迅猛地冲向"红"之枪兵和弓兵。他目不斜视地直冲过来，恐怕是因为"黑"之枪兵吧。

因为更换御主，阵营也变化了。如果不是被术士的令咒束缚，他一定会攻击"黑"之枪兵。而这种下意识的愿望，将他推向这个战场上最惨烈的地方。

"红"之狂战士就像一颗炸弹，他的力量足以让从者们产生恐惧。

"啧，早知道那个时候就应该射穿他的肌腱！"

"红"之弓兵一边说，一边连续不断地扫射。那些仿佛机枪子弹一样射出的箭，全都命中了。"红"之狂战士的膝盖现在就像刺猬一样。

伴随着"咔吧咔吧"的声音，"红"之狂战士的膝盖就像烂熟的柿子一样变成了有点恶心的颜色，但是他没有倒下。

"弓兵，狂战士就交给你了，我来对付穿刺公。"

"红"之枪兵一边和"黑"之枪兵拼枪，一边对弓兵说道。

"明白了。哼……汝真是个可悲的生物啊！"

既然参与了这次的圣杯大战，就必须隶属于某个人，有时候也会不得不作为某个压制者的走狗战斗。如果作为剑士被召唤，他真的能忍受这种屈辱吗？

所以，既然他要以圣杯为赌注战斗，就只能铤而走险，成为狂战士。而他的狂化，已经让事态无可挽回地向着恶化的方向发展了。无论他参与的是哪一场圣杯战争，恐怕都没有实现愿望的机会了。

但是，即便如此，他还是笑着惩奸除恶。一边承受痛苦，一边探求逆转之路，既是被虐的求道者，也是绝望的破坏者，正如斯巴达克斯的人生。

"红"之弓兵一边觉得他很可悲，一边继续射箭。对于她来说，狂战士只是块头大而已。无论是他铜皮铁骨的手臂挥舞的短剑，还是迅猛的突击，在她野兽一般的速度面前都约等于不存在。但是，无论她把多少羽箭射入狂战士那钢铁一般的肌肉，他也一样不为所动。

"好硬啊……那就只能这样了吧！"

弓兵不再保持距离，急速冲了出去。她贴着地面滑动以躲避横扫的攻击。"极刑王"的尖桩还在不断冒出，就像在追着弓兵一样，但却追不上全力奔跑的她。

弓兵从狂战士的双腿之间穿过，她的箭也在一瞬间贯穿了狂战士的下颚、喉头、胸口和腹部。

"哈哈哈哈哈！还不够！还不够！还——不——够——！"

然而，回过神来，狂战士已经用力踢向弓兵的腹部。攻击带来的冲击不亚于直接被炮弹击中，弓兵被打飞了二十多米，一路上还牵连了不少龙牙兵和人造生命体。

"唔，呃……"

万幸的是，在被踢中之前，她及时向后躲了一下。如果不是这样，这一击的冲击力恐怕完全可以把她的上半身直接撕碎。

弓兵痛苦地意识到自己还是大意了，她看着狂战士不断逼近。即便中了那么多箭，他的进攻还是没受到一点影响。

"箭应该射穿了啊……"

如果是高阶的英灵，比如被众神宠爱的"红"之骑兵阿喀琉斯，是有可能用技能或者宝具让攻击无效化的。据弓兵所知，确实有一个人拥有几乎可以说是违规级别的宝具，能将达不到某个水平的攻击完全无效化。

但是，起码四郎没说过"红"之狂战士斯巴达克斯也有这一类的宝具或者技能。当然，也可能是他知道但是没有说而已。但是，现在双方处于敌对阵营的事实已经如此明朗，就完全没有隐瞒这些信息的必要了。

更何况，她的箭确实射穿了狂战士。可能是因为不舒服吧，狂战士时不时会把身上的箭拔下,但是毫无疑问,他现在确实浑身是伤。

没错,他还会流血,绝对是受伤了。那么,他就只是在硬撑,全都是仰仗着他无穷无尽的忍耐力吗?

"不对……有什么地方不对。"

战斗与狩猎就是少女的生活。她搭弓射箭,同时也在观察着狂战士的状态,最后终于注意到,

他的伤口在修复。或者更准确地说,是过度的再生。那些被射穿的部分,就像肿胀一样鼓起。弓兵的箭在他身上应该留下了孔洞,也就是说——

"难道说,这家伙……在变大?"

不仅如此,连魔力奔流的感觉也比刚才更明显。狂战士全身布满浓厚的魔力,他挥剑的力量和速度也在不断加强!

"啧!"

弓兵险些中招。她跳上了狂战士的手臂,冲向他的脸。

"那我就取汝首级!"

弓兵已经跑到狂战士的肩膀上,瞄准脖颈连射数箭。可能是她天生就平衡感好吧,无论狂战士怎么甩,她都没有被甩掉,还爬到狂战士背后,抓着他身上的箭,继续攻击他的脖子。

当血开始咕嘟咕嘟往外喷的时候,弓兵才停止射箭。她两脚踩住狂战士的双肩,用尽浑身的力气向上拔他的头。肌肉刺啦刺啦地断裂,狂战士更加狂暴了。

喷出的血太滑了,弓兵落在地上。她站起来想看看狂战士的尸体,却被眼前的景象震惊了。

"这是噩梦吧。"

弓兵会有这种反应也无可厚非。原本差一点就被撕碎的脖子上,血肉正像冒出来的泡沫一样涌起。这个画面实在过于恐怖,甚至有一点滑稽的感觉。而且,弓兵还能感觉到,他身体里的魔力仍然在增强。

"红"之狂战士斯巴达克斯的宝具"伤兽的咆哮"——能把一部分伤害转化为魔力,是一种作用在自己身上的对人宝具,能够不断累积

提高能力。

"我可没听说过连外形都会变啊！"

狂战士的脖子已经变得像乌龟一样了，还翻着白眼狞笑。弓兵蹲下躲过他的攻击，再次射出箭矢，这次她的目标是切碎挥剑的那只手的手腕。可能是因为有三支箭都射穿了手腕吧，狂战士手上的短剑终于掉了。

弓兵马上开始狂奔，看准了狂战士急于把短剑捡起来而伸出的手，先一步捡起短剑并对着手背向下猛刺。

虽然狂战士没有发出惨叫，但是因为短剑扎得很深，他停止了动作。如果手腕被切断，他应该就能挣脱吧，但是由于他那可恶的再生能力，手腕已经在愈合了。

"好，暂时别动。"

弓兵确定周围只有龙牙兵和人造生命体、魔偶之后，再次拉弓搭上两支箭，瞄准了天空。

范围被限制得极小，箭瞄准的只有一点。虽然是第二次使用宝具，但自己的攻击手段中，这个是最适合现状的，所以别无他法。

万幸的是，御主也没有抱怨过一句。

"献上这场灾厄……'诉状箭书'！"

"红"之狂战士盯着天空笑了。光辉之雨就像要净化他一样落下。

他的全身毫无遗漏地被撕裂，几乎都变成一寸大的碎块。肌肉组织、表皮、血管、神经，以及其他所有组织都被破坏。如果是一般的从者，一定会死。即便是优秀的从者，也不能免于陷入濒死状态。即便御主是一级魔术师，也不可能当场恢复。

但是——

"怎么可能！"

就像专门为了回应"红"之弓兵的轻声低语一样，那些肉块又开始蠢蠢欲动了。

∽∽∽

　　阿喀琉斯——论知名度，他是能与希腊神话的赫拉克勒斯相提并论的大英雄。能在世界范围拥有这种知名度的英雄，包括他在内恐怕也不会超过十人。然而，对于他短暂的一生中的经历，又有多少人真的了解呢。

　　阿喀琉斯是海之女神忒提斯与英雄佩琉斯之子，自出生起，就受到众神的祝福。母亲忒提斯非常爱阿喀琉斯，用神圣之火炙烤他的全身，将他化作了不死之身。但是，父亲佩琉斯认为，这样做会"毁了身为人类的阿喀琉斯"，因此提出反对意见，最后，阿喀琉斯全身只有一个地方还保留着人类的特点，就这样长大了。

　　后来，特洛伊战争爆发，阿喀琉斯的母亲忒提斯这样问他：

　　"你愿意不为人所知，度过平稳的一生，还是留下彪炳千古的战绩，作为英雄而死呢？"

　　阿喀琉斯的回答不言而喻。母亲在为他的选择骄傲的同时，也深感悲痛。因为他的命运其实自出生就已经注定。既然作为英雄而生，他的生命也注定如流星一般短暂。

　　阿喀琉斯长大后，在特洛伊战争中加入了亚该亚军，并在军中不断晋升。他的身体几乎受到所有神明的祝福，从未受过任何伤，父亲赠予的长枪也刺穿了很多英雄。他还得到了海神赠予的两匹神马与袭击城市时抢来的名马，没有任何人能追上他的战车。

　　然而，当他打败在特洛伊战争中与自己齐名的大英雄赫克托耳之时，他暴露了自己的弱点。虽然是为报好友帕特洛克罗斯之仇，但是他实在不该用战车碾压对手的尸体，侮辱对手实在是愚不可及的行为。

　　最终，他激怒了太阳神阿波罗，并不顾太阳神再三劝阻，不断残杀特洛伊军。阿波罗狂怒，保佑特洛伊弓箭手帕里斯，让他射中了阿喀琉斯唯一的弱点——脚后跟。

接着，阿喀琉斯的心脏又中了一箭，他意识到自己将死，变本加厉地攻击周围的特洛伊军，直至力竭被杀。正如预言所说，他成了短命的英雄，他的传说也闻名于世。

无限接近于神的人类，拥有无敌之躯的快马英雄，只有他的脚后跟——是这名英雄的弱点。

而"黑"之弓兵喀戎，可以说是阿喀琉斯的老师。在阿喀琉斯小时候，母亲忒提斯因为与父亲佩琉斯不合而返回了海底。而教育过很多英雄的喀戎是佩琉斯的好友，他也很乐意承担教育阿喀琉斯的职责。

没错，阿喀琉斯会吃惊也无可厚非。他当时还很幼小，喀戎就象征着绝对。喀戎温厚又严肃，他的言辞就像魔法一样浸润了幼年阿喀琉斯的心扉。

九年之间，而且还是在最多愁善感的少年时代，喀戎既是共同生活的父亲，也是老师，是兄长，也是挚友。阿喀琉斯身为英雄之子，受到奥林匹斯诸神的祝福，自幼受到士兵们的敬畏和憧憬，能被他当朋友和老师的人少之又少。

而喀戎毫无疑问就是其中之一。他和好朋友帕特洛克罗斯一样，都是值得阿喀琉斯信任的人。

而这位英雄，此刻就为了得到圣杯与他对立，成为"黑"之弓兵，成为他的敌人，成为他的对手，与他互相残杀——

"我来了，老师。"

"没必要说这句话，'红'之骑兵。"

听到这句严厉的话语，"红"之骑兵消沉了一下，但还是猛然挥起了长枪。这两人从能对话的距离开始战斗，所以，现在的画面就是摆好架势的弓兵与开始攻击的轻装战士。

即便心怀少许愧疚，枪头还是毫不犹豫地直击对方的心脏。然而，

"黑"之弓兵就像无知者无畏的狂战士一样，迎着枪头上前一步。

阿喀琉斯移动极快，他用枪的技术也不亚于枪兵职阶。一般情况下，此刻弓兵应该已经被长枪贯穿了心脏吧。

然而，骑兵忽略了最关键的一点。

枪头没有贯穿对方，而是从他的腋下经过。

"什么！"

"难道你忘了吗，骑兵？是谁给了你这杆枪，教授了你最基本的枪法的呢？"

弓兵的话令他震惊。正如弓兵所言，骑兵的枪法并非自成一派，而他的基础，正是他的老师喀戎教授的。既然如此，他的所有动作、习惯，当然都会被喀戎识破。这把枪还是阿喀琉斯父母结婚之时，喀戎赠送给佩琉斯的新婚礼物，所有特征他都一清二楚。

接下来，弓兵继续展示令人惊叹的技巧。他在踏出一步的同时，还把箭矢搭在了弓弦上——这次是快攻，而且还是零距离下难以躲避的一击。

"会死的哦，骑兵。"

弓兵瞄准骑兵的头颅，毫不犹豫地放箭。骑兵迅速后仰躲避，凭借令人难以置信的高速判断和反应，间不容发地躲过了这次危机。

这个时候，弓兵又踢出一脚。失去平衡的骑兵被踢飞，撞到了树上。拉开距离的瞬间，弓兵又把箭搭在了弓弦上。

骑兵心里有某种东西发生了变化。他咬紧牙关，坚定地瞪着弓兵，对着飞来的羽箭冲过去，身体前倾躲过这一箭，横着挥动长枪进行攻击，但是这招被躲开了。

喜悦之情爬过骑兵的背脊，他高声吼叫着继续挺枪攻击。弓兵躲避着仿佛子弹一样的攻击，一边巧妙地调整距离一边继续射箭。

骑兵之前觉得弓兵不能打近战，只要能进入枪的攻击距离，自己就赢了。如今他为自己的单纯而生气。对手可是喀戎这个大贤者，他不仅教导过自己，还有赫拉克勒斯、伊阿宋、卡斯托、阿斯克勒庇俄斯等闪耀的英雄们。

先接近才能一战。接下来，如果不用尽自己的全力去攻击，就一定会输！

骑兵的枪不断攻击、横扫，甚至用假动作迷惑弓兵进行攻击。弓兵时而躲避，时而用弓格挡，甚至配合踢腿和挥拳，找到空隙就射箭。

这种近距离的射击，给骑兵的身体留下了伤痕。即便是受到诸神祝福的身体，在同样拥有"神性"的弓兵攻击下也失去了防护能力。

骑兵的攻击都被预判，而对手的攻击却总在最后一步无法看穿。虽然与生俱来的结实身体让他勉强维持住局面，但是继续这样下去肯定是要节节败退的。

骑兵的思绪暂时离开了眼前的战斗。自己的攻击会被看穿，是因为所有的基础都是眼前的弓兵教授的，无论是防守和攻击的时机，还是任何其他细节。

——不能犹豫！

基础确实是学来的。但是，他很年轻就投身战场，绝对不是仅靠基础就能一路获胜的。既有实际的运用，也有在生死之间学到的经验。与那么多英雄战斗，他的技巧也得到了磨炼。

在那么多次战斗中，在那么多危机之下，自己是如何找到出路的？没错，如果自己——

骑兵的动作变了。他不再使用基础的技能，不再依靠高速，他的动作中出现了复杂的变化。

这边刚刚放开枪，马上就用对他来说是致命弱点的脚后跟踢向弓兵的脸。

落下的枪又被踢起来，重新握在手中，瞄准了目标攻击。枪尖擦过弓兵的脖子，鲜血喷出。

"唔！"

弓兵不得不拉开距离。骑兵得意地回手收枪。

两个人视线交错，都笑了。

"——哼，不愧是英灵啊。"

"当然。我与只会教学的你不一样，我可是久经沙场的。"

骑兵与很多英雄兵刃相交，互相残杀，尽享灵魂上的碰撞。他确实学习了喀戎的基础技法，然而，那些战斗中积累的人命，也是骑兵的真实经历。

"太好了。如果杀死毫无还手之力的学生，这感觉也挺难受的。"

弓兵笑了，骑兵也笑了。

他已经没有了要与恩师战斗的犹豫，只剩下能与强者战斗的喜悦。

骑兵曾经迷茫过。是要拉近距离，还是不要。一般来说是应该拉近，但是现在可能正是应该不走寻常路的时候。

原本，他的长枪主要用途是投掷。长枪会冲破各种防御，直刺对方英雄的胸口。而喀戎比谁都清楚这杆枪的可怕之处，因为这是他本人送出去的。

——那么，怎么办？

双方视线交错。无论是"红"之骑兵，还是"黑"之弓兵，都在密切关注对方的一举一动，为下一次攻击做准备。

骑兵笑了，弓兵也笑了。他们之间还有联系。师徒之情、真挚的友情，还有压过了这些感情的巨大的"喜悦之情"，都存在于两个人的心中。

∞ ∞ ∞

"黑"之骑兵阿斯托尔福绝对算不上是身体结实的人，他的耐久力完全符合他纤细的身材。

"痛痛痛……"

当然，坠落和魔术，也只能给他造成这样的伤害而已。宝具"魔术万能攻略书（暂定）"——还是发挥了大部分效果的吧。

"真是服了，这是怎么回事啊？"

骏鹰没有死，因为他果断把骏鹰收了回去，所以它现在虽然负伤，但还有卷土重来的希望。但是，这场战斗里是不能再用了。

回顾刚才，他可能是有点心急了。更准确地说，如果完全解放骏鹰的力量，可以完全抵消那种魔术。

而他刚才之所以没有做到，是因为他自己决定不那么做。

"啊，真是的！"

他抓着头皮。他不知道自己生前有没有过这么犹豫不决的时候。道理他都懂，他真的明白，必须赢得这场战争。但是，他的身体就是不愿意这么做。

——啊啊，可恶。真是服了。

他脑海中浮现出那只寻求帮助的纤细的手，脑海中的声音也像蜉蝣一样又细又轻，颤抖着，那么微弱。

——因为我们罪大恶极，蚕食那些弱者。

"都到这时候了"——这几个字也浮现出来。没错，都到这时候了，光是显现，就注定是消耗魔力的怪物，这就是自己的真面目，可能已经有几个人造生命体因为自己而死去了吧。

都到这时候了，自己还在想这些事。但是，无论如何他就是不想做。于是，他下定了决心。

"先想想其他办法吧。"

他想要圣杯，想为伙伴们尽力——到这里还没什么问题。但是，要达成这个目标，他还能随心所欲吗？这才是问题的所在。

如果能订立一个正确的契约，遇到一个正确的御主，就不至于这么为难了。

"嗯？"

吱——一阵尖锐的金属声音让骑兵慌忙回过头。龙牙兵和人造生命体直接被撞飞，魔偶也在纷纷躲避。那是一辆传统美式跑车，车身上沾满鲜血，到处都是坑坑洼洼的，一辆雪佛兰·科尔维特就这样闯进了骑兵的视野。

"不是吧？"

即便对这个不合时宜闯入旧式战场的跑车感到震惊，身为从者的骑兵还是选择了回避。雪佛兰从他身边疾驰而过，可能是驾驶员狠狠地打了方向盘吧，车子像被无形的巨人拨动一样旋转着停了下来。

骑兵目瞪口呆地看着车子。驾驶席的位置传来咔啦咔啦的声音，好像有人想打开车门，但是车门应该被撞过，已经完全扭曲了。

"哎呀，烦人！"

这句话音刚落，车门就飞了出去。

细长的腿从驾驶席伸出来，脸上到处都是黑灰的少女不满地敲了敲车顶，她穿着鲜红色的外套和吊带，配着一条露出大腿的牛仔短裤。副驾驶的车门也飞了出去，一个男人跟着爬了出来，他穿着黑色的靴子和裤子，一看就不是什么正经人，大概是一个每天过着奢靡生活的大块头。

"喂，御主，美国车不是应该很结实吗？"

"能承受住你这种驾驶方式的，可能只有坦克吧。话说回来，你的骑乘技能真的有B级吗？你真的会开车吗？不，还是算了，没必要回答我，这就是你的特性吧，嗯。"

大块头一脸疲惫地说道。也就是说，她是从者。"黑"之骑兵愣在原地。他当然不是震惊那辆车，而是因为眼前这个从者那强大的力量。

"'红'之——剑士。"

听到骑兵的低语，"红"之剑士露出了狂放的笑容。

"哟，你是'黑'之从者……吧？"

"猜对了，他多半是骑兵。好了，剑士。剩下的就交给你了，我要跑了。"

"怎么了，御主？你不留下来欣赏我的英姿吗？"

"如果这里不是战场正中心，我倒是也挺想看看的……"

大块头叹了口气，环顾四周。这里不仅散布着龙牙兵、人造生命体、魔偶，还随处可见从者间激烈的魔力碰撞。

"啧，那没办法了。你快跑吧！"

"好嘞，走啦，你要活着回来呀。"

剑士的御主进入驾驶席，也没管被拆下来的车门，硬是把雪佛兰·科尔维特开走了。

"哎呀，居然没等我就开战了，这玩笑开大了吧……算了，主角就是会晚一点登场，王就是要不紧不慢地进入战场，这才是世间真理。"

"啊，你是国王吗？"

"啊？你要投降吗？我可以让你死个痛快。"

"不了，我不太愿意。"

"黑"之骑兵已经从刚才的震惊中缓过神来。"红"之剑士不怀好意地看着举起长枪的骑兵。

"喂喂，骑兵，你的马呢？"

"啊，我让它稍微休息一下。"

"红"之剑士的表情瞬间充满了杀意，她好像无法忍受骑兵那种不以为然的态度。

"什么？骑兵怎么能不骑马呢？本来就挺弱了，这不是更弱了吗？"

"这个我倒是不否认。"

"你还是否认一下吧。"

"因为我一直是个老实人呀。即便如此，拼尽全力杀死你也是我作为从者的职责。"

"啧……没办法。对了，骑兵，'黑'之剑士是真的消失了吗？"

"真的真的，不能再真了。"

"原因呢？"

"嗯……从旁观者的角度来看是内讧吧。不过他应该只是贯彻了自己的信念而已吧？"

"唔哇，真老土。'黑'之剑士是哪个乡下来的骑士吗？贯彻信念而死？太傻了吧！"

这句话一出口，这里气氛马上就变了。变化的是"黑"之骑兵，感受到这一变化的"红"之剑士表情也严肃起来。

"这一点我也不否认哦。虽然不否认，但是不准你说他。你也不过是一个小混混一样的剑士，不准你说他！"

"哦，喊得不错。那么——"

"红"之剑士换装了。一直隐藏在她身体内的庞大魔力得以解放，为她换上了盔甲。她手上还拿着很宽的骑士剑。这是符合剑士之名的豪华装备。

"寒暄到此为止。你就做我剑上的锈斑吧,没马的骑兵!"

"哎呀哎呀,真可怕呀……"

情况很不利,无论是力量上,还是单纯从英灵的等级上来说,自己都是明显的弱势。不过,即便如此,这一战也是不可避免的吧。

——啊,糟了,我可能会死。

与其说是作为英灵,不如说是作为骑士的直觉。如果和她战斗,骑兵脑海中已经浮现出自己轻易就被干掉的画面了。

即便事实如此危急,"黑"之骑兵的脸色却一点都没变。他举起了从骑士阿尔加利亚那里骗来的枪,投入这场孤注一掷的战斗。

∞ ∞ ∞

战场上突然涌起浓雾。在场的人造生命体困惑地停止了行动——他们鼻腔深处还感觉到一种火花迸射一样的冲击。

看着他们一个接一个倒下,上空才传来仿佛妖精一样天真无邪的声音。

"好多,好多好多好多,每个看起来都很好吃!"

人造生命体们判断是敌人出现了,想要拿起武器,却发现浑身无力。即便屏住呼吸,已经吸入肺里的空气还会像小钩子一样撕扯,让他们疼痛不已。

不行,必须得逃走。扔掉武器,用迟钝的腿摇摇晃晃走了两步、三步——还是摔倒了。不行,腿上没有力气,脑袋里像挤满了虫子一样疼,思绪也像陷入迷宫般混乱。

"救救……"

人造生命体喘息着挤出了几个字。

"唔呵呵,好多呀,太难选了。先吃哪一个呢?"

又被少女天真的话语打断了。

眼睛像要融化一样疼。吸入的空气,仿佛要把肺烧光。那种内脏要被腐蚀的感觉太可怕了。

啊啊，好痛，好痛，好痛，拜托，谁来救救我——

"那我就不客气了！"

少女的声音像砂糖一样甜美，但她说出口的却是残忍的话语。维持生存的重要脏器被挖出，就连感情表达很贫乏的人造生命体都发出了恐惧的惨叫。

但是，这些叫声被浓雾包裹，还没被任何人听到就消失了。

这些雾就像怪物的胃，是个绝对的杀人空间。在这里就是死，想逃走或者反抗也是死。而支配这个空间的，是连续杀人魔——"开膛手杰克"。

"多谢款待。"

夜晚，大雾。她总是要先下手为强，就这样避开所有人的视线，不断地增加牺牲者——

战场早就变成了混沌之神最爱的状态。

只一击就引发了如雨般落下的光之箭，三匹马拉着战车横贯长空，地面上不断穿出的长桩已经密集如林，而浑身缠绕着火焰的枪兵正在迎击。一位弓兵几乎已经与森林化作一体，与跳下战车的骑兵展开近战，而另一位像野兽一样在战场上驰骋的弓兵，已经把变成恐怖肉块还在狂笑的狂战士射成了一只刺猬。仿佛永动机一样永远狂躁、不会疲劳的狂战士，与她对战的是平静的怪物代理人。石头造的巨人们，脸色不会有一丝变化的人造生命体，被打碎几次还继续冲锋的龙牙兵，仿佛钢铁铸造的剑士，用枪与之对抗的可爱骑兵，为了对抗固守坚固城堡的魔术师们，使用飘浮要塞发动奇袭的旧日女帝，还有隐藏在浓雾中的连续杀人魔——

人造生命体的鲜血染红了草原，魔偶和龙牙兵的残骸仿佛积雪。

战斗过，残杀过，这里早就已经没有"和平"这两个字了。

圣杯大战越来越接近主题，就像黏稠泥泞的液体，粘住靠近的人，让他们深陷其中。

而此刻，出现在这个仿佛地狱一样混沌的战场上的，正是此次圣杯大战的裁判——裁定者贞德，还有另一个人——

给自己取名为齐格的人造生命体。

第三章

回想一下，一开始就有过"哪里不对"的感觉。

参加人数多，七对七的战斗，这确实算得上需要召唤裁定者的非常事态了。

但是，裁定者可以确信，这并不是自己被召唤的理由。

心底有某种东西让她焦急，比起使命感，更像是一种危机感。

有什么无法挽回的事情正在发生。看到那个巨大飘浮要塞的瞬间，裁定者的焦虑达到了顶点。

接下来，"黑"方与"红"方的一场大决战应该就要展开了吧。无论胜利的是哪一方，站在裁定者的立场，只要胜利者对圣杯许的愿望是正确的，那就没问题。在这一点上，她一开始是很放心的。

毕竟双方阵营的御主都是魔术师。虽然魔术师都是不在乎世间伦理的人，但是与此同时，他们也不会许损人不利己的愿望。他们期望的，永远都只是前往根源。当然，也可能是与魔道有关的其他愿望——无论是哪一种，作为愿望来看，基本上都是妥当的。

但是，遭到"红"方袭击后，她产生了疑问。"黑"方想要拉拢裁定者倒是没问题，因为这么做的目的，是想要获得圣杯大战的胜利。

"红"方才是问题所在，她猜不出杀死自己有什么好处，这样做弊大于利。而现在，"红"方制造了一座空中要塞，直接攻打"黑"方的根据地米雷尼亚城堡。

裁定者和齐格一起翻山越岭，绕着城堡外围前进。他们穿过了前一天晚上"红"方的骑兵与弓兵来袭后发生过激战的森林，来到了战场中。

人造生命体与魔偶、龙牙兵正面冲突，正在上演惨烈的互相残杀，魔术像炮弹一样到处炸裂，那些貌似是从者的人，更是在战斗中把周围都夷为平地。

裁定者环顾惨烈的战场，最后看向似乎属于"红"方的空中要塞……即便圣杯战争进行过那么多次，但那东西依然过于异常。如果只是在天上飞,从者自不用说,就连魔术师也能轻易用魔术实现。

但是,那座空中要塞根本不是一个次元的。即便是神代的魔术,能实现这种效果的也不多。

"听好了,齐格君,我现在必须要穿过这个战场,去见见对面的'某个人'。"

"为什么?"

"在这个战场上,有'某个人'是我必须去见的。虽然我不知道是谁,可能是从者,也可能是御主,或者这两者都不是。但是,我必须和这个人见面。"

虽然人造生命体无法理解,但是裁定者的话有种不可思议的说服力。其实她的语气里听不出多少确信,甚至还有些不安,但却可以感受到一种言出必行的坚定信念。

原来如此,人造生命体表示理解。她的追随者之所以会仰慕她,不是因为她用强硬的话语表达坚强的意志。她的言语之中,从来都不会带有任何强迫他人的内容。

她想要传达的,只是"我要去"这个意愿。

"虽然我觉得会很危险,但如果这是你的意愿,那就没办法了。"

他一边说,一边毫不犹豫地握住剑柄。他表达的,就是自己也会跟着一起去。虽然两个人相处的时间很短,但裁定者能看出这一点。这个给自己起名为齐格的人造生命体,他一旦决定了要做什么事情,就会贯彻到底。

即便告诉他别跟着,她要一个人去,恐怕他也会自顾自地跟在她身后吧,那可太危险了。"红"方绝对会把他视为敌人,而"黑"方的魔术师一旦发现他,也不知道会做出什么样的反应。

然而,在这个战场上,齐格还有别的目标。

"你准备怎么办?"

"暂且不提那些在前线战斗的同伴们,如果遇到在后方待命的,也许还来得及说上几句话。如果可行的话,我想跟他们谈谈,请他们帮忙去解救城堡内部的同伴,然后——"

"然后呢？"

齐格愧疚地低下头，轻声说：

"不，其实我想见见骑兵，但不知道能不能见得到。而且现在这种情况下，见面也会给他添麻烦吧。"

"我倒是不认为她会觉得有什么麻烦的……"

无论如何，两个人一起前进应该是最妥当的，裁定者如此判断。

"总之，请你跟着我吧。不过……你要听好，一定要避免与从者战斗，知道吗？如果你和'黑'方的魔术师有冲突，就提我的名字，也许能避免当场就被杀吧。"

"谢谢你。"

这个瞬间，她莫名有种感觉，自己的选择绝对是正确的。对此她有些疑惑，在这个到处都有从者冲锋陷阵的战场上，区区一个人造生命体又能做什么呢？即便他拿着剑，也不是剑士啊。只不过，她现在已经没有余力再去为他的前途担心了。

因为从现在开始，裁定者就必须要投身于这一片混沌，去寻找某个致命的东西。

"好！"

裁定者轻轻地拍了拍自己的脸，握紧了召唤来的旗帜。这是她生前一直带在身边的战旗，也是圣旗。她低声对身后的齐格说了一句"可别掉队了"。

"那么，我们走吧！"

裁定者向着战场冲去，人造生命体也跟在她身后跑了起来。

没过多久，就有相当多的龙牙兵杀到了他们身边。龙牙兵已经完全不理会之前还缠斗在一起的人造生命体和魔偶，全都来围剿裁定者。

"果然……"

裁定者挥舞手中的战旗，将龙牙兵一个接一个地打碎。虽然裁定者基本不会参与能影响圣杯战争结果的事件，但是现在已经出现了针对行动，就不能这么死板了。

伴随着能够撕裂战场的尖锐咆哮声，裁定者向着自己的目标疾驰而去。

∞∞∞

四郎的动作一下子停住了。他咂了咂舌，一脸不情愿地向后退开。

"术士，撤退。她'注意'得比想象中更快，可能是……受到了什么启示吧。"

"黑"之狂战士看到四郎突然拉开距离也有些困惑，她选择先观察情况。

"据说，为了保证裁判结果的公平无私，大多数裁定者都是圣人。她也是这一类人吗？"

"红"之术士讽刺地耸了耸肩膀。

"看起来是的……这里是关键，术士。如果她弹劾了我，情况会变得非常混乱。不对，用你的话来说，应该是会变得非常无聊吧。"

"非要把不怎么热闹的部分写成高潮，那是平庸之作的特征。所以，御主在战场上的故事，就先写到这里吧。"

"是啊，撤退吧——算了，反过来说只要过了这一关就没事了。很快，无论是裁定者还是谁，都不能左右事情的发展。而且，看来我是正确的，因为我与'死亡'擦身而过了。"

四郎这么说完，又用黑键排出一面墙壁一样的障碍，挡在准备冲过来的"黑"之狂战士面前，接着便全力脱离战场。

"御主，裁定者那家伙，正在毫不犹豫地向你冲过来。快点！龙牙兵可拦不住她！"

"我知道！"

四郎有一丝焦躁，不过他尽力压住这种感觉，提高了速度……这里没有一点灯光，只有黯淡的月光，无法照进森林深处，四郎对此毫不在意，只是全速奔跑。用一个词语来形容他的速度，就是"异常"——他的时速已经明显超过了六十公里。

但是，有人在对他紧追不舍。四郎回头，吃惊地睁大了眼睛。

"'黑'之狂战士……没想到她还在追。"

在看到黑键构成的墙壁的瞬间，狂战士就决定要追击四郎了。那是一种本应与人造人无关的感觉，也就是直觉。

考列斯告诉过她，如果御主和从者跑掉，就让她去别的地方找从者战斗，但是她哼哼着拒绝了。

总之，事实上——她自己也没有理解，此刻到底是什么情况。

她只是有一种感觉，不能让那个男人逃走。那个御主，绝对不正常。不，甚至很难确定，他真的是御主吗？

凭借自己的肌肤传达的感觉，一定要说的话——

"？"

四把利刃飞到了她的面前，仿佛要填充她思考的间隙。应该是对方一边跑，一边避开自己的视线扔出了黑键吧。

"黑"之狂战士一瞬间就找到了最好的选项——也就是无视。

她没有痛觉，那些攻击仅仅是数值意义上的伤害而已，而且也不严重。毕竟那些刀刃是由魔力构成的，物理上的破坏力并不大，也打不倒从者。

即便如此，如果是正面攻击，应该也能争取一定的时间吧。如果对手不是她的话。

"啊啊啊啊！"

伴随着震撼人心的吼叫声，她再次提速，完全不在意那些迎面攻击而来的黑键。没多久，因为魔力消散，那些黑键也从她身上掉落，伤口也很快愈合了。

"这可真是——"

四郎回过头，已经不知道应该感慨还是惊叹了。如果她打掉黑键，那么可以理解；如果她停下了，那么正合他意。但是，面对正面攻击居然连速度都没变可就有点……

"她的创作者是叫弗兰肯斯坦博士吗？到底怎么设计，才能造出这样的怪物啊？"

听"红"之术士这么说，四郎也只能苦笑——他突然有了一个毒辣的想法。

"术士,请你实体化,我需要用你的'剧团'。"

一瞬间,术士就和一本书一起实体化了。

"哦哦,原来如此,原来如此!那就让她与又爱又恨的他重逢吧!'人生不过是一个行走的影子,一个在舞台上指手画脚的拙劣伶人,仅仅是在登场之时傲慢地喊叫而已!'"

他高声喊着,不可能的奇迹出现在黑暗的森林里。确定效果后,"红"之术士为了不给四郎增加负担,再次灵体化了。

然后,还在继续追踪四郎的"黑"之狂战士,就在那里遇到了"他"。

"唔?"

她陷入了混乱。那个绝对不可能出现在这儿的男人,用完全不像他的温和表情在说话。生前,他一次都没有对自己露出过这样的微笑。

"停下吧。"

"啊,啊啊。"

哪怕面对黑键的攻击,狂战士都只会加速,不会停下,然而此刻却停下了脚步。即便是情感不外露的她,也吃惊地张大了嘴。

站在那里的,是弗兰肯斯坦博士,是创造了自己的人,是自己的父亲,是自己憎恶的对象,是自己的——

为什么?怎么会?

"黑"之狂战士并不震惊他出现在这里。让她吃惊的,是他那平和的微笑。从第一次睁开眼睛开始,父亲的表情就充满了厌恶。那张她原本以为会给自己祝福的嘴里,说出来的只有辱骂的语言。

那是十一月的一个孤寂的夜晚——

"失败了,失败了,失败了,失败了,失败了!"

"怎么会这样,这家伙只是个一无是处的提线木偶!"

"没有感情!是线路没有连上吗?泪腺也不行,这样别说是完美少女(夏娃),根本连人都算不上啊!"

——啊，看起来我是个失败作品啊。

她很难过，不是因为自己被断定为失败作品，而是因为父亲狂乱地撕扯着他的头发，看起来实在是太可怜了。

"对不起，父亲。对不起，很抱歉我是个失败的作品。对不起，对不起，对不起。我会改的，我一定会改。所以，请别生气，请别生气，请别生气，请别生气——"

她想哭，但不知道为什么哭不出来，好像流泪的功能也没能启动。每次她想去宽慰借酒消愁的男人，都会被推开，被殴打，被踢飞。

这样并不疼，只是每次被殴打，心脏都会有种被抽紧的感觉，但是她不明白这是为什么。

过了好几天，看到父亲还沉浸在悔恨中，少女觉得他很可怜。她想知道自己能做些什么，到底要怎么做，才能安慰父亲呢？她决定离开房子到外面去。

那里五颜六色。

翠绿的草木，清透的池水，耀眼的太阳。如果把这些带回去，父亲应该会高兴吧。就在她这么想的时候，突然被野狗攻击了。可能是野狗闻到了她衣服上的腐臭味吧。

她直接撕碎了咬住自己手腕的狗头，一瞬间，她仿佛受到了上天的启示。

"啊，漂亮，好漂亮。这个很漂亮，这是我没有的，那一定是好的。"

她撕开野狗的肚子，发现了颜色更鲜艳的脏器，这些她都没有。她相信这些一定也很美，所以，她把这些都带了回去。

粉红色的脏器很美，鲜红的血也很美，她完全不觉得有哪里丑陋或者肮脏，也没想到血腥味会让人不快。

就在男人看到这些的瞬间，他们之间的关系就注定要破裂了。因为这证明了，无论她是不是个失败的作品，都是个丑陋的怪物。

会觉得鲜血美丽，会陶醉于内脏的生命体——那就叫怪物。

"不是的，不是的，不是的。不是那样的，真的不是。我是正常的，我只是，想要父亲能高兴起来。"

直到最后，父亲都没有给过她一个笑脸，最后还因为恐惧而逃跑了。离开之前，还给她留下了绝对的诅咒。

"你是怪物！疯狂的怪物！"

所以，她希望能正常起来，想要更有理性，想要更有常识，还想要有个伴侣。正常的人类都是有家庭的，她现在被父亲拒绝，所以就有必要找到一个伴侣。

但是，伴侣不是想要就能有的。就算去抢，也没什么用。虽然她还是抢了好几个男人，但是没有一个成为她的伴侣。

所以她就去拜托父亲。

"请给我一个能爱我的人，请给我一个愿意看着我的人，如果我是完美的少女（夏娃），那么，创造一个最初的人类（亚当）也是你的义务吧——"

父亲拒绝了，少女因为愤怒和悲伤而发疯。她愤怒的是父亲的背叛，悲伤的是——自己可能会孤独至死。

她只是渴望爱，她只是想要去爱，她只是想了解爱……如果连这个愿望都不能实现的话，至少也要能被恨。她追踪父亲，谴责父亲，因为他逃走而愤怒，所以杀死了他的家人。然而，父亲只是不断地逃走。

直到生命的最后一刻，他都只是一味地逃避。他完全丧失了斗志，

第三章

甚至连至亲之人被杀，他都没有想过要报仇。

"为什么不恨我？为什么就是不肯看我呢？"

最后，少女和父亲一起葬身火海，弗兰肯斯坦的故事到这里也结束了。剩下的，就只有恐怖怪物的传说。

而现在，背叛了少女的父亲就在她眼前。还用温和的表情看着少女。这简直是她一直梦想的瞬间。

"没错，这样就好。别再战斗了，你并不是为此而生的。"

"唔，啊……"

博士的手伸向自己的头——这好像就是父母经常会对孩子做的动作吧。他是要摸她的头了吧？那可是她一直在期盼的。

她想要被爱，想要去爱，想要爱。

她的愿望就要实现了。

但是，正因如此——

"唔唔唔啊啊啊阿！"

狂战士陷入了狂乱。不，狂乱这个词还不足以形容。她带着杀意，把"少女贞洁"砸向这个自称博士的男人的侧腹部。

"你做什么……"

——闭嘴闭嘴闭嘴闭嘴！

接着，她对准吐血的男人的脸，又是一击。"啪嚓"一声，那个人的脸就像泄气的皮球一样瘪了下去。

"啊啊啊啊！"

她不停地吼叫，一边叫，一边挥动战锤砸遍了那个人的全身。那个男人已经一动不动了，只是承受着暴虐。

最后，地上已经连曾经有过这个人都看不出来了，"黑"之狂战士终于停了下来。

"啊……啊啊……"

她在放弃期望的时刻，听到了曾经期望过的话。她明白，她现在已经理解了，这应该是术士或者什么人使用的魔术吧。

现在，连尸体都已经消失了。自己刚才打碎的，应该只是一个人偶或者类似的东西，四周散落的木屑就是最好的证明。

但是。啊，但是。

——我又一次，因为想要珍视重要的人而受到了伤害！

就在人造少女双膝跪地陷入颓唐情绪的时候，一个极度冷静的声音传进了她的耳朵。

"我以令咒命令你，狂战士，冷静下来。"

话音刚落，那些悲伤、愤怒、焦躁、绝望……所有情绪都从她的脑海中消失得一干二净。

"啊……啊？"

"好。冷静下来了吗，狂战士？他们已经逃了，就先到此为止吧。还有其他需要你去战斗的地方呢，你明白吗？"

"黑"之狂战士一点点地找回了理性，她感觉好了一些。

没错，御主说得对，还有好多需要她去战斗的地方呢。她暴露了自己的感情，啊，太不好意思了，不知道御主会不会因此降低对自己的评价。

"别放在心上，你做得不错。刚才的情况也是没有办法的，那个御主太奇怪了。总之，现在最优先的任务，就是打倒那些'红'方的从者，别忘记这一点。"

看起来，御主对自己的评价好像并没有降低。

"黑"之狂战士赞同地点了点头，马上跑出了森林。但是，即便她此刻已经恢复了冷静，在她思绪中的某个角落里，还是为让那个御主跑掉感到遗憾。

考列斯也是一样，虽然他只能通过使魔远远地关注现场情况，但是那个御主的不同寻常……那种与众不同的感觉，还是如实地传达给了他。

但对方毕竟只是个御主。考列斯挥散了不寒而栗的感觉，专心指示狂战士移动。

　　为此使用令咒，是不是有点可惜呢？不，考列斯对自己的判断有信心。狂战士刚才的错乱程度并不低，那可是集她的崇拜与憎恶于一身的父亲啊，她杀了父亲当然会有这样的反应，甚至还可能造成更深远的后续影响。考列斯相信，当时为了一口气断绝所有后患做出使用令咒的判断，绝对是正确的。

　　至少总比为了发动宝具用掉一画，然后为了中止发动再用掉一画要有意义吧，他心想。

∽∽∽

　　爆炸、惨叫、呼喊、咏唱——战场上，各种声音混杂交错，化作一体，全灌进了裁定者的耳朵里。无论是主动参与的人，还是被动参与的人，甚至连选择权都不曾有过的人，裁定者全都不理会，只是在战场上狂奔。

　　巨大的空中要塞——还有一名在那里伺机而动的从者。伴随着远在这边都能感觉到的巨大杀意，有光柱从要塞中放射而出。光柱的力量足够破坏一座城堡，此刻却都集中在裁定者一个人身上。

　　但是，裁定者不慌不忙地举起战旗。她的对魔力是EX级别，就算是神代的魔术也无法让她这个圣人受伤。只是，这也只能避开魔术而已。也就是说，并不能挡住或者抵消这些力量。

　　"齐格君，退开！"

　　齐格马上做出反应，跌跌撞撞地离开了裁定者，然后就看到裁定者被从天而降的光笼罩的场面。

　　"裁定者！"

　　齐格喊出声，但是话没说完就没有了声音。他无言以对。他生来就是魔术师，所以能明白。眼前这道从天而降的光柱，根本就是带着恶意的雷电，威力相当于轰炸机将所有炸弹同时投放，就算是拥有最高级别对魔力的剑士，经受这一击也不会毫发无损吧。

　　但是，她躲过去了——这个说法可能不是很准确，这个魔术攻击的不是一个点，而是整个面，却没能给她留下任何伤害就过去了。

原本直奔她而来的落雷，就这样丧失了恶意，转而攻击了周边。

如果没有刚才那句提醒，齐格应该也被卷进去了。现在她身边就有魔偶的残骸，而之前想要攻击她的那些龙牙兵，已经全部都被消灭了。

如果没有她那句提醒，自己可能也会跟它们一样，连一点残渣都不会留下吧。

"这就是……第八种从者。"

他轻声说着，抬头看向天空。裁定者不同寻常的对魔力当然令人惊讶，而刚才使用魔术的人就更令人震惊了。只有神代的魔术，才能有这种仿佛轰炸机一样的杀伤力。

那恐怕就是"红"之术士吧。而空中的要塞，就是"红"方从者的宝具之类的吧，至少现代的魔术师不会有这样的能力。

无论如何，这样的魔术也没能打倒裁定者。齐格和裁定者都以为，在空中要塞里使用魔术的从者会就此放弃。然而——

"咦？"

两个人都吃了一惊。那个头顶上的从者，完全没把刚才的魔术被躲过放在心上，还在连续使用魔术。为什么要做这种毫无意义的事……不，还是有意义的，这只是单纯地在争取时间，只是所用的手段太过惊世骇俗而已。

"唔……"

裁定者看着齐格。没错，这样下去，虽然裁定者还能行动，但是齐格必须得离开她的身边。齐格毫不犹豫地说：

"你先走吧，反正我也得去找人。"

"明白了。"

她没有祝福他获胜。这个战场，可不是有好运就能有好结果的地方。如果一定要祝福的话，她更想祝福他一路上不要遇到从者。

然而那是不可能的。因为他要去见他必须要见的人，也就是其他人造生命体。营救他们，是齐格的目标之一。

而他想见的人还有一个，从者——"黑"之骑兵阿斯托尔福。他想见这个从者，也许并没有多少清晰的目的性，可能只是想见，所以就去见而已。裁定者想到这里，不禁有些莞尔。

只不过，他去见骑兵，就意味着要与从者会面。他的手上拿着剑，心中也有战意。

那么，他对于"红"方来说就是敌人吧。裁定者本应阻止他，只是她也知道恐怕阻止不了。即便与骑兵相见这个行为本身没什么用，也没有意义，甚至他也知道，这其实是背叛了骑兵的期待，但齐格还是会去见他。

裁定者跑了起来。她感觉到那个"某人"正在远离，所以不断提高速度。她甚至不再格挡龙牙兵的攻击了，只是一味地奔跑。

她没想阻止这场战争，只要双方阵营的斗争还在正确的范围内，裁定者就没有任何异议。

但是，一种让她咬牙切齿的焦躁感驱使她横穿战场。必须见到他，不能让那个正在远离的"某人"就这么离开。

而"红"方从者在有意妨碍她这么做。龙牙兵聚集起来，组成了拦截她的骨墙。

"别妨碍我！"

当然，对裁定者来说，这些龙牙兵根本不值一提。她用战旗的尖端瞄准一点，一口气直冲过去。

然后，她又泼洒圣水，像之前那样确定了一下从者的位置。因为"黑"方从者此刻没什么问题，所以她的注意力就集中在"红"方从者的位置上。

龙牙兵远远达不到拖延时间的效果。但是，如果有从者参与就另当别论了，她可能会因此失去继续追赶那个人的机会。

裁定者迅速找到了一条不需要与"红"方从者接触的路线，然后按着路线前进。那种发冷的感觉随着时间流逝越来越严重了。

这个时候，裁定者最不愿意遇到的对手突然出现了。

∞ ∞ ∞

这样也好,齐格目送裁定者的背影远去,松了一口气。她有她的目标,那不是自己能去打扰的。她的目标要高尚得多,也更重要,和自己的不一样。

齐格一跑起来,就发现比起思考,需要动手去做的事情太多了。比如扑面而来的龙牙兵,从者只要挥挥手就能解决,自己却需要用心一个一个去对付。

因为刺击的效果太小,他只能用上全身去冲刺,靠近之后再迅速把对方从腰部切断。龙牙兵一下子就会散架,这时候直接从胁侧切断龙牙兵的手臂,再用一只手轻轻一碰。

"理导/开通。"

启动魔术回路——调查碰到的材质,分析、同步——再逆转全部过程,找到能破坏结构的原理。

一瞬间,掌心放出的魔术就会变成最适合破坏龙牙兵骨骼的物质。齐格所用的魔术,必须要触碰到对方才能进行解析,所以射程几乎就是零,但是破坏力相当大。

龙牙兵直接被打成了粉尘。

"骑兵!"

他的呼叫消散在喧嚣的战场上。他一边跑,一边谨慎地探查战场的情况。那些有激烈魔力冲突的地方,恐怕就是从者在战斗吧。

"你在做什么?"

他向声音传来的方向看,那是两个战斗用的人造生命体,都用责备的眼神看着他。就好像在说:你在做什么,快去战斗。

"别别,先住手。"

听齐格这么说,两个人面面相觑。

"如果你们想死,我不会阻止。但是,如果你们想活下去,就回去。回去,帮助其他人造生命体。无论有没有被榨取魔力,你们都不应该被束缚在这里。"

"可是，这样做是违反命令的。"

"没错。我们接到的命令就是战斗，讨伐从者和他们的手下。"

"你们现在应该也清楚，这个命令是无法完成的吧？甚至可以说，我们根本就没有听从这种命令的义务。"

齐格的话让这两个人再次面面相觑。一只龙牙兵就像要打断他们的对话一样，冲过来对齐格挥起了剑。

齐格迅速拔出了"黑"之骑兵的剑，一剑从龙牙兵的侧腹部向上挑到头颈。人造生命体们也配合他的攻击，用战斧敲碎了龙牙兵的头骨和腿脚。

齐格再次开口：

"想死，还是想活着……我们必须要做出决定。"

这是最后的通告。其中一名人造生命体回应了他的请求，返回了城堡，而另一名认为即便是这样，也不能违抗命令，再次回到了战场。

这样就好，齐格心想。只要给他们选项，他们就必须做出选择。因为他们的思维并不混乱，可以理解。

不可思议的是，他们这些人造生命体生来就是仆从，从来没考虑过还有反抗这个选项。但是当这个选项被摆在面前的时候，情况就不同了。

要尽量给周围那些留在后方战线的人造生命体提供选项。他们每个人都会做出选择吧，做出选择之后，齐格就没有责任了——或者也可以说，就不是他能够负责任的了。

接下来就剩下搜索"黑"之骑兵了。他甚至没想过找到他要做什么。多么愚蠢，多么傲慢，多么——无论用多少词语，都无法形容他现在这种行为。得到自由之后，他选择做的第一件事居然是这个，"黑"之骑兵也会失望的吧。

即便如此，他还是想强迫自己努力，直到极限。他忘不掉自己想做的事，无论如何也无法去过平稳的日常生活。

有太多太多的东西比那些梦幻故事更重要。他想救自己的同伴，想再见"黑"之骑兵,想要报答他。

即便自己派不上什么用场也无所谓,他也知道骑兵一定会难过地叹息,因为他并不希望自己这么做。但是,他已经做出了选择。

没错,既然已经选择了,就不能后悔,那才是最糟糕的行为。

齐格开始深呼吸。好可怕,明明那个时候,自己快要死了都没有害怕过。然而,当一度拿到手上的东西,居然又会失去的时候,就会有这种无法忍受的恐惧。

但是,心脏在跳动,激起了他心里的某种东西。

他咬紧牙关,一次又一次地握紧冰冷的手。我能行——他想着,希望着,祈祷着,踏出了那一步。

∞ ∞ ∞

两个枪兵之间的战斗还在胶着状态。

虽然双方都是枪兵,但战术却截然不同。"黑"之枪兵动动手指就能升起尖桩,而"红"之枪兵则手握长枪直接打碎目标。

"黑"之枪兵保持着距离不断放出尖桩,"红"之枪兵一边打碎所有尖桩一边拉近距离,战况就这样不断重复。

神秘遇到更强大的神秘就会失效。在这方面,"红"之枪兵迦尔纳领先"黑"之枪兵弗拉德三世很多。就算按照生前的力量来衡量,大英雄迦尔纳也是超出常理的级别吧。

为了让迦尔纳碰到土地,雷神因陀罗还不得不使用阴谋诡计。即便被所有同伴背叛,高傲的枪兵也没有落到地上。

然而,即便是这样的人,也没能打败"黑"之枪兵。

与是否真实存在都不能确定的"红"之枪兵迦尔纳不同,"黑"之枪兵弗拉德三世是真正在世上存在过的英雄。

周边国家惧怕他,人民也惧怕他——即便如此,他仍然是集尊敬与崇拜于一身的救国英雄。

如果没有他,国家就会不复存在。这种记录在历史上的英雄,对于这个国家来说，他的知名度就等于大圣人。

他的宝具"极刑王"也有着不同寻常的力量。

确实，那些只是普通的尖桩。但问题在于，这些尖桩都可以在"黑"之枪兵的指挥下自由自在地出现。

即便这样的宝具只被用来对付自己一个人，"红"之枪兵也还是有着万夫莫当之勇。他的双脚，右肩，左侧腹，左肘，还有很多地方都被尖桩刺伤过好几次，但是即便如此，他的动作和力量都完全没有受到影响。此时此刻，他的宝具"日轮啊，化作甲胄"能让九成伤害无效，所以那些伤口都只是擦伤，在战斗中可以自我修复。

只不过——

"了不起。用枪打碎了一千根尖桩，身上的火焰烧掉了八百根，黄金铠甲又挡住了两千根。'红'之枪兵，你果然是个名副其实的英雄。你那身盔甲，别说尖桩了，就算用破城锤恐怕都没有效果吧。"

迦尔纳态度严肃地接受了"黑"之枪兵的称赞。

"不敢当，王。"

"如果你不是异教徒，余可能会接受你的投降吧。这倒是很可惜，你居然信仰伪神。"

"哦，你怎么知道我信仰的是伪神？"

"余当然知道。神是绝对不可能沾染污秽的，不然谁还会信仰呢？谁还会追随呢？与人交往、与人苟合的神，只不过是丑陋的怪物而已。"

"是吗？这谁说得准呢。在不同的土地上，信仰自然也是千变万化的。洪水泛滥的地方，自然会信仰能支配水者为神明吧。难道我们也要说他们的神明是怪物吗？你所信仰的神明，也不过是一个逼迫别人把自己当作'绝对'的怪物罢了。"

一瞬间，"黑"之枪兵双眼中喷出怒火。即便看到他的反应，"红"之枪兵还是冷淡地继续说道：

"原来如此。好严厉啊，穿刺公。对于你来说，这些尖桩是攻击，是防御，也是能拿来示威的恐怖吗？"

"你说什么？"

"有领地，有城堡，有必须要守护的东西——也就是说，你准备一个人构建一个国家吧。这是你对祖国的爱构建的成就吗？还是作为执政者的责任感呢？"

"红"之枪兵语调仍然淡淡的，"黑"之枪兵已经暴怒了，而且激动的不是他的身体，是他的内心。

"但是，这里可没有追随你的部下。王可能就应该是孤高的吧。但是，哪有无人追随的王呢……你失策了，穿刺公。我是个英灵，即便与国家为敌也没什么可怕的。"

"哦，有趣。"

"黑"之枪兵露出了笑容。这个笑容中充满了愤怒与激情，憎恶与杀意，显得极其可怕。

"单枪匹马面对余的国家也不害怕吗？不愧是英雄。对你这种傲慢，余已经实施了三次惩罚。没错……余的长枪已经刺中你三次了。所以，你现在可以死了。"

"嗯？"

突如其来的恐惧让"红"之枪兵迅速后跳——然而，现在已经不是反应快慢的问题了，因为，攻击已经结束了！

"反应很快啊。没错，尖桩不是余的'极刑王'，'穿出的尖桩'才是。只要在这个领域之内，无论身体多么坚固，只要余已经做出了攻击——"

在"红"之枪兵的内侧，有某种东西势如破竹地冒了出来。坚硬，锐利，而且还冷得让人无法忍受——

"尖桩……啊……"

迦尔纳身上的黄金铠甲，几乎能防御包括尖桩、刀枪、战锤等各种物理和魔力的攻击。但是，只有来自内侧的攻击是例外。或者也可以说，这些尖桩是以已经刺穿的状态显现的。

就算是能在天空中自在飞舞的大胡蜂，有着能捕获猎物的强韧毒牙和毒针，一旦到了被十几二十层蛛网包裹的蜘蛛巢穴之内，也不过是个无力反抗的食物。

血不断沿着刺出的尖桩滴落。这恐怕也是迦尔纳第一次在穿着铠甲的状态下受伤吧。

"黑"之枪兵为了得到胜利开始突击。他连做梦都没想过，靠这种程度的攻击就能打倒"红"之枪兵，所以他更不能错过这一瞬间的机会。无论是多么了不起的英雄，被尖桩穿刺后也无法抵抗了吧！

"结束了，'红'之枪兵！"

无数的尖桩仿佛洪流般席卷而来，"黑"之枪兵趁机举枪进攻。与其说是宝具，不如说更像是食人鱼群。因为他的魔力是没有限制的。只要人造生命体还能被榨取魔力，他的尖桩就是取之不尽的。虽然说是两万根，但其实也只是同时发动的最大数量。无论他的尖桩被打断了多少，只要还有魔力，就可以持续再生。

也就是说，这个战场，等于已经被带有恶意的尖桩填满了。他支配着这片土地，没有人能单枪匹马战胜这个统帅着举国之力的王。

然而，对于英灵迦尔纳来说，这种身边只有敌人的情况，他实在是熟悉得不能再熟悉了。

瞄准头部刺出的一枪，直接被"红"之枪兵防住了，就好像那些尖桩完全没有对他造成什么伤害一样。

就连"黑"之枪兵都无言以对。这个时候，"红"之枪兵更是发挥出了超乎常人的意志力。

"火焰啊。"

火焰包裹住"红"之枪兵的全身。一瞬间，"黑"之枪兵就知道尖桩要燃尽了。

他扯起嘴角，发出短短一声嗤笑。火焰已经充满了"红"之枪兵的体内。燃烧，燃烧，燃烧吧——那些折磨"红"之枪兵的尖桩，一根不剩地消失了。

电光石火之间，又有尖桩仿佛暴雨一般来袭。

但是，即将打破这些尖桩的，也是火焰的化身。那是太阳之子，就连火焰之灵都无法将其烧毁。

神所赠予的钢枪，以及因为母亲的祈愿而得到的黄金铠甲，还有延续了太阳神血脉的出身——这些描述，最多只能形容出迦尔纳这个从者的一半。

迦尔纳最强的武器，是他的"意志"。强大的意志，强大的内心，即便经受过各种各样的不幸，却不会去怨恨任何一个人，他是施舍的英雄。他得到了最特别的东西，但他从不认为自己也因此而"特别"。

不傲慢，也不自大，从出生之日起，到被击坠为止，都是一个不让父亲之名蒙羞的英雄。

因此，即便三根尖桩绞破了他的脏腑，即便手臂的神经被切断，即便无数尖桩给他的精神带来强烈的压迫感，即便为了解开这个困局，突破想象地让火焰在体内循环——

"红"之枪兵迦尔纳也绝对不会害怕，绝对不会屈服！

火焰环绕着二人。这与之前的场景几乎一模一样。火焰将一切化作虚无，但是，还不仅如此。

"王，你的首级我要了！"

"红"之枪兵身上仍然缠绕着火焰，他突然冲刺，完全不考虑尖桩与火焰带来的伤害，一枪直击对手肩膀。

"唔！"

对方无法控制地发出闷哼。至此，胶着状态失衡，"红"之枪兵终于压制了"黑"之枪兵。"红"之枪兵也看到了解放另一个宝具的机会，可以给"黑"之枪兵最后一击，那是能与黄金铠甲齐名的"梵天啊，诅咒吾身"。

∞ ∞ ∞

米雷尼亚城堡里，御主们通过使魔或者七支烛台查看战场的情况，有些还在给从者下达指示，有些早就已经没有什么可以指示的内容了，只是屏息关注着战况。

这个时候，达尼克突然说：

"我离开一下。菲奥蕾，御主们就交给你来指挥。其他人，你们就听从她的指示吧。"

"叔叔？"

达尼克没有理会菲奥蕾的呼唤，直接从窗口跳了出去。对于魔术师来说，飞行并不是多么难的魔术，他们可以像走楼梯一样在天空中行走。

——果然还是得发动那个啊。

他看着自己的令咒，慎重地探查自己的从者——"黑"之枪兵的情况。"红"方有能与"黑"之剑士——英雄齐格飞势均力敌的"红"之枪兵。另外，还有那个"红"之骑兵阿喀琉斯，要不是"黑"之弓兵喀戎也有神明血统，他就是不可战胜的。

除了这俩人之外，"红"之剑士也是个强敌，她现在正与己方的骑兵进行着一边倒的战斗。继续这样下去，"黑"之骑兵阿斯托尔福恐怕很快也要退场了吧。

不过，达尼克手上还有王牌，那就是"黑"之枪兵的另一个宝具。

如果发动的话，就算是"红"之枪兵也会轻易被撕裂，那是连有神明血统的英灵都能打败的必杀宝具。

当然，代价也很大，可以说是他绝对不想使用的东西。

"'鲜血的传承（Legend of Dracula）'……"

如果使用这个，"黑"之枪兵就会变成只在传说中出现过的吸血鬼。他将不再是英灵，而是字面意义的怪物。

而这样做的代价，就是达尼克的"生命"。因为"黑"之枪兵就是要洗清弗拉德三世被鲜血玷污的传说——也就是要抹消有关吸血鬼德古拉的这段历史，才与达尼克订立了从者契约的。

"也就是说，使用这个宝具，就等于是在侮蔑余。即便是死，余也绝对不会使用。如果你用令咒强制余使用，会有什么后果就不用余多说了吧？"

这是刚召唤之时"黑"之枪兵给出的警告，不，应该说是命令。如果他用了这个宝具，就只能以死亡来赎罪了。

"但是，如果战败，我也会死。"

这也是事实。如果他逃掉，生命倒是可以延续下去，然而作为魔术师的达尼克·普雷斯通·尤格多米雷尼亚还是死了，这是他绝对不会做出的选择。

为了得到胜利，达尼克愿意做出任何牺牲。而现在的问题就是，"黑"之枪兵的御主就是他自己。

用第一画令咒让枪兵使用"鲜血的传承"，再用第二画令咒让他自杀。这样一来，就没有问题了。但是，这样一来达尼克也会失去从者。

如果是这样，就算消灭了所有"红"方从者，还得面对接下来的内战。虽然达尼克是尤格多米雷尼亚一族的族长，但这场战争抢夺的是能实现所有愿望的圣杯。

即便是最懂事的菲奥蕾和考列斯，也不会再对他唯命是从吧。

那么，是不是可以用别的从者来接替呢？

这也是个难题。把从者让出来，谁会听这种命令呢？而且，能和菲奥蕾的从者喀戎对抗的，恐怕也只有已经消失的"黑"之剑士齐格飞了吧。

无论如何应对，风险都很大。

"唉……"

达尼克陷入了困境。他很清楚现状。然而，百年间他也数次遇到过类似的境况。

尤其是六十年前的第三次圣杯战争，那是一场激烈的战斗，甚至时至今日他都觉得还能活下来是很不可思议的。

能在崩塌的洞穴中发现连通大圣杯所在地的密道，简直就是意外之喜。他巧舌如簧地笼络纳粹德国，以总统命令调遣了难以想象是用来应对同盟国的军力，最后强抢了大圣杯。

然后在运回德国的途中，他有意路过图利法斯，把一起战斗过的魔术师和军人全部灭口。那之后，每一天都在研究与政治运作中度过，还得让魔术协会相信，尤格多米雷尼亚甘心做一个接受没落魔术师的垃圾桶。

为了让大圣杯能适应图利法斯，他们一点一点地改变其性质。在这个过程中，他们还发现了一个出乎意料的副作用，就是大圣杯不仅能召唤英灵，还可能召唤到"有一部分英灵特征的人"。

他们唯一拥有的就是时间。十年、二十年、三十年、四十年、五十年、六十年——

让他们如此执着的原因是什么呢？

是魔术师的原动力——抵达根源吗？当然，这一点的影响很大。既然生为魔术师，当然会以此为目标。但是，如果只有这样一个"纯粹"的目标，他们真的能走到这一步吗？

八十年前的痛苦记忆再次复苏。

当时，他还是一个刚刚风光出道的魔术师，整个人意气风发，也结下了一段姻缘。那是一段良缘，对于达尼克来说，那次联姻更是让他们家族与贵族扯上了血缘关系。

然而，这个计划被叫停了，因为有个魔术师提出了忠告，说尤格多米雷尼亚的血脉已经不纯了，恐怕连五代都维持不下去，之后就只能衰落了。

——简直是无稽之谈。五代之后的事情，到时候一定早就想出解决的方法了吧。

然而，好像只有达尼克自己这么想。对方一族不想冒险，对于他们来说，达尼克是必须要排除掉的异端分子。

曾经满面笑容地拍着自己肩膀宣誓友情的义兄，曾经含羞带怯对自己倾诉爱慕的未来伴侣，全都远离了他。

——这也无所谓。有时候就是会有这种事情。

然而就在这个瞬间，尤格多米雷尼亚成为贵族（Lord）的梦想也幻灭了。即便他们跨越了五代衰落的难关，曾经被贴上的标签也无法再揭下来了。

自己倒是无所谓，然而就连后人的未来，都被那名魔术师夺走了。这个瞬间，达尼克就不再幻想沿着常规的道路前往根源了。也就是说，作为魔术师不断钻研，提高在协会的地位从而出人头地，成为贵族——这个梦想被他放弃了。

从此刻起，他必须要先找到不让本族就此衰落的方法，然后还得再找到一条能够通往根源的道路。

他也可以脱离魔术协会，选择隐世的方式继续进行研究。但是，达尼克拒绝这样做。

当然，留在协会是很屈辱的。然而达尼克一分一秒都没有忘记这种屈辱，而是把这些都刻在心上，化作自己的食粮。

这个时候，他偶然得知了发生在冬木市的圣杯战争。拉拢了对超自然力量感兴趣的纳粹德国之后，他作为有军力支持的御主参战了。

因为爱因兹贝伦违反规则的所作所为，战争的情况变得很复杂，这是他的幸运。

等到第三次圣杯战争稀里糊涂结束的时候，爱因兹贝伦、远坂、玛奇里这御三家已经后继无力，没办法阻止达尼克和纳粹德国了。

据传，爱因兹贝伦家至今没有放弃大圣杯，好像还想再制作新的圣杯；远坂家则是放弃了圣杯，在冬木市寻找新的研究方向；玛奇里家据说在当时就已经是开始衰落的家族了，虽然没有确切的信息佐证，但第三次圣杯战争应该给他们的衰落画上了决定性的一笔吧。

达尼克对放弃联姻的一族也已经没有了怨恨。考虑到现状，甚至还想感谢他们。反正这一族已经完全消失，没有在历史上留下任何名字。

达尼克没有亲自对他们动手，他们只是在政治的博弈中走投无路而已。资金被投入无谓的实验，秘传术式被泄露，继承了刻印的孩子不幸地死于偶然发生的实验事故。

他们最后沦落到巴结达尼克，想要加入尤格多米雷尼亚家族，但达尼克没有接受，而是选择让他们自生自灭。后来听说他们去了远东——圣杯战争的舞台——也就是日本，之后就再没有其他消息了。恐怕他们往后的人生，都要活在对过去的叹息之中了吧。

达尼克的一生，是不断踩着其他人向上攀登的。而现在，他必须要踩下去的，就是魔术协会和同族的魔术师们。

当然，无论是要利用族人，还是使用自己的从者忌讳的宝具，他都不会犹豫。

如果是熟悉达尼克的人，看到他此刻的表情，一定会不寒而栗吧。

他如此残忍，仿佛能让人冻结一样的冷漠，无法从中窥探到一丝一毫的感情。

这个时候，他正在思考非常毒辣的事。如果有必要，他不介意犯下任何恶行。他特意出来也是为此，不能让其他人生出不必要的警戒心。

"那么，应该怎么做呢？"

达尼克稍微思考了一下，然后得出了一个结论。做出这样的决定，需要不惧血污的决心，然而对于达尼克来说，这早就不是什么问题了。

∞ ∞ ∞

必须要说的是，与此同时，这里有两个无论是作为英灵的级别，还是作为神秘的规格，都不在同一个水平线上的人。

可能是凭借着动物一样的直觉吧，"红"之剑士没有直接去挡"黑"之骑兵那杆金黄色的骑士枪，而是敏捷地不断躲避。

这杆枪虽然几乎没什么攻击力，但却有着"强制从者的脚部消失"这样致命的能力——"一碰就倒"。

即便如此，如果没能直接攻击到对方，也不会生效。"黑"之骑兵当然不会不熟悉用枪的技术，甚至可以说，因为他经常在马上战斗，在用枪这个领域中，他已经达到了一般骑士无法与之相提并论的水平。

然而，"红"之剑士不是一般的骑士。作为骑士王亚瑟·潘德拉贡的不贞之子，莫德雷德偷偷学习了骑士王的技巧，并将之化入自己的血肉，是个绝世的天才。

"太慢了！"

即便站在第三者的角度去看，"红"之剑士全身的盔甲也是重量级的。即便是魔力构建而成的，铠甲本身的重量也不会变化。"黑"之骑兵对自己的速度有信心，所以他原本是想慢慢消耗对方的。

然而，在速度上处下风的却是"黑"之骑兵自己，他只能拼命地用骑士枪拦住"红"之剑士的剑。每次兵器相撞，都有赤雷闪过。

这就是"红"之剑士的魔力。因为她全身都释放着疯狂的魔力，只是用枪挡一下剑刃，都会有麻痹的感觉。"黑"之骑兵不禁毛骨悚然。每次一交锋他都能感受得到——她的疯狂、憎恶、对战斗的喜悦，这些感情就如火焰一样炽热。

"啊啊，可恶，我可是很忙的，快点死吧！"

"红"之剑士咂了咂舌，恶狠狠地嘀咕着。而这个时候的"黑"之骑兵，发挥了他与生俱来的让对手气愤的能力——他笑了。

"不不不，别这么说，就不能再多陪我一会儿吗？"

"开什么玩笑！"

而"红"之剑士的"沸点"正好很低，伴随着愤怒，她咬牙切齿地做出更猛烈的一击。

这是十分可怕的一击。可即便如此，这一击也勉强可以算得上是"剑术"了。

与她对战的"黑"之骑兵可以理解。她所使用的剑术，绝妙地把狂战士一般的凶猛与剑士的技巧融合在一起了。

可以把她比喻成一只凶暴的野猴子。只要你告诉它，只有战斗才能获得食物，那它就能去与千军万马的"敌人"对战。当然，它的智商根本不可能学会武术，然而，本能教育了它，而无数的战斗磨炼了它的精神，使得它的一生无比多彩。

最终诞生的也不是武术，而是修炼"某种东西"达到极致的怪物。

"红"之剑士的剑术，就无限接近这种情况。那是经历过不断战斗、不断杀戮才能学会的，完全舍弃了礼仪或者骑士之道，只是为了生存和杀戮而产生的剑术。

除了她之外，没有人能掌握这种剑术，也没有人适合这种剑术。这是她自己创造的，也只适合于她自己的狮子之术。

"唔！"

枪与剑相交，迸射出火花。从战斗开始至今，"红"之剑士一直压制着"黑"之骑兵。

然而，焦灼的却是"红"之剑士。

——可恶，怎么打不死？

"红"之剑士有着几乎像超能力一样的直觉，她一直戒备着，避免被那杆闪着金色光芒的骑士枪击中。即便她认为并不锋利的枪头不会给自己造成什么伤害，直觉也不允许她掉以轻心。

　　结果，就是要花上更多的精力去躲避攻击，反击也不太顺畅。虽然她自己的攻击节奏也不至于因此被打乱，但确实多少变得没那么有力了。

　　要不然干脆别管直觉，不再用剑去挡呢？虽然她也冒出了这样的念头，但马上就否决了。那杆枪是宝具，既然是宝具，无论攻击力多低，也必须保持警戒。

　　也许它能让刺中的物体不能活动，或者动作迟缓，这类能力都是致命的。至少，她就不相信"黑"之骑兵会什么准备都没有，就直接来攻击剑士这个最优秀的职阶。

　　她抑制着自己的焦躁……她此刻的焦躁，并不是担心败北，而是在担心其他从者的战斗会不会更快结束，尤其是还没有分出胜负的那个"黑"之弓兵的战斗。

　　"红"之剑士一边压制自己的焦躁，一边等着"黑"之骑兵露出破绽。

　　——来了！

　　这个机会就这么出现了。她用尽全力挑起对方的骑士枪，一剑直击对方毫无防备的腹部。在她的剑锋面前，锁子甲根本就没有任何存在感。

　　"啊！"

　　死到临头，"黑"之骑兵用尽全力转身。可能是这个举动奏效了吧，剑士的剑只刺穿了他的侧腹部，没有造成当场死亡的致命伤。

　　不过，这一击还是有效果的吧。至少，"黑"之骑兵已经撑不住了，他没时间用治愈魔术或者发挥自己的自愈能力了。

　　"再见啦，我打得挺开心的。"

　　"红"之剑士说着举起了大剑。"黑"之骑兵拼命抬起头，笑着说：

　　"我准备好了。"

　　听"黑"之骑兵这么说，"红"之剑士吃惊地挑了挑眉：

"喂，你准备好什么了？咦？"

一瞬间，那是视觉无法捕捉的高速。接受了令咒援助的"黑"之狂战士使出强力的一击，击中了"红"之剑士毫无防备的后背。

考列斯判断这里是决定胜负的关键点，因此使用了第二画令咒。根据"黑"之弓兵的判断，"红"之剑士没有"黑"之剑士或者"红"之骑兵那样接近于概念武装的防御型宝具，她的头盔最多也就能隐藏她的真名和能力，没有其他效果了。

如果是这样，这一击肯定能发挥应有的效果。尤其是狂战士的战锤，这个武器的攻击类型不是斩击，而是打击，对这种全身盔甲的对手尤其有效。

这声音和压缩机压扁汽车的声音很像。"黑"之狂战士感觉到自己命中了目标，旁观的骑兵也和她有相同的感觉。

然而——

"怎么可能！"

令人震惊的，不是命中目标的"黑"之狂战士，而是受了她这一击，不但没有被打飞，还像扎根一样在原地一动不动的"红"之剑士。

通过使魔查看现场的考列斯，与在现场的狂战士和骑兵都难以隐藏自己的震惊。

"狂战士……像你这样的小杂鱼，又多了一条啊……"

剑士的声音非常冷酷，就像在压抑着自己的痛苦与愤怒。而她的剑锋，还准确地指着"黑"之骑兵。骑兵原本还打算配合时机使用骑士枪攻击，现在却一动也不能动。

"唔——唔！"

"糟糕，快退开，狂战士！"

几乎就在考列斯发出指示的同一时间，狂战士被强烈的"死亡"预感包围，当即向后一跳。她直接跳出了二十米，偶然地跌入了正好聚在那里的一群魔偶之中。

紧接着，"黑"之狂战士和骑兵再次切身体会到，"红"之剑士到底是多么出众的一位英灵。

"你们以为，这样就能战胜我吗？"

她跳了起来。不，这已经称不上是跳跃了，是弹射而起。"红"之剑士就是装填的子弹，而雷管的击锤刚刚被扣下。

"红"之剑士的技能"魔力放出"——让她就像在膛线作用下旋转飞出枪管的子弹，毫不迷茫地直接向目标飞去。

她手上的大剑就是弹头。即便头盔完全覆盖了她的面部，狂战士还是能感觉得到——

这个从者正在笑。

连周围的魔偶都被"红"之剑士描绘出弧线的斩击炸飞了。炸飞这个描述是很准确的，暴风和赤雷飞卷，周围的魔偶只是被余波扫到，就灰飞烟灭了。

正在观察这个场面的"黑"之御主们，以及偶然看到这个场面的从者们，全都倒吸一口气。

"这也……太不合理了。"

不知道是谁从嗓子里挤出这句话，也是在场所有人的心声。这一击的威力已经达到了这种水平，更可怕的是，她还没有使用"宝具"，这只是英灵用全力做出的一次普通攻击而已。

"狂战士！"

考列斯拼命用心灵感应呼叫，但是狂战士并没有回应他。狂战士没有死，身为御主，考列斯清楚这一点。但是，承受了刚才那一击，她现在又是什么样的状态呢？

"红"之剑士用剑挥开烟尘。她看着狂战士，察觉到对方的真面目之后，憎恶地扭曲了脸庞。

"你——"

"喂，搞定了吗？"

御主突然用心灵感应呼叫，剑士不高兴地回答道：

"嗯，不过对方还活着，还在垂死挣扎。"

"你不太高兴啊。知道是谁了吗？"

"也不算。不过，这家伙，不是人类啊。其实就连算不算是生物都很难说。感觉上，和人造生命体……挺像的。"

"你说是人造生命体？"

"她被砍断的手上，露出来的不是血管，而是电缆。御主，你听说过还有这样的英灵吗？"

"这种类型的英灵……隐隐约约听说过。"

"到底有没有啊，御主？算了，反正也无所谓。这个从者已经快死了，就算知道真名也没有用了。"

"等等……说到人工生命……我先问一下啊，她应该不是全身都是机械吧？"

"是用肉拼接在一起的次品，不是机械……算了，无所谓了，我现在就解决她。"

要"杀死"从者，就必须得破坏灵核。只要打破心脏或者大脑这样直接连接的器官就行了。

"红"之剑士毫不犹豫，一剑刺穿了她的胸口。"黑"之狂战士毫无抵抗地被刺了一剑，只是在刺入的瞬间，痉挛了一下而已。

"结束了。"

既然已经受了致命伤，就不需要再理会她了。接下来，就剩下"黑"之骑兵了。她一回头，就能看到举着骑士枪直刺而来的骑兵。

好快！然而他还没有恢复，这种状态下的攻击，最多只是比英灵的平均水平稍微高上一点而已。就算再来一百次，她也有信心能避开。

"来吧，母狗！"

她确信自己可以用剑挡开骑兵的枪，然后能准确地砍下对方的头，这样就结束了。虽然她的直觉还没有达到能预知未来的程度，但也很轻易就能推导出来，那就是最符合常理的结局。

她有九成九的把握能打倒"黑"之骑兵。为了不让那万分之一的可能性出现，她得专心一点才行。

"红"之剑士是对的。然而，她漏算了一点——说不定会有那么一个人，他不像战斗用人造生命体或者魔偶那么不值一提，但也不是从者，甚至本来都不应该存在于这个世界上，然而这人的出现将成为一个干扰因素。

各种计算都土崩瓦解了。

"咦？"

首先，是"黑"之骑兵带着惊讶的表情放缓了攻击，接着，"红"之剑士的视野一角出现了一个小小的人影。

"黑"之狂战士？不是她，只是个人造生命体杂兵，拿着一把细剑，像骑兵一样冲了过来。以杂兵来说，这次攻击的速度居然还挺快的。

但是，这最多也就像是被蚊子叮一下而已。"红"之剑士不再管他，只是专注于"黑"之骑兵。

等他冲过来，再将他打飞，单手把他击垮就行了，这样就结束了。"红"之剑士这么决定之后，感到了一丝丝不舒服。

这种感觉甚至称不上是预感，她稍微觉得有一点不对劲。不过，剑士还是无视了这种感觉，摆好架势准备对"黑"之骑兵做出反击。

"黑"之骑兵在惊讶之余，有些焦躁地加快速度冲向剑士。

先冲到剑士身边的是人造生命体，不过，剑士的盔甲应该足以弹开他的攻击吧。就算不至于弹开，至少人造生命体的攻击绝对不可能突破剑士盔甲的防御。

不过，人造生命体拿的不是普通的武器，而是从者的剑。即便不是宝具，那把剑的锋利程度，也是其他杂兵那些平庸的武器不能比拟的。

即便如此，用这把剑的也只是一个人造生命体，不会有什么问题。然而——

——他完全忘我了。不再考虑任何事，连自己的生命都放弃了。

"黑"之骑兵的突击失败了，齐格意识到这一点。那个救助了自己的英雄，马上就要惨败了。

只有这个结果是他无法忍受的。有力的心跳将血液送往全身，给踩在大地上的双脚送去力量。

他高声吼叫，心想什么也不要了。即便这一击本身不会有任何意义也无所谓，即便只能让"黑"之骑兵的生命多延续一秒钟也可以。

扔下骑兵，自己去过安稳的人生——齐格可以断言，这样做对他来说没有任何意义。

"红"之剑士最后一个失策的地方，就是她自己一身的盔甲。她失算了。剑士能抵挡住"黑"之狂战士令咒催动的全力一击，但也绝对不是毫发无损。遭受战锤直接攻击的盔甲凹陷、变形了。

那么，那一部分的盔甲会变得脆弱也是理所当然的。而人造生命体的双眼，确实也捕捉到了那个可以被称为是破碎点的地方。

剑士和齐格之间爆发出沉重的冲击。齐格的肩膀被贯穿，剧烈的疼痛传遍他的全身。但是，剑士的关注点却不在他身上。

"什么？"

比起疼痛，她更是震惊。细剑居然穿透了她自傲的盔甲。鲜血从她的侧腹部流出。愤怒只是短短一瞬间，随即，能将一切冻结的杀意就支配了剑士的头脑。

"你是什么人？"

齐格还举着抽出来的细剑，一言不发。他不是不回应，而是无法回应。眼前的从者并没有愤怒疯狂，只是用戴着钢铁头盔的脸面向他——这让齐格根本开不了口。

"不想回答就算了，我已经决定要杀掉你了。"

"住手，剑士！"

"黑"之骑兵又冲了过来。这一击重心放得极低，整个人就像是滑过来的。"红"之剑士用剑把他打开，还用肘击惩罚了一下这仓皇的攻击者。

"唔……"

剑士攻击的是刚才受到斩击，还没有完全修复的地方，骑兵的腹部又喷出鲜血。但"黑"之骑兵即便倒下了，还是拼死瞪着"红"之剑士。

"红"之剑士甚至带着点怜悯地对"黑"之骑兵说道：

"很遗憾。我已经把他看作敌人了。如果他再弱一点，可能还有其他的路可走吧。"

"红"之剑士慢慢举起了那把精致的白银之剑。这把剑所指的，不是"黑"之骑兵，而是人造生命体。齐格仿佛还在梦中，只是正面看着剑士的英姿，觉得挺可怕的，也觉得自己大概会死。但是，他的感情好像麻痹了，不，甚至可以说他保持着平常心。

心脏的跳动和平时一样。这颗心脏，好像不会因为恐惧而加快跳动似的，不愧是英雄的心脏，齐格在内心深处称赞着曾经身为"黑"之剑士的齐格飞。

胜负只在一击。

齐格连挥剑的机会都没有，"红"之剑士的剑锋已经从他的肩膀直接刺进了心脏。

"再见。我会记得你，没有名字的人造生命体。"

毫无疑问，"红"之剑士在称赞他。随着喷涌而出的鲜血，又一个人造生命体倒在了这片土地上。这种场面，从之前开始就在不断重复上演了。

然而，就在这个瞬间，所有被卷入这次圣杯大战的人造生命体都不禁屏住了呼吸。所有人都知道他，大家也知道他是为什么回来的。

他们无法声援，也没提供帮助，但是，他们都有同感。在这群人造生命体中，唯有那么一个人选择了自由，他们都希望他能获得幸福。

战争没有结束。无论是魔偶、龙牙兵，还是人造生命体都不能停下来。但是这个时候，这些出身于尤格多米雷尼亚的人造生命体，全都觉得一切都结束了。

除了这些人造生命体之外，没有任何人注意到阴郁的气氛已经覆盖了这一个族群，继续在战场上挣扎。

这一次，"红"之剑士再次面对了"黑"之骑兵。

"让你久等了。"

"……"

"黑"之骑兵只是沉默着。他低着头，脸上再也没有平时那个柔和的笑容了。

"我来了,'红'之剑士。我不会原谅你。"

"哦,你想投入感情也随便啦!不过这里可是战场。只要是与我敌对的,我就会杀掉,更不会放过伤到我的人!"

"嗯,这个我知道。虽然知道,但是我阿斯托尔福,是不会被这种道理说服的!"

"黑"之骑兵突然露出了一个带着挑衅的笑容,而正准备冲上去迎击的"红"之剑士,又被突如其来的心灵感应打了个措手不及,不得不中止了攻击。

心灵感应的人,当然就是她的御主狮子劫。

"喂,'黑'之狂战士怎么样了?"

这个莫名其妙的问题太突然了,"红"之剑士虽然吃惊,但还是有礼貌地回答道:

"什么呀,御主?狂战士的话,她已经——"

"她的身体彻底销毁了吗?一定要仔细检查啊。"

"……那倒是没有。"

虽然没做到那个程度,但也确实给了她致命的一击。她一边留意着"黑"之骑兵的动向,一边歪了歪头,确认身边并没有其他人。

"什么……"

剑士愕然地探查周边。从者并没有消失,她的战锤还戳在地上,这就是证据。她联想到了墓碑,然后马上就意识到有问题。

她攻击"黑"之狂战士的时候,对方手里还握着战锤。那么,战锤是什么时候插在地上的呢?

可能是因为这个场面过于奇妙了吧,她的注意力完全被战锤吸引了。下一个瞬间,"黑"之狂战士计算好时间从天而降,直接趴在"红"之剑士的背上。

"唔……放开!"

常年浸润在战场上的"红"之剑士很清楚,这绝对是舍身攻击,对方已经不畏惧牺牲了。

"啊啊啊啊——嗷!"

"黑"之狂战士发出惨叫，像狂暴的野兽，或者也可以说像地狱的亡者。她拼命抓住"红"之剑士的后背。

膨胀的魔力卷起了旋风，巨大的龙卷风以她为中心开始旋转。

"狂战士！"

"黑"之骑兵用一只手遮挡眼前的沙尘，拼命地呼喊。

但是，狂战士并没有回应他。

"到此为止了，骑兵。狂战士已经发动了宝具，你退后吧。"

御主的声音里带着些冷冷的不愉快，骑兵当然要反驳她。

"我不要，剑士还……"

"别说了，你留下也会死哦。你想让我用令咒吗？"

虽然御主的话让他忍不住咬紧了牙关，但骑兵还是退到了大致安全的地方。等到头脑冷静下来之后，他有些吃惊地观察自己所在的地方。

这里距离她们已经有一百米以上了，也就是说，骑兵的肉体自己判断，如果不拉开这些距离的话，就会有危险。

"黑"之骑兵明白，狂战士有两件宝具，一个是常态发动型宝具"少女贞洁"，而另一个——

"'磔刑之雷树'。"

那是连"黑"之狂战士自身都会杀死的禁忌宝具。

考列斯不知道自己应该对狂战士说些什么。

只是，他无法阻止她。然而，这并不是因为只有这样做才能杀死"红"之剑士。

没有人命令考列斯，他也没有被其他御主或者菲奥蕾强迫。只是，他多多少少猜到狂战士大概会这么做，甚至不需要使用令咒，狂战士就准备要发动那个宝具了。

"狂战士，我用令咒辅助你。"

既不是用于保护，也不是帮她撤退，只是辅助。令咒下命令的范围越小，越是只作用于一瞬间，效果就越强。另外，如果从者赞同御主的命令，还能达到更大的效果。

这种情况下，如果考列斯命令她最大限度地使用宝具，就可以发挥出更大的威力。

如果他们这么做，应该就足以打倒"红"之剑士了吧。

"唔唔——"

狂战士发出肯定的哼声，清楚得让他郁闷。此时此刻，考列斯打从心底为狂战士是弗兰肯斯坦而感到后悔。

如果直接是疯狂状态，那该多好啊。如果她是分不清御主的脸，不会说话，只会屠杀敌人的狂战士就好了。

如果是那样，即便现在要用的是最后一画令咒，他也不会如此犹豫。他本来就不是很积极地参与圣杯大战，也没什么想实现的愿望。

应该可以不带一丝惋惜，没有一点感慨，毫不难过地放弃狂战士才对。

然而，此刻回荡在他脑海中的，是一脸虚无，或者应该说是迷茫地摘着花，再把花瓣扯下来扔掉的她的身影，是她盯着花瓣在风中飞舞飘散，却什么都没有做的身影。

那是一种仿佛内脏都被啃噬殆尽的疼痛——他在忍耐。他没有流泪，原本他就没有这么做的权利。被杀的是她，动手的是他，这一点不会有错。

伴随着令他自己厌恶的冷酷的声音，考列斯说出了那句话。

"我以令咒命令第五名'黑'。"

他舍弃了全部与她有关的，那些许的回忆。

"解除所有限制，发动宝具'磔刑之雷树'，击毙'红'之剑士。"

天空横断。"黑"之狂战士聚集了庞大的魔力，这些魔力令战锤尾部的尾翼开始高速旋转。

"你这……"

"红"之剑士的声音因为焦躁也扭曲了。"黑"之狂战士说话了，甚至还带上了笑意：

"和我，一起，走吧。"

从天空到大地，也可能是从大地到天空，苍白的光芒仿佛流泻的瀑布。

这道雷击彻底撕扯着世界，彻底破坏了半径一百米之内的一切，连一片血肉都没有留下。

所有看到这一幕的人都可以确定，她死定了。除非是像"红"之骑兵那样例外中的例外，否则无论是多么强大的从者，都不可能在这样的攻击下平安无事。

"黑"之狂战士赌上自己的死亡做出这次攻击，可以说是完全贯彻了她的执念。

"成功了？"

但是，他们忘记了一件事。在这次圣杯大战中，参与战斗的并不是只有从者。虽然战场中看不到他们的身影，但是他们也必须聚集起来，和从者一起战斗。

没错，就像考列斯用令咒支援"黑"之狂战士的攻击一样。

"什么……"

"黑"之骑兵看到出现在自己眼前的从者，完全无言以对。她浑身冒着黑烟，还散发着血肉焦臭的不堪气味。

"红"之剑士就在他的面前。

"可恶，没能完全躲开。"

"红"之剑士很平静地说道。

"别这么说。老实说，我觉得你没被消灭就不错了。"

"闭嘴，明明是御主你再早点发动令咒就没事了。"

"没什么区别啊。本来我都用令咒把你转移到安全位置了，你应该毫发无伤的。但是那道雷一直追着你，还想把你吸到最中心去……恐怕对方的令咒里有'杀死红之剑士'这样的内容吧，所以你才会负伤。"

这是附带了令咒辅助的一击。要想与之抗衡，也只能用令咒支援。

"红"之剑士的御主狮子劫界离毫不犹豫地用了令咒。他用令咒发出的命令是撤退到安全地带。这种几乎没有耗费时间的"移动"，其实已经算是魔法的领域，就算是神代的魔女，也只能在自己的领域内行使这种级别的术式。而现在，身为魔术师的狮子劫界离之所以能用得出来，也是仰仗了令咒里庞大的魔力。

不过，即便做到这一步，剑士也还是受伤了。

考列斯的令咒里也带有空间的概念，最后终于让连因果都能扭曲的"磔刑之雷树"吞噬了剑士。

不过，因为令咒庞大的魔力都消耗在这上面了，所以宝具在威力上并没有受到太大的辅助。最后，"红"之剑士只是身负重伤。虽然多少需要一些时间，但还是很轻易就能恢复的。

"可恶！"

考列斯一拳砸在石墙上，拳头马上就破皮出血了。他的头脑热得几乎要爆炸，所以完全注意不到手上那一丝丝的疼痛。他确认自己的从者已经死亡，就沉默着离开房间，把愤怒都发泄在墙壁上。他还是不想在其他魔术师面前做出这样失控的举动。

"那不是失误哦。"

可能是注意到弟弟的失落吧，菲奥蕾追出来说道。可是考列斯摇着头否定了这个说法，他喊道：

"不，就是失误！我明明知道对方也有令咒，还是去赌这个结果，这就是我的失误。如果对方的令咒再晚几秒……或者我能再早几秒钟决定要使用令咒支援的话，就不会这样！那家伙……狂战士就不会白白送死了！"

失策了，判断失误了，考列斯在自责。在菲奥蕾看来，这个结论对了一半，也错了一半。

错误的地方在于，这是一个无法避免的失误。在与"红"之剑士的对决中，考列斯和狂战士已经做出了最好的选择。剩下的，只是对方的力量确实更高一筹而已。

"至少也让她负伤了，对吧？"

菲奥蕾认为这不是白白送死。这一击饱含着她的斗志，不可能是白白送死。然而，作为魔术师，考列斯还是摇头否认了这个说法。

"只要有治愈魔术，就都是可以修复的……姐姐，你别管我了，回去指挥吧。"

"可是——"

"好了，你快回去吧。"

考列斯不给她继续说下去的机会。菲奥蕾为了继续指挥，也只能返回房间。考列斯独自一人留下来，背靠着走廊的墙壁，捂着脸思考。

那一击没能达成目的的时候，应该让她撤退吗？

想用偷袭的方式打倒"红"之剑士，算是决策失误吗？

归根结底，派狂战士去对战是不是太愚蠢了？

当然，每一个选择都是有理由的。如果不能打倒"红"之剑士，己方的骑兵就很有可能会牺牲。

可是，能在实力上与之对抗的枪兵和弓兵，当时又都在对付其他的强敌。

到底应该怎么做才对呢？要怎么做才能胜利，怎么做才能救她呢？他拼命地想，结果只想出了一个最糟糕的结论——怎么做都没有用。

他们不能失去骑兵，而那个时候能赶到现场的又只有狂战士。而且当时狂战士跟丢了那个御主和"红"之术士，正好在寻找下一个对手。

不，无论是懊恼还是感慨，现在已经无可挽回了。

"黑"之狂战士弗兰肯斯坦已经死了。考列斯的圣杯大战，到这里也就结束了。右手的三画令咒已经用完，完全消失了，他们之间的联系已经完全切断了。

这比预想的更令人难过，胸口像被挖开一样疼。即便如此，作为魔术师，考列斯其实也有心理准备。可能会死，可能会被杀，也可能会杀人，最糟糕的情况下，可能还得杀掉包括姐姐在内的所有族人——他做过这样的心理准备。

然而此刻挖开他胸口的，是另一件事。这是在完成召唤进入战争之前，他从没想象过的疼痛。"黑"之狂战士的死亡，居然会给自己带来这么严重的伤痛，这是他从没想过的。

"我没有为那家伙做过任何事。"

如果得到圣杯,她的愿望是可以实现的。以狂战士职阶来说,她的智商高得不同寻常,还是个很好指挥的从者。

虽然只相处了短短几天,但回想起来,一开始居然只认为对方是个利益共同体,这样的自己实在太可恶了。她是能和自己心意相通、共同战斗的重要伙伴……不,是已经变成这样的伙伴了。

所以,他才更难过。

然而,过去永远不会改变——已经返回"座"的英灵是不会再回来的。

即便有人类的外表,却被强制变成怪物的少女,和自己一样,有着希望"某人"来爱自己的小小愿望。

考列斯只是很后悔,没能帮她实现这个愿望。

"红"之剑士虽然受了重伤,但只要狮子劫界离马上使用治愈魔术,也不会对战斗造成什么影响。也就是说,正如考列斯所说,他让"黑"之狂战士发动的宝具,在攻击层面上就是毫无意义的。

不过,这个宝具还有一样隐藏的效果,这是连考列斯都没有注意到的、设计图上的一段,上面这样写着:

"这道雷击不是普通的雷,蕴含着弗兰肯斯坦的意志。只要这意志还存在,她就绝对不会消失。"

雷击在把周围一带碾作齑粉的同时,也让留在那里的齐格的心脏受到了极强的刺激。极度的收缩与膨胀下,本应停止的血液循环重新开始。弗兰肯斯坦放出的魔力被吸收,开始在他全身的血管内流转。

这个给自己取名为齐格的少年,一开始感到的只有疼痛。

∞ ∞ ∞

"什么？"

即便裁定者在被召唤的时候已经获得了从者相关的各种知识，但看到对方的模样还是很震惊。

"唔。那边的汝，不是'黑'之从者吧——哦，是裁定者啊。"

话语声像风一样凉爽，她的身体也像被轻风吹拂的树叶一样轻盈。

翠绿色的少女在半空中转身，落在裁定者身边，她手上还拿着一把和身高不相称的大弓。

"你是'红'之弓兵吗？"

裁定者当然会保持警戒。被"红"方的枪兵和术士（大概）攻击过之后，她会戒备也是理所当然的。

然而，"红"之弓兵只是吃惊地看着裁定者说道：

"怎么了？汝是裁定者吧？不知道现在应该戒备的是谁吗？"

"不，我当然知道。"

她刚才这句话是真心的，裁定者的戒备稍微放松了一些。这么看来，恐怕"红"方也不全是统一战线吧。至少，她和她的御主并不认为要杀裁定者。

没错，现在她最应该戒备的不是这个从者。

"是'黑'方的第二个狂战士，斯巴达克斯吗？"

原先的"红"之狂战士被"黑"之枪兵抓住，还强制替换了御主。也就是说，现在他虽然是"红"之狂战士，却与"红"方敌对。

至此也没什么问题。在圣杯战争中，原本是同伴的从者变成敌人，也不是什么不可能的事。

然而——

"嗷嗷嗷嗷！"

这种事情是真的会发生的吗？一瞬间，裁定者还以为在自己面前的是一座山，接着，她又怀疑那可能是堆积成山的尸体，最后才用排除法得出了答案。

"那是……狂战士吧？"

"嗯，没想到这么夸张。越攻击他就越强，早就不成人形了。真不愧是狂战士，能狂到这种程度。"

"红"之弓兵感慨地说道。

在两个人的面前，有个像山一样大的怪物。如果他只是体型大，还不至于让裁定者也无言以对。

让她说不出话的，是"红"之狂战士的状态。

他有八只手，其中三只好像没有关节，或者说根本就没有骨头，就像章鱼触手一样，如果甩动起来，应该可以像鞭子一样打碎敌人吧。

圆木一样的腿上，还长了好多昆虫一样的腿，可能是因为两条腿根本支撑不了他的体重吧，所以才这样分散压力。

头部完全陷在脖子里，但是肩膀上长出了好像恐龙一样的上颚和下颚。

这就是"伤兽的咆哮"。

裁定者早就觉得，这与其说是宝具，不如说是诅咒。还活着，还在动，最重要的是……还在寻求战场和胜利。

能把伤害的一部分转化成魔力，还能不断累积提升能力，这其中恐怕也包含着治愈能力吧。受到伤害，变成魔力，不断提升，还能自我治疗，这里面根本就没有御主存在的空间了。

问题就是，这个将魔力回收的循环有些异常了。因为治愈能力失控，他的身体已经脱离了正常的范围。而他的能力还在伴随着受伤不断加强，身体也越来越奇怪。

根据身高和体重来推测人类的强大程度还是比较简单的。就算是这些英灵，大部分也都还保持着人类的外形。

然而，"红"之狂战士已经舍弃了这一特点。比起两只手，八只手更厉害。如果体重超过了自己能支撑的程度，只要多长几条腿就行了。

对于越是感受到痛苦就相信胜利离自己越近的狂战士来说，只是这种程度，根本就是不痛不痒吧。

"在那里，是吗——"

他用长在肩膀、脖子与腹部的五只眼球一起瞪"红"之弓兵和裁定者。一瞬间，两个人像被弹开一样左右分开。"红"之狂战士却完全不在意，只管全力攻击。

大地被这一击打碎，像榴弹一样攻击裁定者与弓兵。

"唔——！"

"呃！"

石头划破了两个人的肌肤，就连裁定者的装甲都破损了一部分。如果攻击不带有魔力，绝对伤不到从者。但是，狂战士挥动的剑上蕴含着能切割一切的魔力，甚至污染了被剑打碎的石头。

就好像是从者亲手扔出的短剑一样……这种连被剑打碎的碎片都沾染魔力的现象，就连裁定者都闻所未闻。

"哦，看起来是把汝也卷进来了。抱歉啦，裁定者。"

听到"红"之弓兵道歉，裁定者缓缓摇了摇头。

"没事，这种小事常有的。但是，立场上来说，我和他也不是敌对的，因为现在受到波及的也只有这片战场而已。"

"哦。关于这一点，我也没有什么可抱怨的。"

"红"之弓兵板着脸看裁定者。裁定者突然感到一股恶寒，她也严肃起来。

"怎么了？"

"是御主的命令，我该撤退了。"

"难道……"

"红"之弓兵叹了口气，轻轻拍了拍裁定者的肩膀。

"真的很抱歉，接下来就拜托了。"

"等一下……"

"红"之弓兵阿塔兰忒，在希腊神话中，她是腿脚最快的英雄之一，即便是裁定者也追不上她。

在裁定者开口说什么之前，她已经消失在森林中了——并不是灵体化了，只是跑掉了而已。

裁定者沉默着抬头。那里有一个异形的英雄……不，应该说是一只吧。按照体型的比例来说，他手上的短剑现在看上去就像一根针那么大，而且已经瞄准了裁定者。

没错，"红"之狂战士——斯巴达克斯，是一个反叛所有当权者的斗士，即便是裁定者也不例外。

"被摆了一道。"

"红"之弓兵没有敌意，但是，她的御主好像抱有不同的想法。

自己必须要见的"某人"早就抵达了空中要塞。应该怎么追呢……如果有能飞翔的翅膀就好了。

但是，留在这里也就意味着要与"红"之狂战士斯巴达克斯战斗。是不是应该发动"特权"呢？

不行，除非命令他去死，不然他不会停下。而裁定者消灭从者，这基本上是不会发生的。那么，要撤退吗？这也很难说是一个好的选择。如果只有她一个人，可能直接就撤退了。但是，还有人被留在了这个战场上。那个渺小、羸弱，却又有着钢铁一样意志的少年。

至少得和那个少年会合吧，现在他应该正在后方和人造生命体们沟通。为了能多拯救哪怕一个同类，在完成这件事之前，他应该不会离开战场。

那么，剩下的选项就只有一个了。

"拖延时间。"

现在不管是撤退还是迎击都不能选择，裁定者还剩下的选项就只有防守了。她只管防守，那么"黑"方和"红"方之中总得有一方会来打倒他吧。

这是乐观的推测。如果是最糟糕的情况，就会变成"黑"方和"红"方都不管这里，只等着他们互相消耗。

所有人都是敌人。如果是普通人遇到这样的情况，恐怕只会脊背发凉吧，但是裁定者只觉得挺怀念的。

嘲讽、憎恶、愚弄——即便全都由自己来承受，她的信仰也不会有一丝动摇。对于连一起战斗的御主都没有的裁定者来说，孤独才是常态。

"不，也不算孤独吧？"

虽然目标各不相同，但还有个不以圣杯为目的的少年。有人知道自己的存在，能和自己并肩前进，现在来说，这样可能就足够了吧。

"红"之狂战士发出怒吼——来了，裁定者举起了圣旗。

在狂战士举起短剑劈砍之前，裁定者已经用圣旗把剑弹开了。两条巨大的腕足也向她袭来，都被她挡住，弹开。但是，后面还藏着一条！

"唔——"

裁定者被打飞，在地面上滚了好几圈。幸运的是，奉命来杀她的龙牙兵反而成了她的缓冲垫。有三只龙牙兵被接连压碎了，如果没有它们，裁定者恐怕已经飞出战场了。这令人难以置信的力量，正是不断积蓄的魔力带来的技能效果。

不对，刚才的攻击……还能够称之为技能吗？

裁定者爬起来，擦掉嘴角的血迹。她凭依的肉体——蕾缇希娅拥有备份。无论裁定者是完成了任务，还是中途死亡，蕾缇希娅的肉体都会在那个瞬间恢复成备份的状态，或许还可能会被传送回安全的地方。无论裁定者受了什么伤，都影响不了蕾缇希娅。

因此，也可以说无论怎么受伤都没关系……但是，如果在没有防备的状态下受到刚才那一击，可能真的会死。

可能是看穿了她的迷茫吧，天空中突然降下一道光柱。

"什么……"

是一道七彩的光柱，如果不是在战场上，可能还会觉得很美丽吧，光柱的目标不是裁定者——

"嗷嗷嗷嗷！"

惨叫声中混合着苦闷与喜悦。"红"之狂战士负伤了，刚刚受伤的部位又开始愈合。但是，即便是反叛的英雄斯巴达克斯，现在也该是他能承受的极限了吧。

不对，应该早就已经超过了极限，他只是不断在忍耐各种责罚和痛苦，然后再倾吐出来——

一瞬间，裁定者突然明白了"红"方从天而降的光柱用意何在，以及狂战士自己的目标到底是什么。

狂吼的他想要攻击的，正是当权者及其手下，也就是说——

"想要毁灭这里的一切吗？"

虽然"红"方也不会例外，但是他们在空中要塞里，也有可能直接跑到狂战士无法触及的地方去吧。

而龙牙兵之流，对他们来说不过是杂兵。这些量产杂兵，即使全灭也不会感到可惜。

与此同时，问题是"黑"方。恐怕就算对他们来说，这种情况也是出乎意料的吧。

谁能想得到"伤兽的咆哮"居然是这么可怕的宝具呢？

积蓄的庞大魔力，与之相伴的变质肉体，这已经不是会受契约限制的东西了。就算是对魔力达到A级别的英灵，也抵挡不了一画令咒，但是那可能对他也没用了。

因为令咒是上对下的束缚。无论级别多么低，只要是御主，地位就在从者之上。

对于反叛的英雄斯巴达克斯来说，哪怕只是正常的状态下，也要消耗两画令咒才能让他听从命令。在这种情况下，恐怕就算消耗三画也没用了。

没错，也就是说"红"之狂战士是无法阻止的。假定他下一次攻击就会用尽全力，影响恐怕就会波及整个战场。不仅如此，就连位于城镇与战场之间的米雷尼亚城堡也无法幸免于难。

那么，应该怎么办呢——裁定者迷惑之时，得到了天启。那是通过令咒传来的，令人麻痹的疼痛。

裁定者看着远方。虽然用眼睛无法捕捉，但是她确实感觉到一股强大魔力。

从者的状态发生了变化。相关的从者有两名，其一的状态从健在变成了死亡，而另一名则从濒死变成了——

∞ ∞ ∞

曾经有位英雄，屠龙的大英雄。

他是各方面都很完美，无懈可击的大英雄。所有人都仰慕他，渴望能拥有他的力量。

英雄认为，他曾经是幸福的。直到临死前，这个想法都没变过。他没有在强大的力量面前屈服过，也没有被绝望打垮过。

旁人永远在祝福他，称赞他。从出生到死亡，英雄认为这一点从来都没有变过。

完美的英雄一直在完成他人的愿望，他实现的最后一个愿望，是自身的死亡。

他曾经接受的委托，反过来成为对他的惩罚。义兄喜欢某位美女，为了追求美女，他自己作为替身上阵才解决了这个难题。这可能也算不上是罪恶吧，但也绝对不是值得赞赏的行为。

这件事败露之后，英雄伤害了那位美女的名誉与自尊。而且她还不是普通人，是一国的公主。至此，他终于意识到自己挑起了一场丑恶的战争，所以他找来了曾经的朋友，一起喝过酒的男人。

"啊，已经没办法了。哈根，我是无敌的，所以你无法让我受伤。但是，我还是希望你能杀死我。"

这位曾经的朋友，实现了英雄的愿望。他执着地找出英雄的弱点，明知道自己的行为卑劣，还是想办法在英雄喝水时攻击了他的后背。知道是怎么回事之后，英雄停止了抵抗。

英雄并不凄惨也不愚蠢，只是被奸计所骗，以悲剧英雄的形象死去。过去的朋友，也成为用卑劣手段杀死英雄的大反派，恶名远扬。

一般来说，故事到这里就可以结束了。争斗停止，这只是一个英雄落寞的故事而已。

然而，事态却向着英雄完全没有预料到的最糟糕的方向发展了。

英雄的妻子被复仇之火煎熬，最后导致了很多人的死亡。

一定是因为有很多人都爱着英雄，喜欢英雄吧，所以他才无法真正理解，什么是偏执的感情。如果所爱之人被杀，就要让对方付出几倍代价，他无法理解这种炽烈的爱。

也可能是因为，英雄一生都在回应他人的要求，所以哪怕是自己所爱的人，如果不提出要求，他也不会做出回应。

最后，他所期望的事情还是没能实现。对于不是为了讨伐恶，也不是为了宣扬善，只是专注于"实现愿望"的英雄来说，这也是无可奈何的吧。

但是，这位英雄在死前有过模糊的想法。似乎直到面对死亡的时候，"想做的事"才终于在他脑海中清晰地浮现出来。

我作为英雄出生，又死去，这件事本身没什么遗憾。我可以断言，自己的一生完全没有什么不愉快的。

即便如此，如果我不是生为王子，而只是一个普通人的话，又会怎么样呢？

我还能够一心一意地追寻自己的目标吗？

啊，如果我还能有第二次生命，我也想实现自己的愿望。

就算没有人认同也无所谓，就算没有人称赞又何妨，我想认可自己，想以自己为荣。这样的道路上，才有我的追求，有我渴望的东西。

我想站在自己相信的立场。如果我能那么做的话，一定会——堂堂正正地生活。

不是为了某人而战，也不是为了自己而战。

为了我所相信的仁，我所相信的义，我所相信的忠，我所相信的爱，我拿起手中剑，以此身奔赴。

那才是我的梦想，我的愿望。

我想——做一个正义的伙伴。

∽∽∽

左手背传来剧烈的疼痛，意识勉强被唤醒。

"唔……"

原本就像被烙铁灼烧一样的疼痛，现在开始渐渐缓和了。自己还活着吗？既然还能感觉到疼痛，那么应该是还活着吧。

然而，这里并不是和裁定者一起前往的那片战场。从这种冰冷坚硬的触感来看，自己好像再次回到了曾经去过的地方。

齐格还是有点介意刚才那剧烈的疼痛，他下意识去看左手。

"什么？"

他不禁发抖。自出生开始，齐格就有关于圣杯战争的基本知识。也正是因此，他此刻的震惊甚至达到了能让他忽视疼痛的程度。

"怎么可能，这是……"

他左手背上有三画图案。理所当然地，他一下子就明白了，这是圣杯战争中御主的证明——也就是令咒。

不，这与普通的令咒有区别。虽然每个御主的令咒图案都会有所不同，但都应该是红色的。而现在他手背上的图案，更接近黑色。

黑色的图案出现在齐格白皙的手背上，总有种令人不悦的感觉。

他忽然注意到，身后有个庞大的生物。恐惧感让他的手脚都有些发麻。他的本能在告诫，不要回头。他拼命地让自己不要去注意身后的呼吸声。

但是，他背后的生物确实带着恶意。

不得不战斗，不得不拿起剑战斗，而且光是剑还不够，即便是"黑"之骑兵给他的那把剑也不够。

他需要的，是能"屠龙"的魔剑，必须得是在传说中享有盛名的剑才行。

——笨蛋，哪里有那种东西？

——笨蛋，你手上早就拿到了。

　　他刚产生这个想法，就被窃窃私语的声音打断了。
　　他右手抓着剑柄，而剑身还有一半被埋在大地中。看来，他应该拔出这把剑。为了打倒背后的生物，他必须得拔出这把剑——
　　齐格不再迷茫。他握紧剑柄，准备将剑拔出。
　　"唔！"
　　但是没有拔出来。即便用上全身的力气，剑也还是纹丝不动，就好像还有人在大地之下拉扯剑的另一边一样。
　　恐惧沿着脖颈向上爬。生存本能告诉他，拔不出这把剑就会死。
　　人是会被吓死的。当你看到不存在于这个世界上的可怕的东西时，即便肉体还存在，精神也可能会死亡。然而没有任何办法能解决这个问题。

　　——你才拔不出剑呢。
　　——但是，如果是你，就能做到。

　　左手的令咒可疑地闪烁……令咒里有庞大的魔力，能够打破世间的法则，能把魔术的效果以接近于魔法的水平重现。
　　那么，如果要拔出这把剑，需要什么样的力量呢？

　　——被需要的，不是你。
　　——需要的，不是你。

　　已经有了答案。赠予他的心脏，复活时得到的庞大魔力，以及现在黑色的令咒——
　　全都重合在一起，全都指向了同一个方向。
　　无法抵抗，也没想抵抗，即便这是被安排好的道路也没关系。

——这是我选择的道路。

——这是你选择的道路。

是吗？那么——

"我以令咒命令我的肉体。"

一画令咒发出白色的光芒。伴随着膨胀的光，齐格的身体开始变化。英灵的信息写入他的身体。身体信息显露于外表，储存战斗经验，保有能力开始具现化，就连宝具都重现了。

虽然是令咒，但也只能让这个奇迹再现很短的时间。

具体来说是一百八十秒，这是一画令咒能让英灵重现的极限。一超过这个时间，齐格飞就会变回齐格。

他觉得这样就够了。哪怕只有三分钟，只要自己的身体能有用，只要这具身体能成为救助他们的力量——

他毫不犹豫。既然他应该获得的东西就在那里，哪怕是破灭、衰弱，甚至悲惨的死亡他都会欣然接受。

他右手甚至没有用力，剑被他轻松拔起，看来重要的应该是意志吧。一瞬间，他又回到了"流光溢彩"的地狱。

最后，至少应该看看怪物的样子。他回过头——站在那里的却是自己。

这件事就留到以后再去思考吧，现在有必须要去做的事。齐格停止思考，选择继续前进。只有三分钟，只有三次。再现很完美，从身体能力上来说，齐格完美地重现了"黑"之剑士齐格飞。

他背着幻想大剑，全身覆盖着白银之甲，胸前敞开，露出了被龙血染成褐色的皮肤。那是任何利刃和魔术都无法伤其分毫的龙鳞。只有一点，除了后背的一部分……

完成这奇迹的是龙的诅咒，实现这变身的是龙的心脏，故而名为龙告令咒（Deadcount Shapeshifter）。每次使用都会离死亡更近一步，这一百八十秒便是生命的结晶。

就这样，传说中的英雄——"屠龙者"返回了人间。

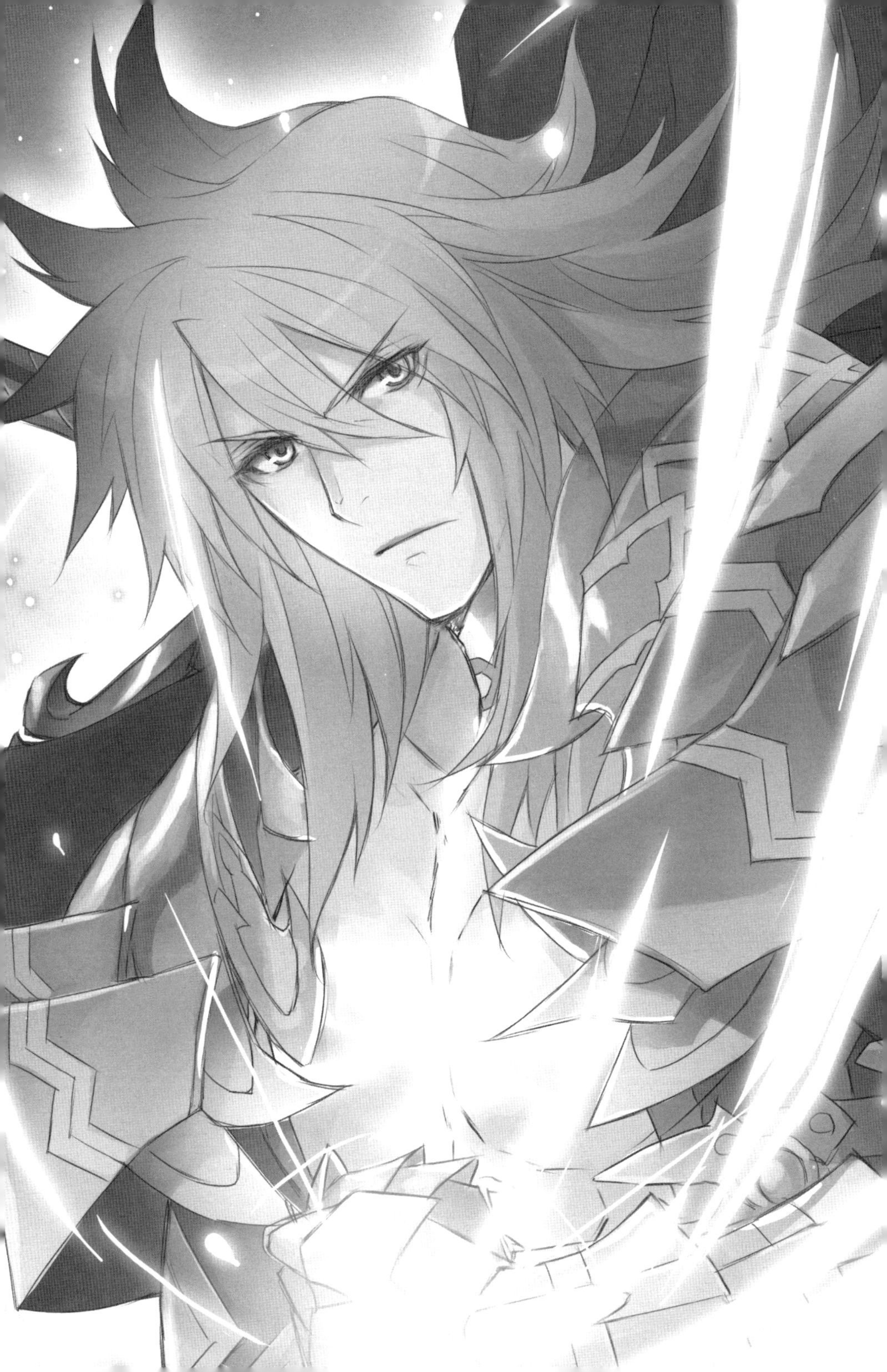

∽∽∽

在场的所有从者都感觉到了，并因为震惊而愣住。伴随着一股庞大的魔力爆发四散，强大的"什么"诞生了。

正在针锋相对的"红"之骑兵阿喀琉斯与"黑"之弓兵喀戎暂时休战，从森林里出来——

"黑"之术士阿维斯布隆停止了操纵魔偶。

"黑"之枪兵弗拉德三世与"红"之枪兵迦尔纳互相戒备着对方，也把视线转向了"什么"。

"红"之弓兵阿塔兰忒停下了奔跑的脚步，哑然地看着"什么"。

"红"之术士莎士比亚和"红"之暗匿者塞弥拉弥斯也没能掩饰自己的惊讶。

就连"红"之狂战士斯巴达克斯，一瞬间都停止了动作。

"红"之剑士莫德雷德对眼前发生的现象深感困惑，紧急用心灵感应与御主联系。

"喂，御主！"

"怎么了？"

"我确认一下。'黑'之从者全员都被召唤了吧？"

"应该是的。"

"那我面前这家伙是谁啊？"

"我从猫头鹰的眼睛里看到了，看起来就是从者吧。"

"看样子，那家伙不是弓兵，不是枪兵，不是骑兵，不是狂战士，不是术士，也不是暗匿者。他是剑士，和我一样是剑士……这是怎么回事？"

"哦。现在是圣杯大战，就是会有这种可能吧。"狮子劫语气轻快，没给混乱的"红"之剑士留下反驳的余地，直接说道，"打垮他呀。你的伤很重，但是治好就行了。对方就算是剑士，也不是正规的。正规从者不可能打不过不正规的，对吧？"

听完这番话,"红"之剑士恍然大悟地丢开了纠结的心情。配合着狮子劫,也用轻松的语气说:

"……你是不是在骗我?"

"怎么会,其实你撤退也没关系,想怎么做都行。你想撤退吗?那我再用一次令咒吧。"

"啊,混蛋,你在骗我,你绝对在骗我!但是我要打!我要打他!如果是我父亲,这种时候绝对不会选择撤退!"

"红"之剑士挥动手上的白银之剑,浑身散发着高昂的战意,向着远方的"黑"之剑士发起猛攻。

此时,"黑"之骑兵恐怕是战场上唯一一个什么都知道的人,他拼命想要忍住眼中的泪水,却还是忍不住,发出轻轻的呜咽声。

那不是真正的"黑"之剑士,因为他当时确实是消失了。

那么,此刻站在那里的是谁呢?面对"红"之剑士,双手握紧剑柄的人是谁呢?

那当然只有"他"了。为什么会发生这么奇怪的事情,骑兵不知道,也不在乎。

"黑"之骑兵只是为他没有选择平稳的生活感到惋惜,为他选择了苦难的道路而落泪。他生前从未因为自己的弱小而遗憾,现在却不得不感叹。都是因为自己的弱小,自己的言行,自己的判断,导致他卷入了这个迷宫。

"抱歉。"

事实上,"黑"之骑兵并没有需要圣杯才能实现的愿望,最多也就是为了体验第二次人生才选择了被召唤——就只是这样而已。也正因为如此,如果其他"黑"方从者有非常强烈的愿望,他也会高兴地让出自己的机会。

但现在不一样了,他有了即便需要抢别人的机会也要实现的愿望。他想帮那个人,他想帮那个用嘶哑的声音喊出"救救我"的人。

可是,他做不到,"黑"之骑兵感受到了莫大的悲哀。

"红"之剑士态度悠然，做出迎击的姿态向前迈了一步。"黑"之剑士选择握着剑与她相对，但是，他看着的是"红"之剑士脚下的"黑"之骑兵。

"你没事吗？"

"笨蛋。"

看起来还挺有精神的，变成"黑"之剑士外表的齐格放心了。剩下的，就是用这个剑士的力量，打倒对方的剑士就行了。

"哟，假剑士。"

"红"之剑士隔着头盔笑了。齐格感觉到和之前一样的重压，同时也发现自己并不害怕。即便对方的战意就像有实体一样冲击着自己，他的精神也没有一丝一毫的动摇。

"确实如你所说，我是假的，但这把剑和我的力量确实货真价实，也足够作为你的对手了。如果要说还有哪里不足，那就是我的心吧。"

"是吗？那么——不如就试试吧！"

一瞬间，"红"之剑士缩短了距离。她的步伐太轻快，让人难以相信她还穿着那么厚重的盔甲，她斜着一剑劈向齐格。

她的动作虽然大，却无比精密，是名副其实的英杰。所以，如果对方能接住这一击，就可以认为他是从者——"红"之剑士就是这么想的，于是挥出了这一剑。

齐格没有迎击，也没有躲开或者回避。可怕的是，他向前踏出一步，举起护手接住了这一击。

"红"之剑士吃惊地睁大了眼睛。刚才那是怎么回事？那令人恐惧的防御力是怎么回事？即便是从者的甲胄，自己一剑砍下去怎么可能毫发无伤？

其实，剑刃砍进了护手，也碰到了皮肤。然而，她砍不断的恰恰不是护手，正是皮肤。难以置信，"黑"之剑士的皮肤居然比钢铁更坚硬。

即便是能预判各种可能性的"红"之剑士，也需要一点时间才能消化这种震惊。她的直觉其实有发出警告，但那一瞬间，她的身体没有反应过来。

可惜的是，为了让"红"之剑士露出破绽，必须得用一只手去挡她的剑。所以虽然反击时用了全力，但单手持剑的威力还是稍弱了。

不过，冲击还是很大的。趁着"红"之剑士大步退后，"黑"之剑士乘胜追击。

剑锋碰撞，鲜血飞溅。"黑"之剑士随手转了转大剑。他并不是仅凭蛮力挥动大剑的，这里面还有技巧。就在双方剑锋相交的瞬间，刀身仿佛蛇一样交缠在一起。

"红"之剑士的剑差一点就被向上挑飞了。她迅速用力握住剑柄，防止银剑脱手。但是，这样一来又暴露了躯干——

"黑"之剑士可不会错过，他的下一击是双手握剑的全力横扫。

盔甲无法吸收全部冲击，"红"之剑士甚至无法再保持站立，直接被远远打飞了出去。

虽然她在地面滑得很远，但最后还是找回平衡重新站稳。然而，突如其来的剧痛让"红"之剑士不得不呻吟着按住侧腹部。

"啊，混蛋。那家伙真的是从者！"

"黑"之剑士的攻击很有技巧，不像狂战士那样只凭蛮力。那一招不带任何情绪，只为有效破坏人体结构。而且在这一击之前，作为铺垫而将她武器弹开的那招也很优秀。

也就是说，他并不是只有剑士的外壳，看起来，他连剑士的战斗经验都继承了下来。

从者——而且还是最优秀的剑士所持有的珍贵战斗经验——确实被这个人造生命体掌握了！

侧腹部的疼痛突然消失了，看来是御主的治愈术起了作用。而且治愈的速度这么快，他应该正在距离战场非常近的地方观察情况。恐怕他现在就隐藏在战场上的某个角落吧。

她可猜不出那个大块头能用什么方法把自己藏起来。

"喂，御主，你小心点，万一不小心靠得太近……"

"你说得也对。不过比起靠因果线感知危险，还是实际用自己的眼睛看，反应更迅速吧。虽然我其实也挺想跑的。"

狮子劫还在嘀嘀咕咕地抱怨呢，就好像真的在自己身边一样，气得"红"之剑士喘着粗气直跺脚。

"喂，御主，你就这么不信任我吗？"

"因为'黑'之剑士很强啊。"

狮子劫爽快地实话实说了。听到这毫不犹豫的回答，"红"之剑士都生不起气来，不知道说什么好了。

"粗略一看的话，他在能力数据上和你不相上下。而且，最麻烦的是他有特殊防御型宝具或者技能。也就是说，真打起来，他的防御比你强。"

狮子劫淡然地把事实和推断都说了出来。

"是啊，我能砍破他的护手，但是伤不了他的皮肤。"

这很异常，很明显是有什么东西阻挡了她的剑，这不可能是御主的魔术。而且甲胄还能被砍破，也就是说，秘密在他身体上。

"这个世界上有很多号称不死的英雄。但是，真正不死的英雄其实并没有那么多。很多关于不死英雄的传说中，都提到有致命的弱点。"

"哦……那么，那家伙的弱点是什么？"

"这个嘛，就只有靠你自己努力去找了！"

"可恶，果然还是这样！"

"不过，在这里，我作为御主有个建议。在你与'黑'之剑士战斗的时候，我用令咒强化你，如何？"

狮子劫的这个建议，与令咒原本的用法其实有些不同。令咒本来应该用于更细致一些的场合，比如相当于魔法的空间跳跃，或者把攻击集中在极其微小的一点上，类似这种平时做不到的事情，不然的话，令咒的拘束力也会被弱化。

而狮子劫的提议，虽然能提升剑士的整体能力，但是也就仅此而已了。然而——

"哎呀，这可是个好主意啊，御主。那样的话，我就一剑穿透他给你看看，赌上我的剑士之名。"

"红"之剑士的直觉在窃窃私语。刚才的那次攻击，并不是自己状态不好或者被其他的力量阻挡，只是对方单纯太硬了。那么，只要用比之前更大的力量连续攻击，她有自信能成功。使用令咒做辅助，在这个战场上和"黑"之剑士一决高下，绝对不是一步臭棋。

"是吗，那么……我就相信你，剑士。"

"相信你"——只是这么一句话，刚才对他的愤怒就已经烟消云散了，心里还涌起一种斗志昂扬的感觉。她自己都为自己的单纯吃惊，但她现在确实心情很好。

"啊……啊！好啦，御主。"

"我以令咒命令我的剑士，为了在这个战场上打倒'黑'之剑士，用尽全力！"

庞大的魔力通过因果线迸发，全都进入了少女的身体，再通过魔术回路流过她的全身——

"你的愿望传达到了！我以'红'之剑士——莫德雷德之名，宣布必将打倒'黑'之剑士！"

一瞬间，"红"之剑士放出了魔力。她简直就是一个人形的蒸汽机车，魔力蒸汽强烈喷薄。少女举起了剑，她身上没有恐惧，只有纯粹无垢的斗志。

现在已经不需要再说什么了。"黑"与"红"已经势不两立，这是齐格的选择，而"红"之剑士也做出了回应。

"我来了，'黑'之剑士。"

白银那方一开口，黄金一方就给出回应。

"来吧，'红'之剑士。"

双方都没有犹豫。跨越恐惧，迎击杀意吧。不需要报酬，赞赏也没有意义，只是遵从自己的选择，双手握住各自的剑，向前冲。

"红"之剑士利用技能"魔力放出"使出了子弹突击。因为有令咒，这一击的力量更强大了，她就像一颗在大地上飞行的彗星。迎击的齐格——"黑"之剑士，意识到比对方慢了一步，速度已经比不上了，便直接迎击。

子弹与断头台正面冲突。火光照亮了二人，狂风肆虐，每当剑锋相交，轰鸣声就响彻战场。

"哈，你的攻击也太简单了吧，'黑'之剑士！"

"唔！"

就这样直到第十三回合，剑与剑纠缠在一处，完全变成了力量的角逐。不过，理所当然的，有"魔力放出"和令咒的辅助，"红"之剑士更胜一筹。

"哦哦哦哦！"

"红"之剑士猛然压倒了"黑"之剑士。双方拉开距离，"红"之剑士面露傲然的笑容，将剑举到面前。

"你这样，也称得上是最优秀的职阶——剑士吗？真让人失望。还是说，仿造品本来就只有这种水平呢？"

"黑"之剑士沉默着站了起来。"红"之剑士发现，他的伤势并不严重，他的防御力果然不同寻常。必须在这里干掉他——她的决心更坚定了。

"剑啊，充盈吧。"

"黑"之剑士让自己的剑进入了解放阶段。剑身发出黄昏色的极光，在他脸上映出灿烂的颜色。

他启动了从者最强的王牌——宝具。

"要解放宝具了吗……好，这样也不错！"

"很好，剑士，让他们也见识一下你的宝具！"

御主狮子劫直接给出了许可，一丝否定的感觉都没有。

"那么，既然已经得到了御主的许可，我也用宝具来对抗吧！"

"红"之剑士举起剑，同时解除了头盔的宝具功能，把头盔收入了盔甲之中。英国曾经有个骑士王亚瑟·潘德拉贡，他在位期间，完全没有变老，据说一直维持着他拔出圣剑时那副眉清目秀的少年样貌。

那么，身为他嫡子的莫德雷德，有这么一副纤弱少女般楚楚可怜的面容也是理所当然的。

即便生就一副少女的外貌，也无法隐藏她像狂战士一样的凶暴性格。那双翠绿的眼睛里，充满了对暴力的沉醉。

摘掉头盔的同时，她手上的剑也发生了变化。白银的剑身染成红色，形状也开始扭曲了。伴随着尖锐的声音，剑身周围有赤雷闪烁。

这种现象，绝对不是这把剑的本质。亚瑟王得到这把剑后，一直将这把"灿然辉煌的王剑"视作王的证明——这把剑被莫德雷德篡夺后，还刺伤了亚瑟王。

这把剑变作邪剑，也是因为这个故事。莫德雷德拿到这把剑之后，王之剑就变成了憎恶的邪剑。

"接下来是惩罚时间。仿造品只配有这样的结局。'黑'之剑士——"

大量的魔力形成旋涡将周围的残骸吹散，拒绝所有有生命的东西。双方只是准备解放宝具而已，就已经达到了这样的程度。

"我来了。"

"黑"之剑士淡淡地说道。

从神代至今，这两位英雄本来是绝对不会有交集的。也终于要在这里展示他们的"必杀"了。

"对吾华丽父王的叛逆（Clarent Blood Arthur）！"

"红"之剑士奋起。

"幻想大剑・天魔失坠（Balmung）！"

"黑"之剑士高喊。

黄昏之光充盈，赤雷迅猛冲击。耀眼的光芒迸射，爆炸中心卷起了可怕的狂风。

这股狂风就像经过高压压缩的龙卷风，把周围一切都卷入，持续进行破坏。不只是瓦砾，就连尘埃都没有留下。

这场宝具的较量，"红"之剑士略胜一筹。

"黑"之剑士的宝具歼灭周围一带，而"红"之剑士的宝具会破坏攻击直线上的全部物体。从性质上来说，"红"方是有利的。

"黑"之剑士膝盖着地，"红"之剑士怒不可遏。

"你为什么还活着！"

没错，对于"红"之剑士来说，他还活着这件事本身才是问题所在。

对于莫德雷德来说，这把大剑就像诅咒一样代表着无上的荣光。少女绝对不允许自己败给除了父亲之外的任何人，这把剑给父亲造成了致命伤，所以她也不允许有这把剑杀不死的人存在。

"别再动了，'黑'之剑士。我来杀死你，不是别人而是我，来杀死你……"

而且这次，还有一个很重要的理由促使她要杀死"黑"之剑士。

通过宝具的正面较量，"红"之剑士明白了，"黑"之剑士还没有发挥全力，他其实是通过令咒变身制造出奇迹。

所以他有与"黑"之剑士同等的力量，而且也有包括战斗经验在内的一切。

但是，他的精神却无论如何都跟不上。那个男人，对挥剑还抱有犹豫，所以这场战斗她才能完全占上风——只是这次。

而且毫无疑问的，拥有"黑"之剑士身体的人造生命体这是第一次战斗。

她的直觉在窃窃私语，必须在第一次就打倒他。要趁着他现在解除了变身，拿下他的首级。

恐怕下一次变身的时候，他就会有更坚定的意志，也能有与自己分庭抗礼的力量了吧。那么，到了第三次——

既然抓住了胜利的机会，就要彻底排除还有"下次"的可能性！

无论如何都要砍下他的头，必须把剑刺入他的心脏——"红"之剑士莫德雷德向前踏出了一步。

∽∽∽

"红"之暗匿者塞弥拉弥斯的宝具"虚荣的空中庭园"——虽然在战场上，但这个要塞却是唯一能保持寂静和平稳的地方。

"好了，御主，'那个'也在你的预料之中吗？"

她不怀好意地呵呵笑。四郎·言峰脸上浮现出少见的严肃表情，俯瞰着地面的情况。

"没想到啊！'黑'之剑士居然复活了！哎呀，这可是圣人都要甘拜下风的奇迹啊！简直就是'魔法滚一边去'！"

听"红"之术士莎士比亚这么说，四郎摇了摇头。

"不，这不是复活……一定要说的话，应该更接近凭依。"

"你说凭依？"

"……在从者中，也有人能对御主的身体造成很强烈的影响。一般来说，御主和从者之间的关系等同于主人与使魔，但是也有人持有共用肉体的技能。这种情况下，御主就会成为接近于不死的状态，当然，只有在圣杯战争期间不死……不过，因为并不能提升战斗能力，最多就是预防暗匿者的对策。"

"等一下。在我看来，他的情况不一样。那家伙不是御主，他绝对是从者。"

"是啊，所以才是凭依。可能就是用令咒的庞大魔力召唤了'黑'之剑士吧。当然，就算是令咒，一般情况下也是不可能的。"

"黑"之剑士与"红"之剑士正在激战。"屠龙者齐格飞"与"红"之剑士互相厮杀，这可是连神话里都不会看到的场面。

"这是只有那个人造生命体身上才会出现的例外。他身上有某种能与'黑'之剑士连接的东西，可能是肉体的一部分，也可能是圣遗物，这个还无法确定。总之，以那东西为媒介，他让剑士降临在自己的肉体上了。"

"怎么可能！我们可不是那种低级的恶灵。我们是英灵啊，灵魂的纯度、密度、强度、硬度，全都不是一个等级，是不可能连身体能力都实现凭依的。"

"红"之暗匿者是对的。如果四郎的推测正确，那就是个"壳"，只是结合了"黑"之剑士的身体。但是，那是不可能的。"黑"之剑士齐格飞——就算不是他，只要能称得上是英灵，那他的身体能力和魔术能力，以及灵魂都不是普通人类可比的。

"如果凭依在肉体上，灵魂是承受不住的，更何况他还是个人造生命体。"

"正因为是人造生命体才可能。因为他们的灵魂更幼稚，更纯粹，没有被任何东西污染，所以才能承受住肉体的变化。"

所谓的人造生命体，其实就是以魔术回路为基础"铸造"出来的。因为没有作为人类的积累，他们的灵魂就像幼儿一样既纯粹又坚强。人活了二十年，就会有二十年的积累，遇到危机的时候，这种积累就有可能会孕育出了不起的力量。

但是，当凭依在其他肉体上的时候，这些积累又会像白细胞一样产生妨碍。因为他人积累的年岁，与自己积累的年岁完全无法互相适应。

但是，人造生命体就不同了，他们没有什么积累，只是在生产出来的时候，肉体就已经处在成熟的状态而已。所以，他们没有凭依时会产生的拒绝反应。

"因为是英灵，就算是一秒钟的凭依状态都可以称得上是奇迹了。即便有令咒的辅助，能维持几分钟就不错了。"

"也就是说，其实——只要不管他就行了？"

四郎点了点头。"黑"之剑士复活，当然是很令人震惊的。但如果这种状态的时间和次数都受到限制，那情况就又不同了。哪怕令咒没有用在其他地方，那这种机会也只剩两次，完全不值一提。而且他应该还不习惯战斗吧，所以也没能把"黑"之剑士原本的能力全部发挥出来。

"就算是这样，那个人造生命体还是让人格外焦躁。"

聚集在这个战场上的人，对四郎来说全都是棋子。无论是与己方敌对的，还是同伴，包括他自己在内都是棋子。

但是，只有他是明显不同的。不在计划内的棋子，突然出现在棋盘之上，他会觉得焦躁也是因为这个吧，又或者——

"太愚蠢了。即便只是短暂的生命，也还是努力成为完美的存在才更有意义吧。"

好像谁也没有听到四郎的低语。"红"之暗匿者问道：

"这样就没什么问题了。对了，四郎，再不快点完成，可就来不及了。裁定者也来到了这个战场。虽然现在被狂战士绊住了，但是她一旦来到这个庭园可就全完了。"

"是啊，已经得到了他们的许可，只剩下双方同意后的移交仪式了。很简单的……只是不能中途打断，所以多少需要一点时间。"

"哼，如果他们三个会妨碍的话，我就来争取一点时间吧。"

拜托了——四郎留下一个清爽的笑就离开了，只剩下称呼他为御主的两名从者。

"对了，术士，恰好现在只有我们两个，我有个问题想问问你。"

"啊，吾辈也有一件事要问呢。那就您先请吧，女帝陛下。"

"你在策划什么？"

"红"之暗匿者毫不委婉地问道，她脸上还带着艳丽的笑，眼中却没有多少感情。她的眼神就像盯住猎物的蛇。

与之相对的，被她这样盯着的"红"之术士，不仅没有出冷汗，甚至只是歪着头表示了自己的不解，也算是拥有常人不及的胆量了。即便没有武器，也不会魔术，他还有一条如簧巧舌。

"也没什么。正如之前所说，吾辈只是想要追随御主……四郎·言峰的伟大梦想而已。"

"哼。你是这样的人吗，说书人？那个人的梦想像玻璃工，假如我们的御主能扫平所有苦难，而且实现了'那个'……"

就只能称之为奇迹了。四郎对"红"之暗匿者讲述的梦想，普通人只会觉得滑稽而付之一笑，只有异常的人才会认真地去谈论。

"你的职责，可就不存在于这个世界上了。"

"这可不是只有吾辈,你也——不,是所有的英灵都一样吧!"

听术士这么说,"红"之暗匿者露出了微笑。

"我是不同的,我有明确的职责。不然的话,我也不会加入四郎的计划。"

"啊,原来如此。原来是这样!哦,确实,如果御主的梦想实现了,这个世界上也就不再有编写故事的必要了。但是,实现这个梦想的过程可是个杰作啊。即便给无数只猴子无数台打印机,也绝对写不出这么前所未见空前绝后的杰作!如果能写出这部作品,吾辈也不会有什么遗憾了。"

"那就说得通了。"

即便如此,"红"之暗匿者仍然表现出怀疑。老实说,他放跑"红"之狂战士的行为,就是这种怀疑的开端。

如果四郎的计划顺利进行,这个男人却做错事,自食恶果的还是他们自己。

"啊,你说那个啊。那你就不用担心了!"

"为什么不用担心?"

"红"之术士夸张地张开双手,像要唱歌一样说道:

"我们的御主,已经'向死亡和忘却宣战',并试图取得胜利!这么特别的计划,不可能没有人来破坏!吾辈并没有什么奸计,只是希望各种人都来阻碍而已!但是!可以确信!我们的御主,一定能跨越这些障碍!"

看着"红"之术士这副兴奋得滔滔不绝的样子,"红"之暗匿者终于放下了戒心。

"原来如此。如果是这样,那你的态度我也能理解了。术士,你是认为现在也有人来妨碍了吧?那具体是什么呢?"

"那不用说,当然是现在因为无知而困惑的她呀。"

"裁定者吗?那家伙所拥有的特权确实令人吃惊。现在我们不也在对抗这一点吗?"

"不不不。虽然她的特权确实令人吃惊,但是真正应该害怕的其实是她本人。"

"你知道了什么？"

"这个世界上，可没有几个揭竿而起的圣女英灵……她正是我的祖国所爱的敌人，听从神明的指引而引来杀身之祸，可悲的疯狂村姑——贞德。"

"哦。原来那家伙是你们国家的敌人啊。"

"红"之暗匿者说着就笑了起来。正如她所说，贞德作为法国的救世主，把英军打了个落花流水。最后贞德因为同伴背叛而被捕，英国人应该非常恨她吧。当时英国很多作品都把她塑造成敌人进行批判。

"不不不，我早就不放在心上了。事实上，御主不是远东的圣人吗？不管是英国还是法国，都无所谓了。但是，如果有人来捣乱，就得把他们统统击溃才行。"

"你来吗？"

"吾辈吗？怎么可能。就拜托您了，女帝陛下。"

"红"之术士高声笑着说道。"红"之暗匿者虽然早就猜到他会这么说，但还是叹了口气。

"对了，你想问什么？"

"正是有关御主的问题。四郎当然是本名，言峰又是从哪里来的名字呢？总不会是随便取的吧。"

"啊，你问这个啊。言峰好像是那家伙的养父。当然，那家伙是天煞孤星，所以才找了一起幸存下来的监督官言峰神父，得到了一个明确的身份。"

"哈哈，原来如此。能成为圣杯大战的监督官，也是走那家伙的门路吗？"

"好像是。反正那个神父已经去世了，和其他义兄弟之间也没什么交流……你的眼神和笑容是什么意思？"

"不不不，只是觉得御主很信任你啊。吾辈询问的时候，就只得到了随口的几句敷衍而已。"

"那恐怕只是因为不信任你吧。"

如果不经意把自己的出身来历泄露给"红"之术士，他随口说出去就不好了，还可能会被写成传记出版发行。

"吾辈不想成为一个随随便便泄露他人隐私的邪门歪道……啊！"

这时，庭园底部受到了冲击。感觉就像地震一样，庭园整体都在晃动。

"刚才那是什么？"

"是狂战士攻击的余波吗？看来，他可能差不多要到达临界点了。"

"红"之暗匿者命令空中庭园上升。如果那个"兵器"瞄准了空中庭园就麻烦了。他瞄准的不应该是庭园，而是米雷尼亚城堡才对。

"可是——圣杯不会坏吗？"

"放心吧。大圣杯在城堡地下，可不是塌掉的砖头瓦砾就能损坏的，只要狂战士没有直接去打就不会有问题。那家伙应该已经没有那种智商了。"

"红"之暗匿者使用远见魔术，确认了正在与"红"之狂战士战斗的裁定者。

"那么……与狂战士对峙的裁定者又准备怎么办呢？如果吃了他的最后一击，就算是她也不能全身而退吧。"

正如"红"之暗匿者所说，反抗的斗士斯巴达克斯马上就要打出他的最后一击了。他的目标，正是当权者云集的米雷尼亚城堡。发狂的战士已经不会再去考虑自己的御主还在那里了。

就在靠魔力涨大的肉体开始因为重量崩溃的时候，狂战士终于发出了那一击。这就是他在这个战场上的最后一击。

——来了。

裁定者可以确定，下一次攻击，应该就是"红"之狂战士威力最大的一次攻击了。与此同时，也是他的最后一击。他应该会用光把他束缚在现世的所有魔力，然后随之消失吧。

如果这就是斯巴达克斯这个英灵自己选择的道路，她不会去阻止。

但是，她还是会尽力避免自己也被卷进去。

她的视线转向空中庭园，那座飘浮的要塞就像在嘲笑自己一样。接着，她又看向正在激战的两位剑士。

就这样吧。她决心不再听从神明所给的启示，而是按照自己的心意行动。

她手上还拿着旗，远远向后方跳开。看到狂战士的视线已经转向了要塞，便向两名剑士所在的地方而去。

她想提醒他们，让他们避开。其他的从者都已经注意到"红"之狂战士的异常，退入安全圈了。

只有变身成"黑"之剑士的齐格，还有"黑"之骑兵阿斯托尔福、"红"之剑士莫德雷德还留在可能被波及的区域内。

——不行！

"红"之剑士和"黑"之剑士正在进行超出想象的宝具拼杀。强烈的能量余波不仅波及了裁定者，甚至连"红"之狂战士都感受到了。

"红"之狂战士突破了临界点，开始咆哮。倒计时开始，大地震颤。

裁定者喊道：

"快跑！"

"红"之剑士本来想对齐格做出致命一击，此刻只能愕然地看着马上就要爆炸的狂战士。她只是稍微犹豫了一下，就不情不愿地遵照御主的指示，当场灵体化了。

裁定者凭依的是实际存在的人类蕾缇希娅，齐格也做不到用灵体化来脱离战场。

"齐格君！"

听到裁定者的紧急呼唤，齐格只是茫然地摇了摇头。看来，刚才"红"之剑士的宝具攻击，以及变身的副作用带来的剧痛和损伤，已经让他失去了行动能力。

"走吧。你这样的从者不应该消失在这里。"

即便如此，他还是毫不犹豫地劝说裁定者离开。唉，裁定者一声长叹。

"别说傻话……是我把你带到这里来的。"

"是我自己选择要战斗的。"

"呃，你不要这么顽固！"

"你也没什么立场说别人吧！"

即便情况如此紧张，齐格还是很冷静地反驳了裁定者。

"不用你操心，我不会让你死的。而且我自己也不会就此消失。"

她把右手拿着的旗插在地上。回头一看，"黑"之骑兵虽然一副疲惫不堪的样子，但还是抱住齐格想保护他。

这种情况下，御主不可能不让他灵体化逃走。恐怕是骑兵拒绝了命令吧。骑兵有"单独行动"的技能，即便切断魔力供给，他也还能继续存活一小段时间。

然而，这种情况下还不跑，果然只能说是有勇无谋吧。

"你不跑吗，'黑'之骑兵？"

"我不要。"

"可是——"

骑兵抱着齐格，用力摇着头。

"我说不要就是不要！我不要再看到他受伤了！我绝对不会从这里再后退一步了！"

即便他自己已经身负重伤，却从来没想过要走。他什么也做不到，说是保护齐格，也只能是两个人一起灰飞烟灭而已。

这样没有意义，完全就是无意义的行为。

如果不考虑宝具，"黑"之骑兵阿斯托尔福只是一个处于二流三流之间的英灵。在查理曼十二勇士之中，也只有他一个人在传说里是"弱小"的。

可是，即便如此，阿斯托尔福也是英雄。

"我不要……"

即便在发抖，骑兵也不会放弃想保护的对象。他不害怕。与生俱来的强者，当然能表现得英勇，因为他们很强大，对自己的强大有一份自豪感，面对任何敌人，都会有不屈的意志。

阿斯托尔福则不同。这个从者很弱，绝对不可能战胜命运。他没有能力撼动山海，也没有能力冲破天际。但是，生前的阿斯托尔福却是所有人都认可的英雄。即便弱小，即便力量不足，即便会失败，阿斯托尔福也是勇敢的，有资格称为英雄。

"——明白了。那你们就这样不要动，因为动了会有危险。"

如果这就是从者的意愿，身为裁定者的自己也无权阻止。

所以，现在这么做是为了保护齐格。这个行为可能稍微脱离了裁定者的准则。但是，战场上的决定还是要看她自己的想法。

不是野兽，不是人类，不是魔物，也不是英灵。

已经化身为巨大"怨灵"的从者，终于对大地做出了最后一击。

"红"之狂战士斯巴达克斯的大脑，已经被过多的幸福感麻痹了。在他看来，最后的一击，一定能破坏各种强权，打破权力的桎梏。

当然，他已经疯了……甚至知道自己已经疯了。但是，这一切已经无法阻止。他与生俱来的性格就是这样，无法忍受从属于任何人。

不，不是这样的。被轻蔑对待，被伤害，其实是有快感的，虽然会有杂质一样的东西沉淀在自己的内部，却也有着无可比拟的愉悦，所以他才会一直笑。

而当这一切到达了临界点，斯巴达克斯就开始反抗了。只要这个世界上还存在着当权者，他的愉悦与愤怒就永远都不可能停止。

而此时此刻，他获得了第二次生命，正在做出一生最强的攻击。视野扭曲，那种仿佛全身都被替换掉的剧痛，正在折磨他的大脑。然而，这一切也要结束了。这一击，并不只是凝聚了他的力量，而是他献上了自己的全部才实现的，可以说是究极的破坏了。

"啊啊！"

他在感慨。他甚至根本不关心自己的身体已经变得多么丑陋。这个把一生都奉献给"反抗"的剑斗士，终于做出了这一击。

他的目标是这次圣杯大战中站在顶点的当权者，也就是裁定者，以及她身后米雷尼亚城堡中的那些人。这是能直达月表，令星辰坠落的一击，是他生前死后空前绝后的反击。

自己的拳头，自己的剑锋，到底能不能打倒当权者呢？

他不知道,也不想知道。终生都在反抗的剑斗士,就这样笑着停止了呼吸。

这一击的方向上,有裁定者、"黑"之骑兵,还有齐格。回避已经不可能,就算是再坚硬的盾,也无法完全防御狂战士赌上性命的一击。
但是,承受这一击的是圣杯战争的绝对裁判——裁定者。

"吾主(Luminosite)——"

裁定者双手紧握战旗,叫出了真名。
圣女贞德拿着旗而不是剑。高扬的战旗振奋了士气,也一直守护着经常一马当先的圣女。

"在此(Eternelle)!"

而当这面圣旗作为宝具被发动之后,贞德超出常规(EX)的对魔力就变成了包括物理和心灵等各方面在内的全面防护。
"红"之狂战士满怀所有憎恶与欢喜放出的这一击,都被战旗完全挡住。不仅是裁定者,还有她身后的"黑"之骑兵和齐格都被保护了。
她双手用力。此刻,他们的命脉都被掌握在裁定者手握的旗上。裁定者抑制住苦闷的情绪向前看——在暴力的光之旋涡中,她仅仅是在忍耐。

就像面对了世上所有恶的某个人一样。
就像直面坠落星辰的某个人一样。
就像即便渺小,也敢于对面前的那些说"不"的所有人一样。
荣誉、志气、爱、愤怒,或者也可能是除此之外的什么感情。即便面对能碾压数万人的暴力,人类也可能会跨越恐惧产生勇气。
齐格看着她娇小的背影,莫名有种悲痛的感觉。即便知道这是她的骄傲,但是一想到她生前那些惨痛的经历,齐格就无法舍弃这种感觉。

因为遭到他人背叛,她被夺走了一切。即便只能大略猜测,也知道经历了人类最残忍的对待后,她没有怨恨……她是未曾绝望的圣女的化身。

哪怕她恨过,哪怕她怨过,都是可以理解的。但是,她却没有怨恨,甚至没有遗憾。齐格觉得不可思议,也无能为力。

"黑"之骑兵突然想到了神话里那个分开大海的老人。完全被截断的光,就像被分开的水。就像生命会终结一样,赌上生命做出的攻击,也有结束的时候。"红"之狂战士用尽全力的攻击,导致米雷尼亚城堡半毁,战场上的大多数魔偶、人造生命体以及龙牙兵都因此而死。

然而,这样的暴力攻击,却没有给那三个人造成损伤。光芒暗淡后,裁定者松了一口气,回过头来。她脸上带着灿烂的笑容,放松地说道:

"都没事吧,太好了。"

这与其说是斩击,不如说是灾害,而且还带着恶意,仿佛地震与海啸。莫大的魔力全部被变成了破坏之力,撼动大地,席卷了米雷尼亚城堡。

魔术师们发出悲鸣。幸运的是,他们观察战况的地方并没有直接经受最猛烈的攻击。但是,仅仅数米之外,就已经相当凄惨了。

"怎……怎么了,刚才发生了什么……"

戈尔德仿佛做了噩梦一样。如果是遭受了直接的攻击,还可以理解。但是,他们只是被余波波及而已。

"'红'之狂战士呢?"

菲奥蕾问道,考列斯叹了口气回答她:

"消失了。其他从者怎么样了?"

"弓兵还活着。骑兵呢?"

塞蕾尼凯生气地点点头。她数次强调要他灵体化回来,结果骑兵不但没回来,还要保护那个人造生命体。考虑到现在的情况,她可能需要尽快做决定了。

"骑兵也还活着呢。术士呢?"

因为自己和术士辛辛苦苦造出来的魔偶像碎木头一样散落，罗歇遭到了巨大的打击。但他还是确认了，他最关心的术士还活着。

"老师他没事啦。魔偶有八成都被吹走了，城堡里待命的这些魔偶，不知道还够不够用。"

"是吗？还有就是枪兵了。叔叔好像还活着……"

"王没事，他和'红'之枪兵的战斗草草结束了，所以非常生气。现在有更重要的紧急事态。"

达尼克出现在毁坏的窗前，哑着嗓子说道。

"紧急……事态？"

菲奥蕾想象不出，还有什么事态会比现在更紧急，达尼克的声音比预计得更严肃：

"空中庭园开始接近我们了。"

"红"之剑士解除了灵体化，仔细探查周围的情况。

草原两侧的森林里，有很多树都倒了，就像被巨人踩踏了一样一片狼藉。

大部分的魔偶、人造生命体和龙牙兵都死了。这也是必然的吧，毕竟是那么庞大的魔力一次性大爆发。能活下来的，只有在后方待命以及意识到情况有问题逃亡了的一部分人造生命体而已。

从者们都迅速离开战场避难了。如果迟钝到被卷入这次攻击，恐怕连三流都算不上吧。

也就是说，什么都没有留下。那个奇妙的怪物不分敌我地清空了这个战场。愤怒、震惊、讽刺……这些词都不能准确地描述"红"之剑士此刻的感觉，她就那么呆呆地站了一会儿。

"喂，剑士。"

"啊，御主。现在就如你所见。"

身后传来呼叫声，剑士回过头耸了耸肩膀。她的御主狮子劫看着这片战场，也只是叹了口气。

"接下来怎么做呢，御主？给我指示吧。"

"让我给你指示啊……如果敌我双方在这片空地上乱斗，那一定会很惨烈。"

"那我们要撤退吗？"

狮子劫几乎就要同意这个建议了，他不经意间一抬头，还是表示了拒绝。

"不，不能撤退。你看，剑士。"

狮子劫所指的方向上，正是那个神代的产物——空中庭园。狮子劫曾经针对塞弥拉弥斯进行过严密的调查，他知道那是"红"之暗匿者塞弥拉弥斯的宝具。

问题在于，这座空中庭园正在逐渐靠近被摧毁的米雷尼亚城堡。

"哼。如果我们这个时候撤退，就会被视作局外人了吧。"

"嗯。我们去吧，剑士。"

"明白了，御主。对了，你擅长飞行吗？"

"挺不擅长的。虽然我不太想，但可能还是得拜托你带我一程了。"

听了狮子劫的抱怨，"红"之剑士呵呵地笑出了声。没错，又到了她的"魔力放出"大展身手的时候了。

∽ ∽ ∽

"哼。我本来还觉得要破坏那个城堡会有点麻烦呢，这下倒是省事了。本来还以为得用上枪兵的宝具才行呢……"

"红"之暗匿者说完，又看着退避的其他从者。

"各位，辛苦了。看起来大家的情绪还没平复呢——请再稍微忍耐一下，马上就会再开战的。"

听她这么说，"红"之弓兵歪了歪头。

"那倒是无所谓。现在靠近那座城堡是要做什么？准备直接杀掉御主吗？"

"显而易见——是为了拿回大圣杯。"

一瞬间，在场的所有从者都沉默了。骑兵和弓兵面面相觑，就连枪兵都面露疑惑地看着暗匿者。

"你说拿回？不，重要的是……怎么拿？"

"红"之暗匿者笑着指了指地面。

"这座空中庭园能飘浮，是利用了'颠倒'的概念。植物会向下生长，水也是自下而上流淌。"

庭园停在了米雷尼亚城堡上空。如果图利法斯的居民抬头看夜空，看到这座能遮挡住月亮的巨大城堡，又会有何感想呢？反正不会波澜不惊。

"仔细看着吧，渺小的魔术师们。这才是真正的魔术领域。"

"红"之暗匿者高声笑着，张开双手解放了她的术式。

庭园底部刮起强风，龙卷风般的气流就像水泵一样连上了城堡。

"喂喂喂……难道你是真的想抢过来？"

听"红"之骑兵这么问，暗匿者点点头高声喊道：

"当然了！因为这个庭园就是为了这个设计的！好了，快出来吧，大圣杯！显现你那犹如神域一般的魔术构建出来的，既丑陋又美丽的样貌吧！"

土地崩裂，一切都被吸了过来。城堡已经损坏了超过三分之二，露出的岩盘也开始碎裂，大圣杯渐渐露出了它的样子。

"那是……圣杯吗？"

"红"之弓兵露出吃惊的表情。她有着鹰一样的视力，已经看到了下面的大圣杯。然而，真正令她吃惊的并不是这个。

不只是弓兵，枪兵、骑兵，以及术士都只有目瞪口呆的份。超过六十年的时间里，大圣杯累积了绝对不变、无色透明的庞大魔力，正在形成旋涡。

"那是圣杯！很好！实在是太好了！了不起！了不起！了不起！了不起！就连远在这里的吾辈也感觉到那庞大的魔力！甚至希望能一跃而去，与它融为一体！可是，它却仿佛剥离的人体一样丑陋！简直就是'美就是丑，丑就是美'！"

术士迸发出欢欣的喊叫。

如果这就是大圣杯，那么很明显，只要不是太过分的愿望，称其为"万能的许愿机"也并没有什么不合适的。他们这些从者会表现得如此雀跃也就不奇怪了。

"啧，已经完全与灵脉融合在一起了啊，要剥下来可能会花很多时间。不过，也不能太漫不经心了。来吧，各位。"

不需要"红"之暗匿者多说，在场的从者都已经意识到这一点。为了防止大圣杯被抢走，"黑"之从者已经一个接一个冲过来了。

"我暂时要集中处理大圣杯，其他人就交给你们了。如果现在不能阻挡他们，你们的愿望也不能实现了。都认真一点吧。"

听"红"之暗匿者带着嘲弄的笑说出这番话，"红"之弓兵与骑兵毫不掩饰敌意地反驳道："不用你说我们也知道。汝才是，可别失败了。"

"该做的事我们当然会做，不要指手画脚的，这种事不用你说。"

然而，即便被这两个人带着明显的敌意针对，"红"之暗匿者也还是一副游刃有余的样子。

"托大圣杯的福，吾辈有了很多灵感，那么就先失陪了！"

"你起码帮个忙吧！"

"红"之术士完全不理会其他人震惊的视线，匆匆忙忙地回他那个工房——也就是书房去了。

"对了，有件事我忘记说了。这个庭园不属于罗马尼亚，你们战斗的时候要注意这一点。"

"红"之暗匿者留下这句话就消失了。虽然速度极慢，但大圣杯确实在不断地从图利法斯剥离。

庭园已经来到了距离城堡极近的地方，从者应该只需要一跳就能过来了吧。

"'黑'之枪兵归我了。"

"红"之枪兵说着举起了他的神枪。"红"之骑兵当然选择了自己的师父"黑"之弓兵，"红"之弓兵则准备攻击没见过面的"黑"之术士。

攻守交换。

"黑"方的从者们必须在大圣杯被夺走之前获胜。

"红"方的从者们，则必须在剥离完成之前守住大圣杯。

与攻守关系同步，情况也发生了逆转。米雷尼亚城堡原本是个易守难攻的要塞，现在只是一座失去利用价值的废墟，"红"方有了压倒性的优势。

然而，现在还有另外一个问题，那就是正在向这里赶来的裁定者。但是，知道这一点的只有"红"之暗匿者、术士，以及他们的御主四郎。

"黑"方、"红"方，还有裁定者，都知道这是一场时间的战争。大圣杯从灵脉上被剥离，直到完全被吸入空中庭园内部之前的这几分钟里，他们必须要拼死一战。

∽∽∽

裁定者把"黑"之骑兵和齐格留在原地，一个人向空中庭园飞奔。距离越近，她就越为这个飘浮的宝具所震惊。对城宝具有破坏一座城堡的威力，虽然稀少，但还是存在的。只是，宝具本身就是一座城，这种情况应该还是很少的。

将一座城作为宝具的英灵，裁定者能马上想到的，也就只有爱尔兰的光之子了，但那个只能在他的祖国使用。

更何况，眼前的还是一座飘浮要塞，恐怕是绝无仅有了。而最麻烦的是，那个飘浮要塞的主人，还对她抱有恶意。虽然走了很多弯路，总之"红"方有很多必须要查明的问题。

但是——

她有预感，有什么……某种致命的东西已经开始了，并且就快结束了。她暂时挥散这股寒意，跳到米雷尼亚城堡的墙上，向上飞奔。

她身边就是贯穿了米雷尼亚城堡的大洞，大圣杯已经渐渐露出真面目了。

"难以置信。"

裁定者会这样说也是可以理解的。这种仿佛束缚住全身的压迫感，毫无疑问，那是货真价实的大圣杯。让人难以置信的，是想要把大圣杯拉扯出来的"红"方。

这场战争确实是围绕着大圣杯发生的。如果"红"方获得最终胜利，会变成这样也是可以预测的。但是，一般来说，这也是结束后才会发生的。现在，战争胜负的天平还在摇摆，他们为什么就急于回收大圣杯了呢？

恐怕现在引发问题的，不是"红"方从者，而是他们的御主。而且，至少也是不愿意遵循魔术协会意向的人物——

推测到这一步，她也抵达了飘浮的要塞。水自下而上流淌，草木也明显是向下而不是向上生长的。

"颠倒的河流……空中庭园！"

"正是如此，裁定者。"

裁定者听到嘲讽的声音，回过头一看——持有空中庭园这个宝具的英灵，裁定者只知道两个。其中一个是尼布甲尼撒二世，而另一个就是因为古老传说张冠李戴，留下她"建造了"空中庭园这种虚假传说的女帝。

世界上最早的毒杀者——塞弥拉弥斯。

"'红'之暗匿者……就是你吗？"

"正是。好了，裁定者，你来我的庭园有何贵干？尤其是我们并没有违反规则的情况下。"

不知道是不是因为灯火暗淡，暗匿者那身黑色的艳丽长裙几乎与夜色融为一体。裁定者强烈感觉到一种阴森可怕的气息。

"不，你们违反了。"

"红"之暗匿者听完表现出一点兴趣。

"那么，我们违反了什么呢？"

"如果你们的良心能完全不受苛责，说自己完全遵守了圣杯战争的规则的话，就让我见见你的御主吧。"

裁定者话未说完，"红"之暗匿者眼中的嘲笑就已经变成了戒备。也是从她的眼神中，裁定者知道自己并没有判断失误。

"很遗憾，我的御主很忙。虽然我也不是小肚鸡肠的人，但也不想让他见其他从者。"

"那么,他藏在这座庭园里吗?"

裁定者一针见血地说道。"红"之暗匿者已经进入了战斗状态,裁定者就像要阻止她一样,举着战旗对她说:

"你应该知道这么做是白费力气吧,'红'之暗匿者?空中庭园放射的光柱是你的魔术吧?那么——"

"哼,我的魔术确实没能突破你的对魔力,这也是裁定者的特权之一吗?"

"我还有其他特权。'红'之暗匿者,请不要逼我使用。"

裁定者全身闪过微弱的蓝光,"红"之暗匿者也不禁皱起眉头。

"裁定者最大的特权,就是可以对所有从者使用的令咒吗?"

这才是裁定者能在圣杯大战中生杀予夺的最根本的原因。裁定者对每个从者都持有两画令咒,在这次大战中,就是一共二十八画,所以"黑"方想拉拢她也是理所当然的。

极端情况下,如果她命令所有从者自杀,那么大多数从者就到此结束了。当然,用令咒也可以对抗令咒。被命令自杀的话,只要御主也用令咒拒绝就行了。

但是,那也等于至少有两画令咒要白费了。考虑到从者背叛的情况,只剩下一画令咒,也就意味着事实上没有令咒可用了。

再加上,拉拢到裁定者的一方,算上裁定者的令咒,总计就能使用四画令咒了。裁定者可以抹平优劣之差,当然是无论如何都想拉拢的人才。当然,如果不能抵御这样的诱惑,也就没有资格成为裁定者了。

"不过,还是别想了。就算所有令咒都消耗了,我也不会背叛御主。如果你用令咒命令我,御主就会制止你。"

"御主不是你的傀儡吗?"

"当然不是。无论第一次人生如何,我现在都是从者,完全没有私心,只是侍奉我的御主而已。"

裁定者向前一步,说道:

"那么,现在你就是我的敌人。"

至此，裁定者终于明确"红"之暗匿者与她的御主是敌人。即便是暗匿者，也为裁定者的行动神色紧张。

原本暗匿者与裁定者就没有可比性。更何况，魔术师遇上裁定者根本毫无胜算。即便不使用令咒，裁定者也可以当场打倒暗匿者。

所以，"红"之暗匿者与她的御主一开始就没想过要与裁定者一战。

重要的是让"红"之枪兵与"黑"之枪兵对战，还要让"黑"之枪兵的御主确认状况。在那之前，只要说说话争取几分钟的时间就够了。

四郎非常清楚，"黑"之枪兵的御主达尼克·普雷斯通·尤格多米雷尼亚有多么刻薄，只要情况不利，他一定会强制"黑"之枪兵发动宝具，再现那个传说。

"哦，这样啊。我是你的敌人吗？但是很遗憾，从现在开始，我们不得不并肩作战了。"

"嗯？"

裁定者回过头。没有声音，也没有魔力的乱流，但是，数秒钟后，将爆发最糟糕的事态——启示就是这么说的。

"好了，去吧，我也会帮忙的。必须得和那东西敌对——可真是够麻烦的。"

裁定者咬了咬牙。但是，她说得对。

伴随着强大的魔力，有什么东西"诞生"了。不局限于圣杯战争，而是某种致命的其他东西。

裁定者转身背对她，用尽全力跑了出去。

∞∞∞

战况一边倒。

"果然……"

"唔！"

"红"之枪兵语气淡然地将"黑"之枪兵逼入绝境。这种毫不留情的冷酷感觉，倒也是与大英雄相称。

然而，不久之前还能打个不相上下的英雄弗拉德三世，现在则处于劣势。

"黑"之枪兵自己也感觉到这种异变。他的力量消失了，如果刚才的自己是十，现在最多只有六。

尖桩仍然顺畅地从他这里产生，但是威力与锐利度都比不上之前。"红"之枪兵甚至无须身缠火焰，仅凭长枪与盔甲就能完全防御了。

"在这座空中庭园上，就是我方暗匿者所支配的领域，不是你的领土了。也就是说——只要还在这座庭园上，你就不再是救国的英雄。"

"红"之暗匿者的宝具"虚荣的空中庭园"，是能够支配一定领域的城堡宝具。换个说法，这里已经不再是将弗拉德三世当作英雄一样崇敬的罗马尼亚了，所以他的知名度也等于零。

当然，"红"之枪兵迦尔纳的知名度也接近零。只不过，迦尔纳和弗拉德三世在基础能力上就已经不是同一个水平了。

即便知名度接近零，只要世界上的某个地方还有关于他的传说，迦尔纳就是毋庸置疑的大英雄。与此同时，只要离开了罗马尼亚，弗拉德三世就只是一个渴望鲜血的吸血鬼。

"黑"之枪兵是按照英雄的特性召唤的，现在其知名度已经不能化作力量，甚至已经阻碍他发挥原本的能力。

"黑"之枪兵挥舞长枪与"红"之枪兵战斗，已经不见了他一直维持的那种优雅与华丽，甚至连那种激进都消失了，现在只有作为英雄的矜持还在支撑着他。

只有这一点，还在赋予他战斗的力量。

然而，仅凭这一点，想要取得"红"之枪兵的首级就太难了。

"黑"之枪兵的战意源自他作为英雄的自豪，只要这一点稍有衰弱，接下来这场战斗恐怕就会像雪崩一样结束吧。

两名枪兵都明白这一点。那么，"黑"方撤退就行了，转身逃走就行了。不过，如果能做到这一点，他们可能也就不会成为英灵了。

——余要死了吗？

不经意间，这个想法出现在"黑"之枪兵心中。自己的败北，理所当然会导致"黑"方的全面败北。但是，没办法了。力所不及，入敌太深，最重要的是，他们从未想过居然连大圣杯都会被抢走。

至少，如果"黑"之剑士齐格飞还在的话……枪兵产生了这样的想法。耻辱、绝望、后悔仿佛满溢的河水，冲乱了他的思绪。

但是——

果然，已经没办法了。

就在他这么想，这么确信，这么认定的时候，和自己签订了契约的御主，像魔法一样出现，又像恶魔一样低语。

"不，还没到一定会输的地步——只要你愿意解放那个宝具。"

在场的所有从者都停止了活动。此时只有一名御主在场，尤格多米雷尼亚一族族长——达尼克。

达尼克离开了从者们战斗的开阔场地，站在仿佛神殿上的高柱一样的东西上睥睨从者们，这个行为莫名激起了"黑"之枪兵的怒火。

但是，他刚才说的那句话问题更大。"黑"之枪兵做出强力的一击后，与"红"之从者们拉开距离，紧盯着自己的御主。

"达尼克，你刚才对余说什么？"

这可不是玩笑，是真实的杀意。魔术师却毫不在意，淡定地继续吐出不逊的话语：

"王，我说请你解放宝具。除此之外，没有胜利的机会了。"

"你说什么！余说过不会用那个宝具，你忘了吗！余会死在这里！遗憾而死，就此腐朽！但是，这只是失败者的命运！达尼克！余从未想过要使用那个，变成那种丑陋的样子！绝不，绝不！"

"是你忘了才对。无论如何，我们都必须得到大圣杯！为了以它为象征，对魔术协会报一箭之仇，也是为了抵达根源。你身为王，愿望就应该更实际一些。那么——就只能使用宝具了。"

达尼克说着举起一只手，上面有发着红光的三画令咒。

"你这家伙！"

达尼克睁开眼睛，对"黑"之枪兵笑了一笑，用冰冷的声音说：

"我以令咒命令你。英灵弗拉德三世。发动宝具'鲜血的传承'吧。"

"达尼克——你!"

饱含着憎恶和绝望的喊叫声并没有传入达尼克的耳朵。

"余不是吸血鬼,不是……不是!"

这颤抖的低语,就是英灵弗拉德三世最后的理性了吧。而这些,都被身为御主的达尼克粉碎了。

"不,你就是吸血鬼。吸血鬼德古拉,可悲的,背负子虚乌有污名的怪物,我以第二令咒命令你,一直活得到大圣杯为止。"

"黑"之枪兵在咆哮,冲向了御主达尼克。达尼克嘴角带着凉薄的笑意,承受了枪兵的手臂攻击。

这一击穿过了达尼克的胸膛,他的身躯倒下,鲜血飞溅,染红了枪兵的脸。这时,面带笑容的却是达尼克。

"哈哈哈哈哈!这可太失礼了,我的从者啊!你就吸我的血作为补偿吧!你果然就是吸血鬼,统治黑夜的王!你不需要愿望,只要我的梦想、我的愿望、我自身还存在就够了!我以第三令咒命令你,把我刻在你的灵魂上吧,枪兵!"

"什么?"

是谁在说话呢?还是在场的所有人都在说呢?"黑"之枪兵杀死了御主,而御主口中说出的第三令咒,让所有人都无言以对。

从者可以吃掉人类的灵魂转化为魔力,这是他们作为灵体的一种特权。人类能做的,只是转换容器,以及观察而已。

但是,这个魔术师达尼克却是个例外。他的着眼点,是不能被魔术变换,不能成为养分的灵魂。

可能是他在第三次圣杯战争中与从者一起战斗过的缘故吧,也可能是害怕过去某个魔术师曾经说过的预言,才会达成现在的伟大事业。

达尼克创造出了将他人的灵魂化作自己食粮的魔术。但是,这种咒法无限接近于禁忌,也不符合伦理。为了延续自己的生命,他甚至不惜对幼儿出手。

但是,这太过危险,是稍微偏差几毫米就可能会当场死亡的危险大魔术。事实上，六十年间，他真正吞噬灵魂的次数，只有三次。

即便只有三次，而且仪式也在他能控制的范围内尽可能完美地完成了，但灵魂与肉体之间的契合度也已经不足六成，"某人"的精神正在一点点地支配他。

恐怕，下一次仪式就算也能完美成功，也只会变成一个名为达尼克·普雷斯通·尤格多米雷尼亚的其他人吧，即便还有记忆，即便所有细节都完整记录了，他也不再是自己了。

也就是说，达尼克在没有举行仪式的情况下想吞噬枪兵的灵魂，就是毫无疑问的自杀行为。

那是英灵的灵魂啊，只要有七个，就可以启动大圣杯，是最高级也最庞大的灵魂。这种级别的灵魂，连"容器"都算不上的人类是不可能承受得住的。

"不可能，怎么可能……"

所以，"红"之弓兵会震惊得忍不住低语也是理所当然的。

"令咒？不，即便这样也不可能。达尼克……不，现在的你……不是达尼克，但也不是弗拉德三世。"

"黑"之枪兵……不，不是"黑"之枪兵也不是达尼克的"某人"笑了。

"没错，弓兵。即便用……第三……令咒……对弗拉德三世这个……英灵的灵魂……进行加工，让我更容易……操控，也还是无法支配英灵的，想收为己用更是不可能。"

现在已经无法判断，这个淡漠的笑容是来自达尼克还是弗拉德三世了。

"然而，刻上去还是可以做到的。把我这份长达百年的思绪……对圣杯的执念刻上去……我早就已经不是达尼克了，但也不是弗拉德三世！只是一个追求圣杯的怪物，这也无所谓……"

即便是用圣遗物召唤的英灵，在精神上也有相近的地方。清洗污名……也就是说，拥有过度自信的达尼克和弗拉德三世，在精神层面、灵魂的颜色上也是相通的。

更何况，虽然时间很短，但这两个人以主从身份共度了一段时间，再加上第三令咒带来的约束力，在这个庞大的英灵灵魂上刻下属于"达尼克·普雷斯通·尤格多米雷尼亚"的固有属性也不是绝对不可能的。

虽然只有一点点，但是这个魔术师的执念确实超过了英灵。

"停下！停下！停下！停下！停下！给我停下……余是瓦拉几亚之王，是弗拉德二世之子……别进来！"

"黑"之枪兵充满怨念地嘶吼。但是，他的脸已经像达尼克，又像弗拉德三世，变得极为模糊了，宛如一个不定型的怪物。

"这样一来，你就是我，我就是你。王！不，吸血鬼！你的力量已经是我们的共有财产了！全都是为了圣杯！我的梦想，我的希望都植根于你，永远地活下去吧！"

达尼克·普雷斯通·尤格多米雷尼亚，他现在就像恶毒的癌细胞，寄生在弗拉德三世这个英灵的灵魂之中。

"你！你！"

——不行。

一直在"看"的"红"之枪兵马上冲上去，用自己的枪贯穿了"黑"之枪兵的胸口。他不认为自己的行为卑劣，在战斗中还走神，是对方的失误。

他贯穿了灵核所在的心脏。大部分从者这种情况下都会毫无疑问地死去，即便是耐久能力比较高的英灵，最多也就是还能勉强保持与现世的联系，更何况现在已经失去了知名度的弗拉德三世，也并不是那么强大的英灵了。

没错，但前提是——被"红"之枪兵贯穿的从者得是弗拉德三世。

"红"之枪兵确实应该是贯穿了背对自己的从者的心脏。

但是，对方不但没消失，甚至连头都没回。被穿透的部分没有流血，而是开始泄漏出一种仿佛黑色暗影一样的物质。

"红"之枪兵目不转睛地看着自己的长枪。

"确实有刺穿的手感。都这样了居然没有效果吗？"

"枪兵，汝的枪没有效果吗？"

"红"之弓兵无法隐藏自己的惊愕。枪兵所用的枪，和自己的弓一样，都是神明的馈赠。用这样的武器刺穿灵核也没有效果，也就是说——

"如果是在变成吸血鬼之前，一般来说应该已经打碎了灵核，杀死他了吧。"

蝙蝠聚集在一起，组成了人形。

"然而，在我们面前的不是'黑'之枪兵弗拉德三世，而是闻名于世，所有人都惧怕的——吸血鬼。"

这个世界上存在着被称为死徒的吸血鬼。他们要么混迹人群，吸取人类的血液，要么不与任何人交往，保持孤高。无论如何，死徒都有他们自己独特的理念和文化，一直生活在世界的阴暗面。

而此刻出现在从者们面前的并不是这种人。以神秘概念来说，吸血鬼的历史还不足百年。但是，他带来的恐惧早就遍布了世界。吸血鬼，听到这个名词，人们最先联想到的，不是潜藏在世界阴暗面的死徒，而是罗马尼亚的大英雄弗拉德三世——以这个人为原型创作出来的"吸血鬼德古拉"。

"这已经是怪物了。"

在场的所有从者，应该都会同意"红"之枪兵这率直的感想吧。

从者们看到了重新回到人形的吸血鬼的脸。虽然还带着那份刻薄，但是眼神中已经没有了洋溢的知性。

优雅的黑色贵族服也已经撕烂。衣服的内侧不再有血肉，而是变成了不断散落的阴影。

随着英雄这个侧面完全消失，"黑"之枪兵手中的长枪也化作尘埃消失了。

"好了，把我的圣杯还给我吧。我必须要用大圣杯完成我们一族的心愿。没错，为了实现我的愿望，我必须永远地、永无止境地活下去。必须增加我的血族，必须生下我的孩子，必须有更多眷属，必须有良好的培养环境，养育出兼备才能与努力的后继者。所以，把大圣杯……还给我！还给我！还给我！还给我！"

达尼克的执念与吸血鬼的本能，都混杂在他的喊叫声中。

他投入自己的全部人生，不是为了前往根源，而是为了在那之前，先增加自己的族人。

不得不增加——为了家族。

不得不变得强大——为了家族。

他希望大圣杯实现的愿望，就是自己的增殖、增强、增加，男人已经混淆了对家族的爱与自己的执念，不愿意去思考自己的梦想是多么具有毁灭性。

此刻留在这里的只是一个怪物，他无法隐藏血色的残酷双眼，还露出尖牙。他仿佛在观察，缓缓环顾四周后，定下了一个目标。

这个"无名的怪物"已经发现了庭园里的大圣杯。

"哈！无论如何，他只是个远远比不上神明的怪物！"

"红"之骑兵走了出来，他手上拿着击杀英雄之枪，靠着高速移动一下子就接近了吸血鬼。他在跳起的同时，也把枪扔了出去，像子弹一样逼近吸血鬼。

"不行！"

阻止他的是"黑"之弓兵，但是已经迟了，枪已经被抓住了。

"什么？"

那是以超音速投掷而出的必杀一枪，几乎是不可能被避开的，但吸血鬼居然只用一只手就抓住了。

这就像是空手去抓飞来的导弹，当然会皮开肉绽、神经断裂，骨头也会瞬间粉碎。

但是，吸血鬼的再生能力更快，仿佛刚刚断裂就能再生，快得让人感到恐惧。

吸血鬼笑了，他一跃跳向"红"之骑兵。跳在半空的骑兵无法抵挡，被他扑倒。即便如此，骑兵也还有余力反击。只要对方没有神明的血统，各种攻击都不会给他造成伤害。

就在吸血鬼露出獠牙的瞬间，骑兵迅速伸出了手臂，这是他积累的庞大战斗经验带来的影响，也是生存本能给他的警告吧。被咬住的瞬间，他感觉到一阵奇怪的瘙痒。

毒？

下一个瞬间，"红"之骑兵就被"黑"之弓兵一脚踢了出去。獠牙松开，瘙痒也消失了。

"红"之骑兵哼哼着爬起来，对自己的师父抗议：

"你突然踢我干什么啊，老师？"

"没有'神性'技能，对你的攻击确实不起作用。而你太过勇猛，连干涉精神力的幻惑魔术一类也没有作用。但是，即便没有神的血统，他也有办法把你变成他的同伴。"

弓兵拉弓搭箭，毫不犹豫地射向刚刚还是同伴的吸血鬼。但是，吸血鬼只是毫不在乎地拔掉了箭。他一滴血都没流，伤口也马上愈合了。

"刚才的并不是攻击，而是吸血。他的目的也不是要杀死你，而是要让你变成他的同伴。面对恶意与杀意时，你的身体几乎是无敌的，但你不擅长应对请求。没错，也就是说——"

"红"之骑兵阿喀琉斯，他还是婴儿时，就被母亲女神忒提斯放在神圣之火上炙烤，蒸发了他的人类血统，想让他变成完全的神。但是女神的丈夫佩琉斯制止了她，所以除去脚后跟之外，他的肉身是不死的。

也就是说，任何攻击对阿喀琉斯都是无效的，但是，这个特性也有两个弱点：第一，同样有神明血统的人可以伤他；第二，如果不是攻击行为——

"这个特性对带有友爱的举动是无效的。"

"红"之骑兵一脸不高兴把话说完了，"黑"之弓兵严肃地点头。

吸血鬼猛地转向另一个方向，不高兴地皱着眉头，把一直握在手上的"红"之骑兵的长枪扔了出去。他的目标不是聚集在一起的"红"方与"黑"方从者中的任何一个，而是正在赶来的少女。

光芒一闪，仿佛能切开黑暗。

"红"之骑兵的枪还没碰到少女就被打飞了。随风飘扬的旗帜正是能打碎任何黑暗的最高级洗礼武装。

"裁定者！"

"红"之弓兵一叫，所有人都看向少女的方向。曾经想杀死她的"红"之枪兵也在其中，裁定者却没有多看他一眼——她一心盯着刚刚在这里诞生的吸血鬼。

"弗拉德三世……不，你既是吸血鬼，也是达尼克……"

他已经放弃了从者的身份，所以裁定者的令咒也不能束缚他了。"黑"之枪兵弗拉德三世已经处于几乎被消灭的状态，即便用令咒命令他自杀，寄生的达尼克也可以拒绝。

裁定者此刻认为，吸血鬼就是破坏这次战争的最大要素。

他不再是高傲的英灵，甚至不是从者了。他有了吸血鬼的力量，不再受伦理的束缚，成为"无名的怪物"。

而最麻烦的是他的概念。在罗马尼亚，本来就已经有弗拉德三世，以及因此而产生的穿刺公传说和吸血鬼传说了，那么弗拉德三世的威势和知名度，就有可能对他也适用。

如果让他得到大圣杯，离开空中庭园的话……恐怕罗马尼亚一夜之间就会变成地狱吧。

也就是说，历史将会和传说融为一体，大地上的居民将会被无休止地残杀，犹如一部恐怖片。有心人恐怕会为这出惨剧命名——

"瓦拉几亚之夜"。

正如"红"之暗匿者所言，必须先打败他才行。

"为了圣杯战争的基调，虽然只是暂时的，但希望你们能协助我。"

"哦，对手就是这个吸血鬼吗？"

裁定者点点头，肯定了"红"之弓兵的说法。

"是的，请大家在打倒他之前先休战。不能让这个吸血鬼靠近圣杯……绝对不行。"

吸血鬼就像在等待指令一样，只是盯着裁定者不动。裁定者举起左手，朗朗说道：

"我以裁定者——贞德之名，以令咒命令在场的所有从者！打倒这个曾经是弗拉德三世的吸血鬼！"

刻在她左臂上的令咒发出强烈的光芒。规诫锁链缠绕住"黑"之弓兵、术士，以及"红"之弓兵、枪兵、骑兵。

这些锁链完全不会妨碍他们去打吸血鬼，甚至还能在从者与吸血鬼战斗时，提高他们的能力。但是，如果他们想和之前对立的阵营战斗，动作就会变得迟钝，用在对方身上的力量也会被削弱。

这样一来，自然就知道应该去打谁了。他们原本就是英雄，也是为了打倒怪物、魔物、恶鬼罗刹而存在的勇者。

"听好了，我和'黑'之弓兵负责掩护。骑兵、枪兵、汝等就随便打吧。"

"好嘞，大姐。就是这样啦，枪兵！"

"我无所谓。"

"术士，可以像捕获'红'之狂战士一样，用魔偶来控制他吗？"

"倒也不是做不到，但是不能像狂战士那时一样了，最多也就只能让他行动迟缓。而且他一旦变成雾或者蝙蝠，就没有用了。"

"黑"之术士的手指在半空挥动，十只魔偶随即流畅地动了起来。一根手指对应一个魔偶，十只魔偶做出不同的动作，纷纷冲向了吸血鬼。

与这几只魔偶流畅的动作相比，战场上自主活动的魔偶就像生硬的木偶一样。

魔偶们躲避着吸血鬼的手臂，用青铜拳头攻击。即便是普通的从者，受到这样的攻击多少也会留下一些损伤，但吸血鬼在这样强烈的攻击下，仍然若无其事地反击。

现在裁定者已经使用了令咒，吸血鬼已经没有同伴，周围全都是他的敌人。

"红"之骑兵、枪兵配合着一起用枪攻击。一杆是其师傅赠送的击杀英雄之枪，另一杆则是据说连神明都能打倒的光之枪。

再加上两名技巧达到神级的弓兵，即便同伴已经靠近了敌人，也能找到间隙持续不断地射箭攻击。

在此基础上，还有裁定者贞德。少女使用吸血鬼惧怕的圣旗，打落了他伸出的手臂。

合计六人，每一个都是可以称之为最强的从者。然而，六个人的表情中却看不出一丝轻松，而且不是因为过于谨慎，就如字面意思，每个人都在拼命。

"唔，又是雾！"

弗拉德三世作为"黑"之枪兵被召唤，只要在自己的领土之内，就可以使用源自穿刺公之名的宝具"极刑王"。

变成吸血鬼之后，又被达尼克控制，这个宝具就被封印了。但是与此同时，他也有了新的武器，也是吸血鬼这一物种所拥有的各种无与伦比的能力。

融入夜色中的黑色外套，其内侧可以不断地召唤出尖桩。不过，既然尖桩不是从地面召唤而出的，就不用担心被偷袭。但是，吸血鬼用怪力投掷的尖桩，其飞行速度也理所当然地凌驾于音速之上了。

"啧，好烦啊！"

"红"之骑兵向前一步，迅速打飞尖桩。恐怕在这些从者之中，没有人能在速度上超越他吧。这方面，无论他是否骑着坐骑都是一样的。特洛伊战争的大英雄阿喀琉斯，无论在生前死后都没见过速度比自己更快的人。

虽然比他落后一步，但"红"之枪兵的速度也非常快，他已经把之前的所有尖桩都破坏掉了。

但是，大量出现的尖桩中的一根击中了他的脚。足以与宝具媲美的威力，刺穿了他的脚背。"红"之枪兵想拔出尖桩时，动作停顿了一瞬间，接着他就被吸血鬼的怪力一击打飞了，撞在墙上。虽然损伤很轻微，但吸血鬼的臂力却能一击打飞自己，枪兵掩饰不住地惊讶。

"红"之骑兵条件反射地去看枪兵撞上的那面墙，吸血鬼没有放过这个机会，开始冲向骑兵，还露出长牙想吸他的血将他变作同伴。

"红"之枪兵扔出长枪阻挡了吸血鬼。

"执念，还有妄想吗？你现在不是魔术师，也不是英雄，什么都不是了。你变成了'不是自己的某个人'，这种痛苦可不是轻易就能够承受的。别留恋现世了，怪物，快点消失吧。"

正如"红"之枪兵所说，怪物承受了不同寻常的痛苦。

那种失去自我的感觉，就连作为人类来说，有着重要意义的名字，感觉上都好像变成了其他人的。

自己是谁，自己是什么人——就连这些都快要消失了。

而第二令咒的目的，就是在这种情况下束缚住他。此刻吸血鬼被六名从者包围，随时都可能失去性命，却还是高声吼叫着：

"哈，哈哈！不行啊！我又会死吗，又会被杀吗！不，在得到大圣杯之前，我是不会死的！"

如果被箭射中，那一侧就会化作雾气或者蝙蝠，最后还会变成露出獠牙的巨大恶犬。他自由地变换形态，他的怪力和利爪不仅能撕裂魔偶，偶尔还会用可以媲美空间移动的敏捷动作去撕裂弓兵他们。

但是，六名从者一起攻击，形势不可能还对他们不利。整体考虑的话，现在的形势完全可以说是裁定者率领的从者一方占优势。因为他们只要继续拖延时间就行了。只要天亮了，吸血鬼的力量就会骤减，到时候要打倒他就容易了吧。

现在的问题是，他无论如何都想前往大圣杯所在的地方。虽然他此刻正在跟从者激烈交战，但身为御主的达尼克下达的第二令咒，以及达尼克自身的意志，会让他非常执着于夺得大圣杯。

如果他抵达大圣杯所在的位置，又会怎么样呢？面对积累了六十年的魔力旋涡，他会许下什么愿望？如果他还有一点理性，他的愿望应该就是探寻魔术的终极——也就是抵达根源吧。

但是，如果连一点理性都没有了，那么他的愿望，一定会带来极致的破坏吧。

一定不会错的，裁定者有这样的预感。他会对大圣杯许下破灭的愿望。大圣杯现在还没有达到完全启动的状态，许下的愿望也可能不会实现，但是裁定者也没有愚蠢到把希望寄托在如此微小的可能性上。

六人明确分为前锋与后卫，有效率地继续战斗。

"能成功。"

在场的从者们应该都有信心。虽然很缓慢，但是攻击的速度已经开始超过伤口恢复的速度了。即便他化作雾状，"红"之枪兵的"魔力放出"带来的火焰也让他无法逃走。

吸血鬼沐浴着众人憎恶的视线，仍在持续攻击。"红"之骑兵正要冲到最前面防御，但就在这时——

非常突然，完全没有先兆，"红"方的所有从者全都表情痛苦地跪倒在地，停止了动作。

"唔……怎么了？"

"是御主吗？"

虽然只是一瞬间，但是他们的力量一下子削弱了。吸血鬼没有错过这一瞬间的机会，跳起来向大圣杯跑去。

"等等！"

裁定者与"黑"之弓兵同时追赶。裁定者刚才感觉到的那股恶寒，难道是预示着吸血鬼会实现愿望吗？

她不再思考，专心去追那个迅猛疾驰的吸血鬼。万幸的是，在这里也能感觉到大圣杯的魔力，至少不会跟丢。

但是对方太快了！

"'黑'之弓兵，让他停下！"

听到裁定者的指示，弓兵什么也没说，连速度都没减缓，直接拉弓连射五箭，所有箭都射中了他瞄准的腿和腰部。但是，吸血鬼化作了蝙蝠形态。

虽然速度多少有所减缓，但却没能拦住他。"黑"之弓兵摇摇头，继续专心追踪。

"'黑'之弓兵，你知道刚才'红'方为什么突然停下来吗？"

"不知道。我本来以为是令咒的效果结束了，但看来并不是。"

除了御主提供的魔力，"黑"之弓兵也能感觉到身体里涌出的力量，这可能就是令咒带来的附加效果。

裁定者也很在意这一点。御主不知道他们在共同战斗吗？不，如果是这样，一定会先告诉从者。刚才那样，简直就像——

前面的蝙蝠，突然纷纷被击落。走廊远端，收紧的纤细光柱开始连续攻击。

"唔……连我们都一起攻击吗？"

这样的攻击，势必会把追在吸血鬼身后的裁定者一行也包括在内。放出攻击的"红"之暗匿者应该完全没有考虑这一点吧。她大概是觉得，自己一个人的力量就足够了。

但是，这个想法太天真了。蝙蝠们重新回到了吸血鬼的形态，虽然全身还四分五裂，但却优先再生双脚，第一时间恢复了加速。

与其说他是在奔跑，不如说他更像是一个柔软的球在墙壁上反复弹起，不停向前冲。终于，吸血鬼看到一扇门。只要一步跨进去，那里就有他要找的东西。能让他释放心中激情的万能许愿机就在那里。

——再过一会儿，我的愿望就要实现了。

"黑"之狂战士、"红"之狂战士，以及"黑"之剑士——应该已经有三名从者被收入小圣杯之中了。即便发生了奇妙的现象，"黑"之剑士被重新召唤，那也还有两名。如果是小规模的愿望，也就是说，只要不是改变世界级别的愿望，一定可以通过强制启动大圣杯的方式来实现。

——增殖我的肉体，增强我的肉体，填补我的肉体，这种愿望都没问题吧。

达尼克·普雷斯通·尤格多米雷尼亚，这个名字早就已经与他无关了。但是他也明白，正因为这个男人对圣杯的追求，自己此刻才会在这里。所以——高兴吧，达尼克，你的愿望，马上就要实现了！

吸血鬼毫不犹豫地打开门，这果然就是他在找的地方。日晒砖构成的宽阔阶梯笔直向下，阶梯的尽头，又一个仿佛要突破最上层的超巨大物体屹立着。

那里充满了青白色的光，那就是万能许愿机——冬木的大圣杯。

"啊啊！"

吸血鬼甩开了很多从者，甚至还有裁定者，终于来到了这里。接下来，哪怕使用强制手段也要启动大圣杯，许下愿望……

"到此为止了，达尼克·普雷斯通·尤格多米雷尼亚。"

在通往大圣杯的阶梯上站着一个人。因为他不是从者，吸血鬼判断他应该是御主，便决定要杀死他。

但是，对方仿佛要制止他行动的话语让他停了下来。明明应该一鼓作气冲上去才对，那个声音里，却好像有"什么东西"吸引了他。

"是谁？"

"咔哒"，脚步声让吸血鬼瑟缩了一下。他浑身恶寒，本能在告诉他，不能与这个人见面。那是炸弹，导火线已经点燃，还有数秒钟，就要产生大爆炸了。

出现在吸血鬼面前的，是褐色皮肤的少年。他脸上带着稳重的笑容，严肃地宣布：

"或者应该说，你是达尼克的残渣吧。老实说，我对你的执念深感佩服。但是，我不能把圣杯交给你，更何况是已经变成吸血鬼的你。"

炸弹爆炸了。达尼克即便忘记自己名字，也不会忘却过去的某些经历。他作为魔术师，拼死战斗到那场第三次圣杯战争的最后——开启了一切的那场战争，他是绝对不会忘记的。

所以他才会如此惊愕。

"怎么可能！"

"哎呀，对你来说，这个台词可真是庸俗啊。达尼克，既然你都活着，那么即便我也活着，也没什么好吃惊的吧。"

"这怎么可能！不可能！为什么！你为什么会在这里！你为什么还活着！"

少年耸耸肩膀，不太在意地说道：

"当然是因为我参加了这次圣杯大战啊——作为'红'方的御主。"

这番话对吸血鬼来说,是绝对不可能成立的。少年不理会哑口无言的吸血鬼,继续高声喊道:"我一直在等这一刻,达尼克!冬木的大圣杯是我的!不管你是魔术师还是吸血鬼,我都不能把大圣杯交给你,你只会给这个世界带来毁灭!"

这番话语,让吸血鬼挣脱了下意识给自己戴上的名为恐惧的枷锁。

"胡说八道!"

激愤的吸血鬼加速迈出了一步,然后就狼狈地摔倒了。

"呃!"

低头一看,某种尖锐的东西刺穿了他的膝盖,这正是代行者喜欢使用的投掷用概念武装——"黑键"。

"你是吸血鬼。很遗憾,你要为无与伦比的力量付出代价,所以必然会有各种各样的弱点。你不能面对阳光吧,也害怕圣印。还有——像黑键这类以净化为目的的武器。"

没错,少年所说的都是正确的。代行者的黑键,正是适用于净化死徒的概念武装。

但是,他的黑键威力太大了……实在是过于异常。

褐色皮肤的少年冷漠严肃地说道:

"与追踪你的裁定者相比,我根本不值一提,也没有得到认定,只是圣人的仿冒品而已。但是,也有足够的力量粉碎此刻的你。"

红色的圣骸布翻飞,银刃飞舞。刺向周围的黑键阻止了各种可能的反击,少年抓住了吸血鬼的脸。

少年的气质突然变了。现在的他已经不是御主,变成了另一个人。没错,他正是曾经与自己召唤的从者战斗的——

"那么,现在是祈祷时间了——没有名字的吸血鬼。"

"我来杀死,我来拯救,我来伤害,我来治愈,无人能从我手中逃走,无人能从我的视野离开。"

伴随着惨叫声,吸血鬼的手脚都在挣扎。

然而,抓着他的手却仿佛有万钧之重,紧紧锁住他的脸。

"被粉碎吧,失败之人,年老之人,都由我召来。委身于我,学习于我,顺从于我。休息吧,不忘歌唱,不忘祈祷,不忘我。我会轻轻地,让你忘记一切沉重。"

转眼间,少年已经爬上阶梯,在走廊中飞奔。体力已经不是问题了,这是信念,也是信仰的冲突。

他那像钢铁一样坚硬、像宝剑一样锋利的信仰,是不可能被变成吸血鬼的"某个人"战胜的。

—— 一句话就抹消了我。刚才还触手可及的大圣杯,已经渐渐远去。太遗憾了。

"放下伪装。以报复对原谅,以背叛对信赖,以绝望对希望,以黑暗对光明,以阴暗之死对生存。"

那是一双晦暗且没有一丝污秽的眼睛。所有咏唱都像利刃刺中吸血鬼。这是人类做不到的破格的咏唱。

——而且,为什么我偏偏要被他杀死呢?如果是从者也就算了,被御主杀死也太遗憾了。但是,实在是无法理解。眼前这种情况,还不如被陨石砸破头来得舒坦。

"从我手上获得休息。将油注入你的罪孽,刻下印记。死亡才是永远的生命——宽恕在此,得到肉身的我在此立誓。"

——啊啊,啊啊,啊啊!我的圣杯,我的梦想!余的圣杯!余的希望！没有了！没有了！没有了！

吸血鬼被撞在门上。少年不顾一切，只是继续向前奔跑。门碎裂了，少年就那样走进去。里面是礼拜堂。穿过中殿——在神明面前，少年带着怜悯的眼神，说出了最后的圣言。

——可是，为什么呢？

"上主，求你垂怜。"

曾经是虔诚的王，曾经是魔术师，最后却成为不是任何人的"无名的怪物"，他全身都冒出白烟。他开始融化了，不是肉体，而是他的存在本身在融化。

伴随着懊悔的呻吟，绝望的喘息，吸血鬼的最后一部分也升华了。无论是拯救一国的英雄，还是率领一个家族的魔术师族长，都已经死去了。

过去的王死去，现在的王高奏凯歌。

此时，追踪吸血鬼的裁定者他们也来到了礼拜堂。

"这里……"

多么奇妙，那两个人就在礼拜堂这个合适的地方相遇了。中殿里融化的吸血鬼已经没有声音，也不动了。他被升华了。他的灵魂，应该已经去了该去的地方吧。

他身边静静地站着一个少年。褐色的皮肤，如银的白发，法衣外还披着红色的圣带和斗篷。

看到他的瞬间，裁定者全都明白了。

"怎么会……"

因为明白了，才更吃惊。怎么可能，不会的。眼前的少年——是从者。不，这也无所谓。从者担当御主虽然脱离了规则，但也还是有可能的。

但是，问题是他的职阶。不是剑士，不是弓兵，不是枪兵，不是骑兵，不是狂战士，不是术士，也不是暗匿者。

"初次见面，这次的裁定者。"

"你是第十六个从者？"

就连冷静沉着的"黑"之弓兵也难掩震惊，慌忙追赶他们而来的其他"红"方从者也一样。

这个被他们当成是御主的少年，确实显露出从者的灵格。

"我不是第十六个，喀戎。第十六个，是你身边的裁定者。严格来说，我是第一个从者。"

"你对暗匿者的御主……我们的御主做了什么？"

听到"红"之弓兵激动的问话，少年扑哧一声笑了。他举起一只手，卷起袖子。所有人都屏住了呼吸。

"红"之弓兵、枪兵、骑兵、狂战士、术士、暗匿者——这些从者的份加起来，总计十八画令咒都在他手上。

"我用和平的方法，让他们把御主的权利和三画令咒转让给我了。不用担心，现在我们连接着大圣杯，你们现界所需要的魔力根本不值一提。"

"和平的方法？"

不知道谁嘀咕了一句，少年点点头，瞥了"红"之枪兵一眼说道：

"'红'之枪兵是擅长看破他人谎言的英雄。所以我尽可能不说谎，但又得让事情顺利运作，完成自己的目标。我特意通过其他御主发布命令，也是出于这个原因。没错，御主们没有撒谎。他们也以为自己的命令是出于自己的判断，即便现在也是。"

"是吗？那我所察觉到的，以及神的警告，也是因为你吧。"

"这我就不知道了，我可完全没想过要违逆神明。"

甚至根本不需要思考，毕竟贞德的召唤从一开始就很奇怪，她是借用人类躯体进行的凭依召唤。当时她以为是因为这次战争有空前绝后的十四名从者，现在想想根本是反过来了。十四名从者当然会引发混乱，这样的情况下，大圣杯更应该尽一切力量保证召唤的成功。

而之所以没能成功，是因为大圣杯的认知已经混乱了。居然有两

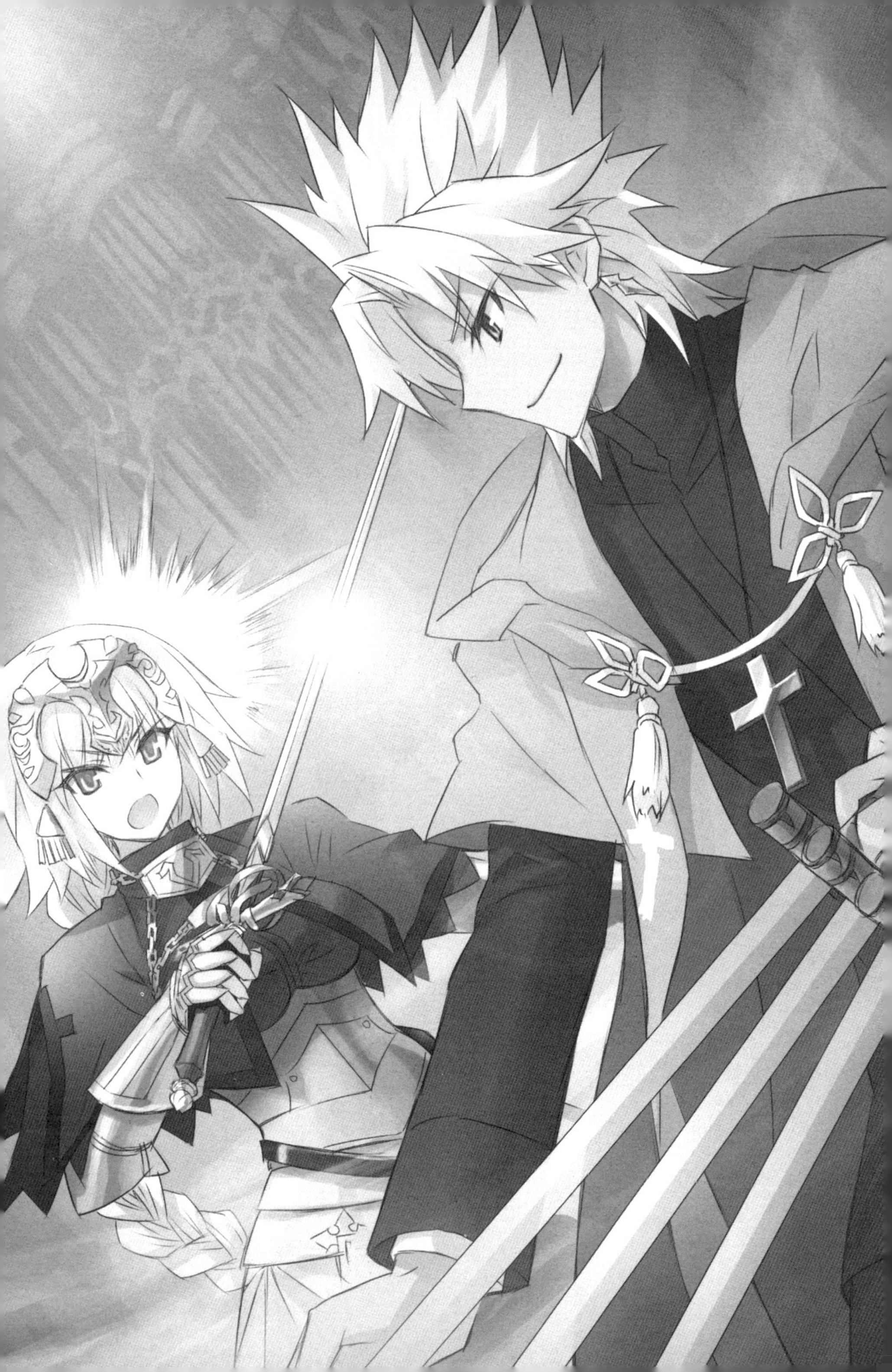

名裁定者，这是不可能的。

那么，第二个被召唤的裁定者，无论在意义上如何正确，都必然是混乱的。而这个神父回避她的理由，是因为自己也是裁定者。裁定者的特权之一，就是持有技能"真名识破"。

这个技能会暴露从者的职阶和真名，当然对得到肉身的英灵也有效。万一在战场上遇到她，少年的计划就有了破绽。

"你是……冬木的第三次圣杯战争中召唤的裁定者吗？"

听裁定者这么说，在场的所有从者都大吃一惊。

"是啊。所以在成为他们正式的御主之前，和你见面就麻烦了。毕竟你也有令咒。如果被你发现了，那一切都前功尽弃了吧？不能让你破坏我的梦想。"

少年的声音中没有憎恶，却有着坚定的意志。他是不可能被说服的，除非杀了他，不然没有人能阻止这少年——少女如此确信。

裁定者用紫水晶一样的眼睛看着少年，叫出了他的名字。

"你的目的是什么，天草四郎时贞？"

"众所周知，就是救助全人类啊，贞德。"

被无以为报的民众和追随其后的士兵称为"奇迹"的少年与少女，此刻正静静地看着彼此，而他们眼睛中表达出的，却都是不允许对方存在于世的强烈意志。

解 说

说说男人的故事吧。

从见面时开始，男人就与病理相关。

双枪，鸽子，教堂。僵尸，链锯，血池地狱。

别人都嘲笑他脑子不好，他却因为脑子不好而高兴。

满足，溺爱，大醉，顶峰。

散漫的嗜好，有因必有果。

这也没什么稀奇的。

追求B级（恶趣味），是绅士淑女（阿宅们）的爱好。

当然，这是东出祐一郎的故事，也是回忆的故事。

当时还是二十世纪末。虽然是这么说，倒也不至于到处都是腐败、暴力与自由，虽然不是那么无序的时代，但总之就是在鱼龙混杂的互联网的黎明期，我们相遇了。

我们相识的契机，是一个游戏厂商，他们的游戏经典台词就是"感受到我的电波了吗""杀了你""哈哇哇"（※不是孔明），以及当时还没发售的作品，里面有一句"我和冬弥睡了"……其实说的就是LEAF啦，当时我们两个人都在写二次创作的小说。

而我们能交往这么久，也是因为兴趣相投——虽然这么说也没错，但是总觉得哪里不对。我以前一直对B级电影（尤其是恐怖片）没兴趣，肯定是东出祐一郎把我带坏的。他是愉悦神父吗？

顺便一提，去年末，他还在没给任何说明的前提下，就让我看了《林中小屋》（而且还是英文版）。即便过去十五年，他还是一点都没变。圣诞节做这种事到底想干吗？

闲话就不说了。我们为什么还能交往这么久呢？至少对于我来说，是因为东出祐一郎这个人物，是个非常有趣的男人。而这本书，就证明了我的这个看法完全正确。

如此这般，各位久等了！散落的是火焰还是生命之花！相交的剑戟，悲剧与喜剧！圣杯大战第二幕！呈现更鲜活、更悲壮的故事！

不过还是那个啦，第一卷的后记里他本人也说过，真的能感受到他写得很乐在其中吧。

嗯，他果然没变。就像那个时候一样，用真正喜欢的方式，去写他真正喜欢的东西，这就是东出祐一郎的"根源"。

创作就像是给故事写的情书。只要没有丢失"喜欢"这个"根源"，故事就不会背叛你。无论是作者的想法，还是读者的想法，都会抵达天之杯。

那个时候的想法，会在今天绽放，并结出果实。

世纪末之后，二〇〇〇年的十二月，一个同人游戏给世间带来了骚动——

《月姬》。

这个游戏是TYPE-MOON制作的。

这个狂热的小组里有我，当然，东出祐一郎也在。

我们当时都抱有"喜欢"的感情，所以，才想用某种形式表达对这个故事的爱。

当然，那个时候不可能知道东出祐一郎会写出 *Fate/Apocrypha*。

不过，那肯定是人生的分歧点。

也就是说——

那一天，东出祐一郎与他的命运邂逅了。

钢屋JIN

原著名：《フェイト/アポクリファ Vol.2「黒の輪舞/赤の祭典」》，
著者：東出祐一郎，绘者：近衛乙嗣，日版设计：WINFANWORKS
Fate/Apocrypha 2
©TYPE-MOON
First published in Japan in 2013 by KADOKAWA CORPORATION, Tokyo.
Simplified Chinese translation rights arranged with KADOKAWA CORPORATION, Tokyo.
Translation copyright ©2023 by Guangzhou Tianwen Kadokawa Animation & Comics Co.,Ltd.
未经出版者预先书面许可，不得以任何方式复制或抄袭本书的任何部分。
著作版权合同登记号：01-2021-7069

图书在版编目（CIP）数据

Fate/Apocrypha. 2, 黑之轮舞/红之祭典 /（日）东
出祐一郎著；（日）近卫乙嗣绘；tomo译. —— 北京：
北京工艺美术出版社, 2023.6
ISBN 978-7-5140-2347-3

Ⅰ. ①F… Ⅱ. ①东… ②近… ③t… Ⅲ. ①长篇小说
—日本—现代 Ⅳ. ①I313.45

中国版本图书馆CIP数据核字(2021)第258328号

| 出　版　人：陈高潮 | 装帧设计：杨　玮 |
| 责任编辑：张怀林 | 责任印制：王　卓 |

法律顾问：北京恒理律师事务所　丁　玲　张馨瑜

Fate/Apocrypha 2 黑之轮舞/红之祭典
FATE/APOCRYPHA 2 HEI ZHI LUNWU/HONG ZHI JIDIAN
［日］东出祐一郎著　［日］近卫乙嗣绘　tomo译

出　　版	北京工艺美术出版社
发　　行	北京美联京工图书有限公司
地　　址	北京市西城区北三环中路6号　京版大厦B座702室
邮　　编	100120
电　　话	（010）58572763（总编室）
	（010）58572586（编辑室）
	（010）64280045（发　行）
传　　真	（010）64280045/58572763
网　　址	www.gmcbs.cn
经　　销	全国新华书店
印　　刷	中华商务联合印刷（广东）有限公司
开　　本	889毫米×1270毫米　1/32
印　　张	8.75　插页20
字　　数	250千字
版　　次	2023年6月第1版
印　　次	2023年6月第1次印刷
书　　号	ISBN 978-7-5140-2347-3
定　　价	46.00元

版权所有　侵权必究　如有印装质量问题，请致电：020-38031253
本书为引进版图书，为最大限度保留原作特色，尊重作者写作习惯，酌情保留了部分外来词汇。特此说明。